JN158360

宮沢賢治コレクション 4

# 雁の童子

童話Ⅳ

筑摩書房

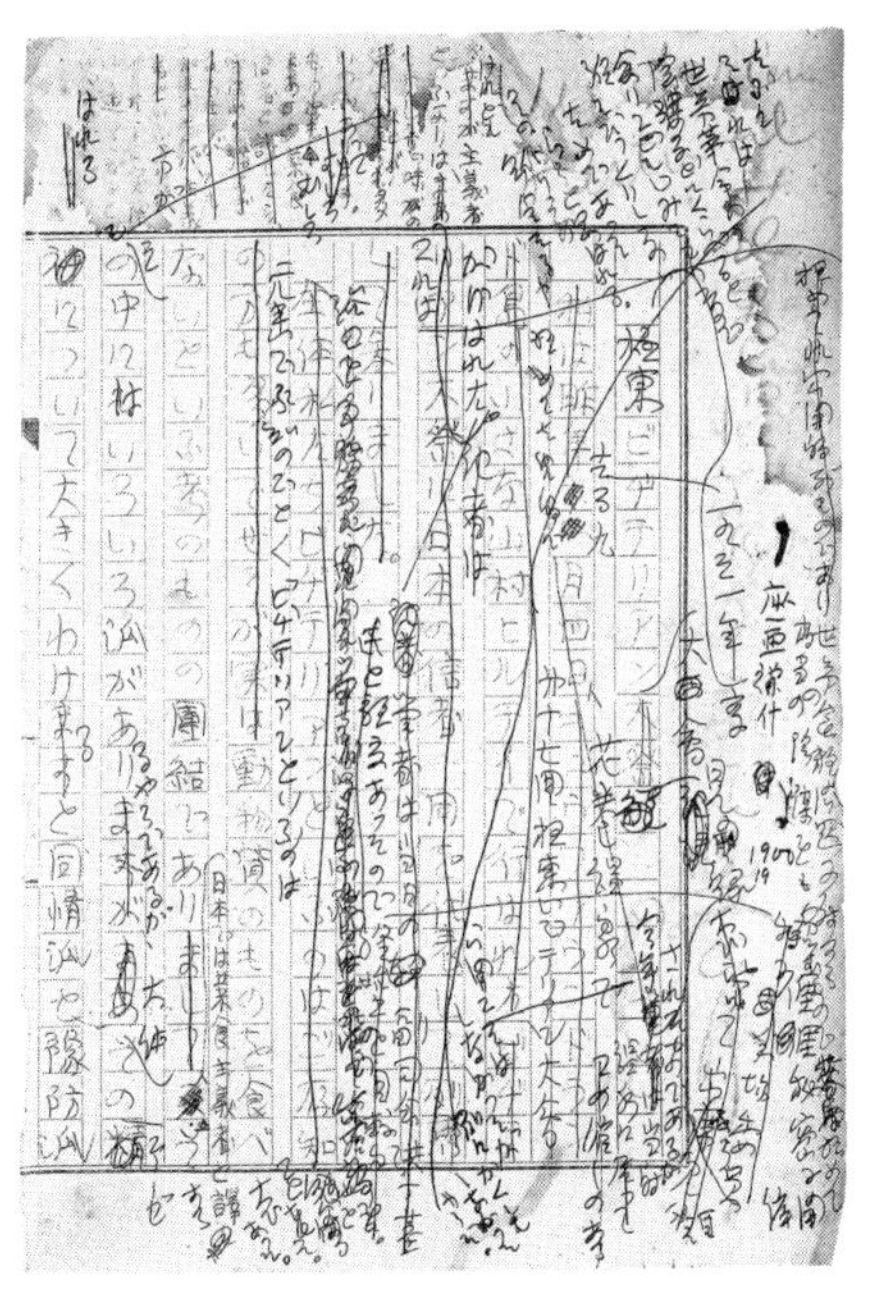

「ビヂテリアン大祭」草稿第1葉右半

監修　天沢退二郎
　　　入沢康夫
編集委員　栗原　敦
　　　　　杉浦　静
編集協力　宮沢家
装画・挿画　千海博美
　　　装丁　アルビレオ
口絵写真　「ビヂテリアン大祭」草稿第一葉右半
（宮沢賢治記念館蔵）

# 目次

宮沢賢治コレクション4

# 雁の童子

童話Ⅳ

# 風野又三郎

かぜのまたさぶろう

## 九月一日

どっどどどうど　どどうど　どどう、
ああまいざくろも吹(ふ)きとばせ
すっぱいざくろもふきとばせ
どっどどどうど　どどうど　どどう

谷川の岸に小さな四角な学校がありました。

学校といっても入口とあとはガラス窓の三つついた教室がひとつあるきりでほかには溜(たま)りも教員室もなく運動場はテニスコートのくらいでした。

先生はたった一人で、五つの級を教えるのでした。それはみんなでちょうど二十人になるのです。三年生はひとりもありません。

さわやかな九月一日の朝でした。青ぞらで風がどうと鳴り、日光は運動場いっぱいでした。黒い雪袴をはいた二人の一年生の子がどてをまわって運動場にはいって来て、まだほかに誰も来ていないのを見て

「ほう、おら一等だぞ。一等だぞ。」とかわるがわる叫びながら大悦びで門をはいって来たのでしたが、ちょっと教室の中を見ますと、二人ともまるでびっくりして棒立ちになり、それから顔を見合わせてぶるぶるふるえました。がひとりはとうとう泣き出してしまいました。というわけはそのしんとした朝の教室のなかにどこから来たのか、まるで顔も知らないおかしな赤い髪の子供がひとり一番前の机にちゃんと座っていたのです。そしてその机といったらまったくこの泣いた子の自分の机だったのです。もひとりの子ももう半分泣きかけていましたが、それでもむりやり眼をりんと張ってそっちの方をにらめていましたら、ちょうどそのとき川上から

「ちょうはあぶどり、ちょうはあぶどり」と高く叫ぶ声がしてそれからいなずまのように嘉助が、かばんをかかえてわらって運動場へかけて来ました。と思ったらすぐそのあとから佐太郎だの耕助だのどやどややってきました。

「なして泣いでら、うな　かもたのが。」嘉助が泣かないこどもの肩をつかまえて云いました。するとその子もわあと泣いてしまいました。おかしいとおもってみんながあたりを見ると教室の中にあの赤毛のおかしな子がすましてしゃんとすわっているのが目につきました。みんなはしんとなってしまいました。だんだんみんな女の子たちも集まって来ましたが誰も何とも云えませんでした。赤毛の子どもは一向こわがる風もなくやっぱりじっと座っています。すると六年生の一

郎が来ました。一郎はまるで坑夫のようにゆっくり大股にやってきて、みんなを見て「何した」とききました。みんなははじめてがやがや声をたててその教室の中の変な子を指しました。一郎はしばらくそっちを見ていましたがやがて鞄をしっかりかかえてさっさと窓の下へ行きました。みんなもすっかり元気になってついて行きました。

「誰だ、時間にならなぃに教室へはいってるのは。」一郎は窓へはいのぼって教室の中へ顔をつき出して云いました。

「先生にうんと叱らえるぞ。」窓の下の耕助が云いました。

「叱らえでもおら知らなぃよ。」嘉助が云いました。

「早ぐ出はって来、出はって来」一郎が云いました。けれどもそのこどもはきょろきょろ室の中やみんなの方を見るばかりでやっぱりちゃんとひざに手をおいて腰掛に座っていました。

ぜんたいその形からが実におかしいのでした。変てこな鼠いろのマントを着て水晶かガラスか、とにかくきれいなすきとおった沓をはいていました。それに顔と云ったら、まるで熟した苹果のよう、殊に眼はまん円でまっくろなのでした。一向語が通じないようなので一郎も全く困ってしまいました。

「外国人だな」「学校さ入るのだな。」みんなはがやがやがやがや云いました。ところが五年生の嘉助がいきなり

「ああ、三年生さ入るのだ。」と叫びましたので

「ああそうだ。」と小さいこどもらは思いましたが一郎はだまってくびをまげました。

変なこどもはやはりきょろきょろこっちを見るだけきちんと腰掛けています。ところがおかしいことは、先生がいつものキラキラ光る呼子笛を持っていきなり出入口から出て来られたのです。そしてわらって
「みなさんお早う。どなたも元気ですね」と云いながら笛を口にあててピㇽと吹きました。そこでみんなはきちんと運動場に整列しました。
「気を付けっ」
　みんなは気を付けをしました。けれども誰の眼もみんな教室の中の変な子に向いていました。先生も何があるのかと思ったらしく、ちょっとうしろを振り向いて見ましたがなあになんでもないという風でまたこっちを向いて
「右ぃおいっ」と号令をかけました。ところがおかしな子どもはやっぱりちゃんとこしかけたままきろきろこっちを見ています。みんなはそれから番号をかけて右向けをして順に入口からはいりましたが、その間中も変な子供は少し額に皺を寄せて〔以下原稿数枚なし〕
と一郎が一番うしろからあまりさわぐものを一人ずつ叱りました。みんなはしんとなりました。
「みなさん休みは面白かったね。朝から水泳ぎもできたし林の中で鷹にも負けないくらい高く叫んだりまた兄さんの草刈りについて行ったりした。それはほんとうにいいことです。けれどももう休みは終りました。これからは秋です。むかしから秋は一番勉強のできる時だといってあるのです。ですから、みなさんも今日から又しっかり勉強しましょう。みなさんは休み中でいちばん

面白かったことは何ですか。」

「先生。」と四年生の悦治が手をあげました。

「はい。」

「先生さっきたの人あ何だったたべす。」

先生はしばらくおかしな顔をして
「さっきの人……」

「さっきたの髪の赤いわらすだんす。」みんなもどっと叫びました。

「先生髪のまっ赤なおかしなやづだったんす。」

「マント着てたで。」

「笛鳴らないに教室さはいってたぞ。」

先生は困って
「一人ずつ云うのです、髪の赤い人がここに居たのですか。」

「そうです、先生。」〔以下原稿数枚なし〕

の山にのぼってよくそこらを見ておいでなさい。それからあしたは道具をもってくるのです。それではここまで」と先生は云いました。みんなもうあの山の上ばかり見ていたのです。

「気を付けっ。」一郎が叫びました。「礼っ。」みんなはおじぎをするや否やまるで風のように教室を出ました。それからがやがやその草山へ走ったのです。女の子たちもこっそりついて行きました。けれどもみんなは山にのぼるとがっかりしてしまいました。みんながやっとその栗の木の下まで行ったときはその変な子はもう見えませんでした。そこには十本ばかりのたけにぐさが先生の云ったとおり風にひるがえっているだけだったのです。けれども小さい方のこどもらはもうあんまりその変な子のことばかり考えていたもんですからもうそろそろ厭きていました。

そしてみんなはわかれてうちへ帰りましたが一郎や嘉助は仲々それを忘れてしまうことはできませんでした。

## 九月二日

次の日もよく晴れて谷川の波はちらちらひかりました。

一郎と五年生の耕一とは、丁度午后二時に授業がすみましたので、いつものように教室の掃除をして、それから二人一緒に学校の門を出ましたが、その時二人の頭の中は、昨日の変な子供で一杯になっていました。そこで二人はもう一度、あの青山の栗の木まで行って見ようと相談しました。二人は鞄をきちんと背負い、川を渡って丘をぐんぐん登って行きました。

ところがどうです。丘の途中の小さな段を一つ越えて、ひょっと上の栗の木を見ますと、たしかにあの赤髪の鼠色のマントを着た変な子が草に足を投げ出して、だまって空を見上げているのです。今日こそ全く間違いありません。たけにぐさは栗の木の左の方でかすかにゆれ、栗の木のかげは黒く草の上に落ちています。

その黒い影は変な子のマントの上にもかかっているのでした。二人はそこで胸をどきどきさせて、まるで風のようにかけ上りました。その子は大きな目をして、じっと二人を見ていましたが、逃げようともしなければ笑いもしませんでした。小さな唇を強そうにきっと結んだまま、黙って二人のかけ上って来るのを見ていました。

二人はやっとその子の前まで来ました。けれどもあんまり息がはあはあしてすぐには何も云えませんでした。耕一などはあんまりもどかしいもんですから空へ向いて、

「ホッホウ。」と叫んで早く息を吐いてしまおうとしました。するとその子が口を曲げて一寸笑いました。

一郎がまだはあはあ云いながら、切れ切れに叫びました。

「汝ぁ誰だ。何だ汝ぁ。」

するとその子は落ちついて、まるで大人のようにしっかり答えました。

「風野又三郎。」

「どこの人だ、ロシヤ人か。」

するとその子は空を向いて、はあはあはあはあ笑い出しました。その声はまるで鹿の笛のようでした。それからやっとまじめになって、

「又三郎だい。」とぶっきら棒に返事しました。

「ああ風の又三郎だ。」一郎と耕一とは思わず叫んで顔を見合わせました。

「だからそう云ったじゃないか。」又三郎は少し怒ったようにマントからとがった小さな手を出

して、草を一本むしってぷいっと投げつけながら云いました。

「そんだらあっちこっち飛んで歩くな。」一郎がたずねました。

「うん。」

「面白いか。」と耕一が言いました。すると風の又三郎は又笑い出して空を見ました。

「うん面白い。」

「昨日何して逃げた。」

「逃げたんじゃないや。昨日は二百十日だい。本当なら兄さんたちと一緒にずうっと北の方へ行ってるんだ。」

「何して行かなかった。」

「兄さんが呼びに来なかったからさ。」

「何て云う、汝の兄なは。」

「風野又三郎。きまってるじゃないか。」又三郎は又機嫌を悪くしました。

「あ、判った。うなの兄なも風野又三郎、うなぃのお父さんも風野又三郎、うなぃの叔父さんも風野又三郎だな。」と耕一が言いました。

「そうそう。そうだよ。僕はどこへでも行くんだよ。」

「支那へも行ったか。」

「うん。」

「岩手山へも行ったが。」

「岩手山から今来たんじゃないか。ゆうべは岩手山の谷へ泊ったんだよ。」

「いいなぁ、おらも風になるたぃなぁ。」

すると風の又三郎はよろこんだの何のって、顔をまるでりんごのようにかがやくばかり赤くしながら、いきなり立ってきりきりきりっと二三べんかかとで廻りました、鼠色のマントがまるでギラギラする白光りに見えました。それから又三郎は座って話し出しました。

「面白かったぞ。今朝のはなし聞かせようか、そら、僕は昨日の朝ここに居たろう。」

「あれから岩手山へ行ったな。」耕一がたずねました。

「あったりまえさ、あったりまえ」又三郎は口を曲げて耕一を馬鹿にしたような顔をしました。

「そう僕のはなしへ口を入れないで黙っておいで。ね、そら、昨日の朝、僕はここから北の方へ行ったんだ。途中で六十五回もいねむりをしたんだ。」

「何してそんなにひるねした？」

「仕方ないさ。僕たちが起きてはね廻っていようたって、行くところがなくなればあるけないじゃないか。あるけなくなりゃ、いねむりだい。きまってらぁ。」

「歩けないたって立つが座るかして目をさましていればいい。」

「うるさいねえ、いねむりたって僕がねむるんじゃないんだよ。お前たちがそう云うんじゃないか。お前たちは僕らのじっと立ったり座ったりしているのを、風がねむると云うんじゃないか。僕はわざとお前たちにわかるように云ってるんだよ。うるさいねえ。もう僕、行っちまうぞ。黙って聞くんだ。ね、そら、僕は途中で六十五回いねむりをして、その間考えたり笑ったりして、夜中の一時に岩手山の丁度三合目についたろう。あすこの小屋にはもう人が居ないねえ。僕は小屋のまわりを一ぺんぐるっとまわったんだよ。そしてまっくろな地面をじっと見おろしていたら何だか足もとがふらふらするんだ。見ると谷の底がだいぶ空いてるんだ。僕らは、もう、少しでも、空いているところを見たらすぐ走って行かないといけないんだからね、僕はどんどん下りて行ったんだ。谷底はいいねえ。僕は三本の白樺の木のかげへはいってじっとしずかにしていたんだ。朝までお星さまを数えたりいろいろこれからの面白いことを考えたりしていたんだ。あすこの谷底はいいねえ。そんなにしずかじゃないんだけれど。それは僕の前にまっ黒な崖があってねえ、そこから一晩中ころころかさかさ石かけや火山灰のかたまったのやが崩れて落ちて来るんだ。けれどもじっとその音を聞いてるとね、なかなか面白いんだよ。そして今朝少し明るくなるとその崖がまるで火が燃えているようにまっ赤なんだろう。そうそう、まだ明るくならないうちにね、谷の上の方をまっ赤な火がちらちらちらちら通って行くんだ。楢の木や樺の木が火にすかし出されてまるで烏瓜の燈籠のように見えたぜ。」

「そうだ。おら去年烏瓜の燈火拵えた。そして縁側へ吊して置いたら風吹いて落ちた。」と耕一が言いました。

　すると又三郎は噴き出してしまいました。

「僕お前の烏瓜の燈籠を見たよ。あいつは奇麗だったねい、だから僕がいきなり衝き当たって落してやったんだ。」

「うわぁい。」

耕一はただ一言云ってそれから何ともいえない変な顔をしました。

又三郎はおかしくておかしくてまるで咽喉を波のようにして一生けん命空の方に向いて笑っていましたがやっとこらえて泪を拭きながら申しました。

「僕失敬したよ。僕そのかわり今度いいものを持って来てあげるよ。お前んとこへね、きれいなはこやなぎの木を五本持って行ってあげるよ。いいだろう。」

耕一はやっと怒るのをやめました。そこで又三郎は又お話をつづけました。

「ね、その谷の上を行く人たちはね、みんな白いきものを着て一番はじめの人はたいまつを持っていただろう。僕すぐもう行って見たくて行って見たくて仕方なかったんだ。けれどどうしてもまだ歩けないんだろう、そしたらね、そのうちに東が少し白くなって鳥がなき出したろう。ね、あすこにはやぶうぐいすや岩燕やいろいろ居るんだ。鳥がチッチクチッチクなき出したろう。もう僕は早く谷から飛び出したくて飛び出したくて仕方なかったんだよ。すると丁度いいことにはね、いつの間にか上の方が大へん空いてるんだ。さあ僕はひらっと飛びあがった。そしてピゥ、ただ一足でさっきの白いきものの人たちのとこまで行った。その人たちはね一列になってつつじやなんかの生えた石からをのぼっているだろう。そのたいまつはもうみじかくなって消えそうなんだ。僕がマントをフゥとやって通ったら火がぽっぽっと青くうごいてね、とうとう消えてしまったよ。ほんとうはもう消えてもよかったんだ。東が琥珀のようになって大きなとかげの形の雲が沢山浮んでいた。

『あ、とうとう消だ。』と誰かが叫んでいた。おかしいのはねえ、列のまん中ごろに一人の少し年老った人が居たんだ。その人がね、年を老って大儀なもんだから前をのぼって行く若い人のシャツのはじにね、一寸とりついたんだよ。するとその若い人が怒ってね、

『引っ張るなったら、先刻たがらいで処さ来るづどいっつも引っ張らが。』と叫んだ。みんなどっと笑ったね。僕も笑ったねえ。そして又一あしでもう頂上に来ていたんだ。それからあの昔の火口のあとにはいって僕は二時間ねむった。ほんとうにねむったのさ。するとね、ガヤガヤ云うだろう、見るとさっきの人たちがやっと登って来たんだ。みんなで火口のふちの三十三の石ぼとけにね、バラリバラリとお米を投げつけてね、もうみんな早く頂上へ行こうと競争なんだ。向こうの方ではまるで泣いたばかりのような群青の山脈や杉ごけの丘のようなきれいな山にまっ白な雲が所々かかっているだろう。すぐ下にはお苗代や御釜火口湖がまっ蒼に光って白樺の林の中に見えるんだ。面白かったねい。みんなぐんぐんぐんぐん走っているんだ。すると頂上までの処にも一つ坂があるだろう。あすこをのぼるとき又さっきの年老りがね、前の若い人のシャツを引っぱったんだ。怒っていたねえ。それでも頂上に着いてしまうとそのとし老りがガラスの瓶を出してちいさなちいさなコップについでそれをそのぷんぷん怒っている若い人に持って行って笑って拝むまねをして出したんだよ。すると若い人もね、急に笑い出してしまってコップを押し戻していたよ。そしておしまいとうとうのんだろうかねえ。僕はもう丁度こっちへ来ないといけなかったもんだから　ホウと一つ叫んで岩手山の頂上からはなれてしまったんだ。どうだ面白いだろう。」

「面白いな。ホウ。ホウ。」と耕一が答えました。

「又三郎(またさぶろう)さん。お前(まい)はまだここらに居るのか。」一郎がたずねました。

又三郎はじっと空を見ていましたが

「そうだねえ。もう五六日は居るだろう。歩いたってあんまり遠くへは行かないだろう。それでももう九日たつと二百二十日だからね。その日は、事によると僕はタスカロラ海床(かいしょう)のすっかり北のはじまで行っちまうかも知れないぜ。今日もこれから一寸向こうまで行くんだ。僕たちお友達になろうかねえ。」

「はじめから友だちだ。」一郎が少し顔を赤くしながら云いました。

「あした僕は又どっかであうよ。学校から帰る時もし僕がここに居たようならすぐおいで。ね。みんなも連れて来ていいんだよ。僕はいくらでもいいこと知ってんだよ。えらいだろう。あ、もう行くんだ。さよなら。」

又三郎は立ちあがってマントをひろげたと思うとフィウと音がしてもう形が見えませんでした。

一郎と耕一とは、あした又あうのを楽しみに、丘を下っておうちに帰りました。

## 九月三日

その次の日は九月三日でした。昼すぎになってから一郎は大きな声で云(い)いました。

「おう、又三郎は昨日(きのう)又来たぞ。今日も来るかも知れないぞ。又三郎の話聞きたいものは一緒(いっしょ)にあべ。」

残っていた十人の子供らがよろこんで、

「わぁっ」と叫びました。

そしてもう早くもみんなが丘にかけ上ったのでした。ところが又三郎は来ていないのです。みんなは声をそろえて叫びました。

「又三郎、又三郎、どうどっと吹いで来。」

それでも、又三郎は一向来ませんでした。

「風どうと吹いて来、豆呉ら風どうと吹いで来。」

空には今日も青光りが一杯に漲ぎり、白いまばゆい雲が大きな環になって、しずかにめぐるばかりです。みんなは又叫びました。

「又三郎、又三郎、どうと吹いて降りで来。」

又三郎は来ないで、却ってみんな見上げた青空に、小さな小さなすき通った渦巻が、みずすましの様に、ツイツイと、上ったり下ったりするばかりです。みんなは又叫びました。

「又三郎、又三郎、汝、何して早ぐ来ない。」

それでも又三郎はやっぱり来ませんでした。

ただ一疋の鷹が銀色の羽をひるがえして、空の青光を咽喉一杯に呑みながら、東の方へ飛んで行くばかりです。

みんなは又叫びました。

「又三郎、又三郎、早ぐ此さ飛んで来。」

その時です。あのすきとおる沓とマントがギラッと白く光って、風の又三郎は顔をまっ赤に熱らせて、はあはあしながらみんなの前の草の中に立ちました。

「ほう、又三郎、待っていたぞ。」

　みんなはてんでに叫びました。又三郎はマントのかくしから、うすい黄色のはんけちを出して、額の汗を拭きながら申しました。

「僕ね、もっと早く来るつもりだったんだよ。ところがあんまりさっき高いところへ行きすぎたもんだから、お前達の来たのがわかっていても、すぐ来られなかったんだよ。それは僕は高いところまで行って、そら、あすこに白い雲が環になって光っているんだろう。僕はあのまん中をつきぬけてもっと上に行ったんだ。そして叔父さんに挨拶して来たんだ。僕の叔父さんなんか偉いぜ。今日だってもう三十里から歩いているんだ。僕にも一緒に行こうって云ったけれどもね、僕なんかまだ行かなくてもいいんだよ。」

「汝ぃの叔父さんどごまで行く。」

「僕の叔父さんかい。叔父さんはね、今度ずうっと高いところをまっすぐに北へすすんでいるんだ。

　叔父さんのマントなんか、まるで冷えてしまっているよ。小さな小さな氷のかけらがさらさらぶっかかるんだもの、そのかけらはここから見えやしないよ」

「又三郎さんは去年なも今頃ここへ来たか。」

「去年は今よりもう少し早かったろう。面白かったねえ。九州からまるで一飛びに馳けて馳けてまっすぐに東京へ来たろう。そしたら丁度僕は保久大将の家を通りかかったんだ。僕はね、あの人を前にも知っているんだよ。だから面白くて家の中をのぞきこんだんだ。障子が二枚はずれてね『すっかり嵐になった』とつぶやきながら障子を立てたんだ。僕はそこから走って庭へでた。あすこにはざくろの木がたくさんあるねえ。若い大工がかなづちを腰にはさんで、尤もらしい顔をして庭の塀や屋根を見廻っていたがね、本当はやっこさん、僕たちの馳けまわるのが大変面白かったようだよ。唇がぴくぴくして、いかにもうれしいのを、無理にまじめになって歩きまわっていたらしかったんだ。

そして落ちたざくろを一つ拾って噛ったろう、さあ僕はおかしくて笑ったね、そこで僕は、屋敷の塀に沿って一寸戻ったんだ。それから俄かに叫んで大工の頭の上をかけ抜けたねえ。

ドッドド　ドドウド　ドドウド　ドドウ、
甘いざくろも吹き飛ばせ
酸っぱいざくろも吹き飛ばせ

ホラね、ざくろの実がばたばた落ちた。大工はあわてたような変なかたちをしてるんだ。僕はもう笑って笑って走った。

電信ばしらの針金を一本切ったぜ、それからその晩、夜どおし馳けてここまで来たんだ。

ここを通ったのは丁度あけがただった。その時僕は、あの高洞山のまっ黒な蛇紋岩に、一つかみの雲を叩きつけて行ったんだ。そしてその日の晩方にはもう僕は海の上にいたんだ。海と云ったって見えはしない。もう僕はゆっくり歩いていたからね。霧が一杯にかかってその中で波がドンブラゴッコ、ドンブラゴッコ、と云ってるような気がするだけさ。今年だって二百二十日になったら僕は又駈けて行くんだ。面白いなあ。」

「ほう、いいなあ、又三郎さんだちはいいなあ。」

小さな小供たちは一緒に云いました。

すると又三郎はこんどは少し怒りました。

「お前たちはだめだねえ。なぜ人のことをうらやましがるんだい。僕だってつらいことはいくらもあるんだい。お前たちにもいいことはたくさんあるんだい。僕は自分のことは一向考えもしないで人のことばかりうらやんだり馬鹿にしているやつらを一番いやなんだぜ。僕たちの方ではね、自分を外のものとくらべることが一番はずかしいことになっているんだ。僕たちはみんな一人一人なんだよ。さっきも云ったような僕たちの一年に一ぺんか二へんの大演習の時にね、いくら早くばかり行ったって、うしろをふりむいたり並んで行くものの足なみを見たりするものがあると、もう誰も相手にしないんだぜ。やっぱりお前たちはだめだねえ。外の人とくらべることばかり考えているんじゃないか。僕はそこへ行くとさっき空で遭った鷹がすきだねえ。あいつは天気の悪い日なんか、ずいぶん意地の悪いこともあるけれども空をまっすぐに馳けてゆくから、僕はすきなんだ。銀色の羽をひらりひらりとさせながら、空の青光の中や空の影の中を、まっすぐにまっすぐに、まるでどこまで行くかわからない不思議な矢のように馳けて行くんだ。だからあいつは意地悪で、あまりいい気持はしないけれども、さっきも、よう、あんまり空の青い石を突っつかないでくれっ、て挨拶したんだ。するとあいつが云ったねえ、ふん、青い石に穴があいたら、お前にも向こう世界を見物させてやろうって云うんだ。云うことはずいぶん生意気だけれども僕は悪い気がしなかったねえ。」

一郎がそこで云いました。

「又三郎さん。おらはお前をうらやましがったんでないよ、お前をほめたんだ。おらはいつでも先生から習っているんだ。本当に男らしいものは、自分の仕事を立派に仕上げることをよろこぶ。決して自分が出来ないからって人をねたんだり、出来たからって出来ない人を見くびったりさない。お前もそう怒らなくてもいい。」

又三郎もよろこんで笑いました。それから一寸立ち上ってきりきりっとかかとで一ぺんまわりました。そこでマントがギラギラ光り、ガラスの沓がカチッ、カチッとぶっつかって鳴ったようでした。又三郎はそれから又座って云いました。

「そうだろう。だから僕は君たちもすきなんだよ。君たちばかりでない。子供はみんなすきなんだ。僕がいつでもあらんかぎり叫んで馳ける時、よろこんできゃっきゃっ云うのは子供ばかりだよ。一昨日だってそうさ。ひるすぎから俄かに僕たちがやり出したんだ。そして僕はある峠を通ったね。栗の木の青いいがを落としたり、青葉までがりがりむしってやったね。その時峠の頂上を、雨の支度もしないで二人の兄弟が通るんだ、兄さんの方は丁度おまえくらいだったろうかね。」

又三郎は一郎を尖った指で指しながら又言葉を続けました。

「弟の方はまるで小さいんだ。その顔の赤い子よりもっと小さいんだ。その小さな子がね、まるでまっ青になってぶるぶるぶるふるえているだろう。それは僕たちはいつでも人間の眼から火花を出せるんだ。僕の前に行ったやつがいたずらして、その兄弟の眼を横の方からひどく圧しつけて、とうとうパチパチ火花が発ったように思わせたんだ。そう見えるだけさ、本当は火花なんかないさ。それでもその小さな子は空が紫色がかった白光をしてパリパリパリと燃えて行くように思ったんだ。そしてもう天地がいまひっくりかえって焼けて、自分も兄さんもお母さんもみんなちりぢりに死んでしまうと思ったんだい。かあいそうに。そして兄さんにまるで石のように堅くなって抱きついていたね。ところがその大きな方の子はどうだい。小さな子を風のかげになるようにいたわってやりながら、自分はさも気持がいいというように、僕の方を向いて高く叫んだんだ。そこで僕も少しくしゃくにさわったから、一つ大あばれにあばれたんだ。豆つぶぐらいある石ころをばらばら吹きあげて、たたきつけてやったんだ。小さな子はもう本当に大声で泣いたねえ。それでも大きな子はやっぱり笑うのをやめなかったよ。けれどとうとうあんまり弟が泣くもんだから、自分も怖くなったと見えて口がピクッと横の方へまがった、そこで僕は急に気の毒になって、丁度その時行く道がふさがったのを幸に、ぴたっとまるでしずかな湖のように静まってやった。それから兄弟と一緒に峠を下りながら横の方の草原から百合の匂いを二人の方へもって行ってやったりした。

　どうしたんだろう、急に向こうが空いちまった。僕は向こうへ行くんだ。さよなら。あしたも又来てごらん。又遭えるかも知れないから。」

　風の又三郎のすきとおるマントはひるがえり、たちまちその姿は見えなくなりました。みんなはいろいろ今のことを話し合いながら丘を下り、わかれてめいめいの家に帰りました。

## 九月四日

「サイクルホールの話聞かせてやろうか。」

又三郎はみんなが丘の栗の木の下に着くやいなや、斯う云っていきなり形をあらわしました。けれどもみんなは、サイクルホールなんて何だか知りませんでしたから、だまっていましたら、又三郎はもどかしそうに又言いました。

「サイクルホールの話、お前たちは聴きたくないかい。聴きたくないなら早くはっきりそう云ったらいいじゃないか。僕行っちまうから。」

「聴きたい。」一郎はあわてて云いました。又三郎は少し機嫌を悪くしながらぼつりぼつり話しはじめました。

「サイクルホールは面白い。人間だってやるだろう。見たことはないかい。秋のお祭なんかにはよくそんな看板を見るんだがなあ、自転車ですりばちの形になった格子の中を馳けるんだよ。だんだん上にのぼって行って、とうとうそのすりばちのふちまで行った時、片手でハンドルを持ってハンケチなどを振るんだ。なかなかあれでひどいんだろう。ところが僕等がやるサイクルホールは、あんな小さなもんじゃない。尤も小さい時もあるにはあるよ。お前たちのかまいたちっていうのは、サイクルホールの小さいのだよ。」

「ほ、おら、かまいたぢに足切られたぞ。」

嘉助が叫びました。

「何だって足を切られた？　本当かい。どれ足を出してごらん。」

又三郎はずいぶんいやな顔をしながら斯う言いました。嘉助はまっ赤になりながら足を出しました。又三郎はしばらくそれを見てから、

「ふうん。」

と医者のような物の言い方をしてそれから、

「一寸脈をお見せ。」

と言うのでした。嘉助は右手を出しましたが、その時の又三郎のまじめくさった顔といったら、とうとう一郎は噴き出しました。けれども又三郎は知らん振りをして、だまって嘉助の脈を見てそれから云いました。

「なるほどね、お前ならことによったら足を切られるかも知れない。この子はね、大へんからだの皮が薄いんだよ。それに無暗に心臓が強いんだ。腕を少し吸っても血が出るくらいなんだ。殊にその時足をすりむきでもしていたんだろう。かまいたちで切れるさ。」

「何して切れる。」一郎はたずねました。

「それはね、すりむいたとこから、もう血がでるばかりにでもなっているだろう。それを空気が押して押さえてあるんだ。ところがかまいたちのまん中では、わり合空気が押さないだろう。いきなりそんな足をかまいたちのまん中に入れると、すぐ血が出るさ。」

「切るのだないのか。」一郎がたずねました。

「切るのじゃないさ、血が出るだけさ。痛くなかったろう。」又三郎は嘉助に聴きました。

「痛くなかった」嘉助はまだ顔を赤くしながら笑いました。

「ふん、そうだろう。痛いはずはないんだ。切れたんじゃないからね。そんな小さなサイクルホールなら僕たちたった一人でも出来る。くるくるまわって走りゃいいからね。そうすれば木の葉や何かマントにからまって、丁度うまい工合かまいたちになるんだ。ところが大きなサイクルホールはとても一人じゃ出来あしない。小さいのなら十人ぐらい。大きなやつなら大人もはいって千人だってあるんだよ。やる時は大抵ふたいろあるよ。日がかんかんどこか一とこに照る時か、また僕たちが上と下と反対にかける時ぶっつかってしまうことがあるんだ。そんな時とまあふたいろにきまっているねえ。あんまり大きなやつは、僕よく知らないんだ。南の方の海から起こって、だんだんこっちにやってくる時、一寸僕等がはいるだけなんだ。ふうと馳けて行って十ぺんばかりまわったと思うと、もうずっと上の方へのぼって行って、みんなゆっくり歩きながら笑っているんだ。そんな大きなやつへうまくはいると、九州からこっちの方まで一ぺんに来ることも出来るんだ。けれどもまあ、大抵は途中で高いとこへ行っちまうね。だから大きなのはあんまり面白かあないんだ。十人ぐらいでやる時は一番愉快だよ。甲州ではじめた時なんかね。はじめ僕が八ヶ岳の麓の野原でやすんでたろう。曇った日でねえ、すると向こうの低い野原だけ不思議に一日、日が照ってね、ちらちらかげろうが上がっていたんだ。それでも僕はまあやすんでいた。そして夕方になったんだ。するとあちこちから

『おいサイクルホールをやろうじゃないか。どうもやらなけぁ、いけない様だよ。』ってみんなの云うのが聞こえたんだ。

『やろう』僕はたち上がって叫んだねえ、

『やろう』『やろう』声があっちこっちから聞こえたね。

『いいかい、じゃ行くよ。』僕はその平地をめがけてピーッと飛んで行った。するといつでもそうなんだが、まっすぐに平地に行かさらないんだ。急げば急ぐほど右へまがるよ、尤もそれでサイクルホールになるんだよ。さあ、みんながつづいたらしいんだ。僕はもうまるで、汽車よりも早くなっていた。下に富士川の白い帯を見てかけて行った。けれども間もなく、僕はずっと高いところにのぼって、しずかに歩いていたねえ。サイクルホールはだんだん向こうへ移って行って、だんだんみんなもはいって行って、ずいぶん大きな音をたてながら、東京の方へ行ったんだ。きっと東京でもいろいろ面白いことをやったねえ。それから海へ行ったろう。海へ行ってこんどは竜巻をやったにちがいないんだ。竜巻はねえ、ずいぶん凄いよ。海のには僕はいったことはないんだけれど、小さいのを沼でやったことがあるよ。丁度お前達の方のご維新前ね、日詰の近くに源五沼という沼があったんだ。そのすぐ隣りの草はらで、僕等は五人でサイクルホールをやった。ぐるぐるひどくまわっていたら、まるで木も折れるくらい烈しくなってしまった。丁度雨も降るばかりのところだった。一人の僕の友だちがね、沼を通る時、とうとう機みで水を掬っちゃったんだ。さあ僕等はもう黒雲の中に突き入ってまわって馳けたねえ、水が丁度漏斗の尻のようになって来るんだ。下から見たら本当にこわかったろう。

『ああ竜だ、竜だ。』みんなは叫んだよ。実際下から見たら、さっきの水はぎらぎら白く光って黒雲の中にはいって、竜のしっぽのように見えたかも知れない。その時友だちがまわるのをやめたもんだから、水はざあっと一ぺんに日詰の町に落ちかかったんだ。その時は僕はもうまわるのをやめて、少し下に降りて見ていたがね、さっきの水の中にいた鮒やなまずが、ばらばらと往来や屋根に降っていたんだ。みんなは外へ出て恭恭しく僕等の方を拝んだり、降って来た魚を押し戴いていたよ。僕等は竜じゃないんだけれども拝まれるとやっぱりうれしいからね、友だち同志にこにこしながらゆっくりゆっくり北の方へ走って行ったんだ。まったくサイクルホールは面白いよ。

　それから逆サイクルホールというのもあるよ。これは高いところから、さっきの逆にまわって下りてくることなんだ。この時ならば、そんなに急なことはない。冬は僕等は大抵シベリヤに行ってそれをやったり、そっちからこっちに走って来たりするんだ。僕たちがこれをやってる間はよく晴れるんだ。冬ならば咽喉を痛くするものがたくさん出来る。けれどもそれは僕等の知ったことじゃない。それから五月か六月には、南の方では、大抵支那の揚子江の野原で大きなサイクルホールがあるんだよ。その時丁度北のタスカロラ海床の上では、別に大きな逆サイクルホールがある。両方だんだんぶっつかるとそこが梅雨になるんだ。日本が丁度それにあたるんだからね、仕方がないや。けれどもお前達のところは割合北から西へ外れてるから、梅雨らしいことはあんまりないだろう。あんまりサイクルホールの話をしたから何だか頭がぐるぐるしちゃった。もうさよなら。僕はどこへも行かないんだけれど少し睡りたいんだ。さよなら。」

又三郎のマントがぎらっと光ったと思うと、もうその姿は消えて、みんなは、はじめてほうと息をつきました。それからいろいろいまのことを話しながら、丘を下って銘銘わかれておうちへ帰って行ったのです。

## 九月五日

「僕は上海だって何べんも知ってるよ。」みんなが丘へのぼったとき又三郎がいきなりマントをぎらっとさせてそこらの草へ橙や青の光を落としながら出て来てそれから指をひろげてみんなの前に突き出して云いました。

「上海と東京は僕たちの仲間なら誰でもみんな通りたがるんだ。どうしてか知ってるかい。」

又三郎はまっ黒な眼を少し意地わるそうにくりくりさせながらみんなを見まわしました。けれども上海と東京ということは一郎も誰も何のことかわかりませんでしたからお互しばらく顔を見合わせてだまっていましたら又三郎がもう大得意でにやにや笑いながら言ったのです。

「僕たちの仲間はみんな上海と東京を通りたがるよ。どうしてって東京には日本の中央気象台があるし上海には支那の中華大気象台があるだろう。どっちだって偉い人がたくさん居るんだ。本当は気象台の上をかけるときは僕たちはみんな急ぎたがるんだ。どうしてって風力計がくるくるくるくる廻っていて僕たちのレコードはちゃんと下の機械に出て新聞にも載るんだろう。誰だっていいレコードを作りたいからそれはどうしても急ぐんだよ。けれども僕たちの方のきめでは気象台や測候所の近くへ来たからって俄かに急いだりすることは大へん卑怯なことにされてあるんだ。お前たちだってきっとそうだろう、試験の時ばかりむやみに勉強したりするのはいけないことになってるだろう。だから僕たちも急ぎたくたってわざと急がないんだ。そのかわりほんとうに一生けん命かけてる最中に気象台へ通りかかるときはうれしいねえ、風力計をまるでのぼせるくらいにまわしてピーッとかけぬけるだろう、胸もすっとなるんだ。面白かったねえ、一昨年だったけれど六月ころ僕丁度上海に居たんだ。昼の間には海から陸へ移って行き夜には陸から海へ行ってたねえ、大抵朝は十時頃海から陸の方へかけぬけるようになっていたんだがそのときはいつでも、うまい工合に気象台を通るようになるんだ。すると気象台の風力計や風信器や置いてある屋根の上のやぐらにいつでも一人の支那人の理学博士と子供の助手とが立っているんだ。博士はだまっていたが子供の助手はいつでも何か言っているんだ。そいつは頭をくりくりの芥子坊主にしてね、着物だって袖の広い支那服だろう、沓もはいてるねえ、大へんかあいらしいんだよ、一番はじめの日僕がそこを通ったら斯う言っていた。

『これはきっと颶風ですね。ずいぶんひどい風ですね。』

　すると支那人の博士が葉巻をくわえたままふんふん笑って

『家が飛ばないじゃないか。』

と云うと子供の助手はまるで口を尖らせて、

『だって向こうの三角旗や何かぱたぱた云ってます。』というんだ。博士は笑って相手にしないで壇を下りて行くねえ、子供の助手は少し悄気ながら手を拱いてあとから恭々しくついて行く。

僕はそのときは二・五米というレコードを風力計にのこして笑って行ってしまったんだ。

次の日も九時頃僕は海の霧の中で眼がさめてそれから霧がだんだん融けて空が青くなりお日さまが黄金のばらのようにかがやき出したころそろそろ陸の方へ向かったんだ。これは仕方ないんだよ、お日さんさえ出たらきっともう僕たちは陸の方へ行かなきゃならないようになるんだ、僕はだんだん岸へよって鷗が白い蓮華の花のように波に浮んでいるのも見たし、また沢山のジャンクの黄いろの帆や白く塗られた蒸気船の舷を通ったりなんかして昨日の気象台に通りかかると僕はもう遠くからあの風力計のくるくるくるくる廻るのを見て胸が踊るんだ。すっとかけぬけただろう。レコードが一秒五米と出たねえ、そのとき下を見ると昨日の博士と子供の助手とが今日も出て居て子供の助手がやっぱり云っているんだ。

『この風はたしかに颶風ですね。』

支那人の博士はやっぱりわらって気がないように、

『瓦も石も舞い上がらんじゃないか。』と答えながらもう壇を下りかかるんだ。子供の助手はまるで一生けん命になって

『だって木の枝が動いてますよ。』と云うんだ。それでも博士はまるで相手にしないねえ、僕もその時はもう気象台をずうっとはなれてしまってあとどうなったか知らない。

そしてその日はずうっと西の方の瀬戸物の塔のあるあたりまで行ってぶらぶらし、その晩十七夜のお月さまの出るころ海へ戻って睡ったんだ。

ところがその次の日もなんだ。その次の日僕がまた海からやって来てほくほくしながらもう大

分の早足で気象台を通りかかったらやっぱり博士と助手が二人出ていた。

『こいつはもう本とうの暴風ですね、』又あの子供の助手が尤もらしい顔つきで腕を拱いてそう云っているだろう。博士はやっぱり鼻であしらうといった風で

『だって木が根こぎにならんじゃないか。』と云うんだ。子供はまるで顔をまっ赤にして

『それでもどの木もみんなぐらぐらしてますよ。』と云うんだ。その時僕はもうあとを見なかった。なぜってその日のレコードは八米だからね、そんなに気象台の所にばかり永くとまっているわけには行かなかったんだ。そしてその次の日だよ、やっぱり僕は海へ帰っていたんだ。そして丁度八時ころから雲も一ぱいにやって来て波も高かった。僕はこの時はもう両手をひろげ叫び声をあげて気象台を通った。やっぱり二人とも出ていたねえ、子供は高い処なもんだからもうぶるぶる顫えて手すりにとりついているんだ。雨も幾つぶか落ちたよ。そんなにこわそうにしながらまだ斯う云っているんだ。

『これは本当の暴風ですね、林ががあがあ云ってますよ、枝も折れてますよ。』

　ところが博士は落ちついてからだを少しまげながら海の方へ手をかざして云ったねえ

『うん、けれどもまだ暴風というわけじゃないな。もう降りよう。』僕はその語をきれぎれに聴きながらそこをはなれたんだ、それからもうかけてかけて林を通るときは木をみんな狂人のようにゆすぶらせ丘を通るときは草も花もめっちゃめちゃにたたきつけたんだ、そしてその夕方までに上海から八十里も南西の方の山の中に行ったんだ。そして少し疲れたのでみんなとわかれてやすんでいたら、その晩また僕たちは上海から北の方の海へ抜けて今度はもうまっすぐにこっち

の方までやって来るということになったんだ。そいつは低気圧だよ、あいつに従いて行くことになったんだ。さあ僕はその晩中あしたもう一ぺん上海の気象台を通りたいといくら考えたか知れやしない。ところがうまいこと通ったんだ。そして僕は遠くから風力計の椀がまるで眼にも見えない位速くまわっているのを見、又あの支那人の博士が黄いろなレーンコートを着子供の助手が黒い合羽を着てやぐらの上に立って一生けん命空を見あげているのを見た。さあ僕はもう笛のように鳴りいなずまのように飛んで
『今日は暴風ですよ、そら、暴風ですよ。今日は。さよなら。』と叫びながら通ったんだ。もう子供の助手が何を云ったかただその小さな口がぴくっとまがったのを見ただけ、少しも僕にはわからなかった。
　そうだ、そのときは僕は海をぐんぐんわたってこっちへ来たけれども来る途中でだんだんかけるのをやめてそれから丁度五日目にここも通ったよ。その前の日はあの水沢の臨時緯度観測所も通った。あすこは僕たちの日本では東京の次に通りたがる所なんだよ。なぜってあすこを通るとレコードでも何でもみな外国の方まで知れるようになることがあるからなんだ。あすこを通った日は丁度お天気だったけれど、そうそう、その時は丁度日本では入梅だったんだ、僕は観測所へ来てしばらくある建物の屋根の上にやすんでいたねえ、やすんで居たって本当は少しとろとろ睡ったんだ。すると俄かに下で
『大丈夫です、すっかり乾きましたから。』と云う声がするんだろう。見ると木村博士と気象の方の技手とがラケットをさげて出て来ていたんだ。木村博士は瘠せて眼のキョロキョロした人だ

けれども僕はまあ好きだねえ、それに非常にテニスがうまいんだよ。僕はしばらく見てたねえ、どうしてもその技手の人はかなわないまるっきり汗だらけになってよろよろしているんだ。あんまり僕も気の毒になったから屋根の上からじっとボールの往来をにらめてすきを見て置いてねえ、丁度博士がサーヴをつかったときふうっと飛び出して行って球を横の方へ外らしてしまったんだ。博士はすぐもう一つの球を打ちこんだねえ。そいつは僕は途中に居て途方もない遠くへけとばしてやった。

『こんな筈はないぞ。』と博士は云ったねえ、僕はもう博士にこれ位云わせれば沢山だと思って観測所をはなれて次の日丁度ここへ来たんだよ。ところでね、僕は少し向こうへ行かなくちゃいけないから今日はこれでお別れしよう。さよなら。」

又三郎はすっと見えなくなってしまいました。

みんなは今日は又三郎ばかりあんまり勝手なことを云ってあんまり勝手に行ってしまったりするもんですから少し変な気もしましたが一所に丘を降りて帰りました。

## 九月六日

一昨日からだんだん曇って来たそらはとうとうその朝は低い雨雲を下ろして、まるで冬にでも降るようなまっすぐなしずかな雨が、やっと穂を出した草や青い木の葉にそそぎました。

みんなは傘をさしたり小さな簑からすきとおるつめたい雫をぽたぽた落としたりして学校に来

ました。

　雨はたびたび霽れて雲も白く光りましたけれども今日は誰もあんまり教室の窓からあの丘の栗の木の処を見ませんでした。又三郎などもはじめこそはほんとうにめずらしく奇体だったのですが、だんだんなれて見ると割合ありふれたことになってしまってまるで東京からふいに田舎の学校へ移って来た友だちぐらいにしか思われなくなって来たのです。

　おひるすぎ授業が済んでからはもう雨はすっかり晴れて小さな蟬などもカンカン鳴きはじめたりしましたけれども、誰も今日はあの栗の木の処へ行こうとも云わず一郎も耕一も学校の門の処で「あばえ。」と言ったきり別れてしまいました。

　耕一の家は学校から川添いに十五町ばかり溯った処にありました。耕一の方から来ている子供では一年生の生徒が二人ありましたけれどもそれはもう午前中に帰ってしまっていましたし、耕一はかばんと傘を持ってひとりみちを川上の方へ帰って行きました。みちは岩の崖になった処の中ごろを通るのでずいぶん度々山の窪みや谷に添ってまわらなければなりませんでした。ところどころには湧水もあり、又みちの砂だってまっ白で平らでしたから耕一は今日も足駄をぬいで傘と一緒にもって歩いて行きました。

　まがり角を二つまわってもう学校も見えなくなり前にもうしろにも人は一人も居ず谷の水だけ崖の下で少し濁ってごうごう鳴るだけ大へんさびしくなりましたので、耕一は口笛を吹きながら少し早足に歩きました。

　ところが路の一とこに崖からからだをつき出すようにした楢や樺の木が路に被さったところがあ

りました。耕一が何気(なにげ)なくその下を通りましたら俄(にわ)かに木がぐらっとゆれてつめたい雫(しずく)が一ぺんにざっと落ちて来ました。耕一は肩(かた)からせなかから水へ入ったようになりました。それほどひどく落ちて来たのです。

耕一はその梢(こずえ)をちょっと見あげて少し顔を赤くして笑いながら行き過ぎました。

ところが次の木のトンネルを通るとき又ざっとその雫が落ちて来たのです。今度はもうすっかりからだまで水がしみる位にぬれました。耕一はぎょっとしましたけれどもやっぱり口笛(くちぶえ)を吹(ふ)いて歩いて行きました。

ところが間もなく又木のかぶさった処(ところ)を通るようになりました。それも大へんに今までとはちがって長かったのです。耕一は通る前に一ぺんその青い枝を見あげました。雫は一ぱいにたまって全く今にも落ちそうには見えましたしおまけに二度あることは三度あるとも云(い)うのでしたから少し立ちどまって考えて見ましたけれどもまさか三度が三度とも丁度下を通るときそれが落ちて来るということはないと思って少しびくびくしながらその下を急いで通って行きました。そしたらやっぱり、今度もざあっと雫が落ちて来たのです。耕一はもう少し口がまがって泣くようになって上を見あげました。けれども何とも仕方ありませんでしたから冷たさに一ぺんぶるっとしながらもう少し行きました。すると、又ざあと来たのです。

「誰(たれ)だ。誰だ。」耕一はもうきっと誰かのいたずらだと思ってしばらく上をにらんでいましたがしんとして何の返事もなくただ下の方で川がごうごう鳴るばかりでした。そこで耕一は今度は傘(かさ)をさして行こうと思って足駄(あしだ)を下におろして傘を開きました。そしたら俄(にわ)かにどうっと風がやって来て傘はぱっと開きあぶなく吹き飛ばされそうになりました、耕一はよろよろしながらしっかり柄をつかまえていましたらとうとう傘はがりがり風にこわされて開いた蕈のような形になりました。

耕一はとうとう泣き出してしまいました。

すると丁度それと一緒に向こうではあはあ笑う声がしたのです。びっくりしてそちらを見ましたらそいつは、そいつは風の又三郎でした。ガラスのマントも雫でいっぱい、髪の毛もぬれて束になり赤い顔からは湯気さえ立てながらはあはあはあはあふいごのように笑っていました。

耕一はあたりがきぃんと鳴るように思ったくらい怒ってしまいました。

「何為ぁ、ひとの傘ぶっかして。」

又三郎はいよいよひどく笑ってまるでそこら中ころげるようにしました。

耕一はもうこらえ切れなくなって持っていた傘をいきなり又三郎に投げつけてそれから泣きながら組み付いて行きました。

すると又三郎はすばやくガラスマントをひろげて飛びあがってしまいました。もうどこへ行ったか見えないのです。

耕一はまだ泣いてそらを見上げました。そしてしばらく口惜しさにしくしく泣いていましたがやっとあきらめてその壊れた傘も持たずうちへ帰ってしまいました。そして縁側から入ろうとしてふと見ましたらさっきの傘がひろげて干してあるのです。照井耕一という名もちゃんと書いてありましたし、さっきはなれた処もすっかりくっつきされた糸も外の糸でつないでありました。

耕一は縁側に座りながらとうとう笑い出してしまったのです。

## 九月七日

次の日は雨もすっかり霽れました。日曜日でしたから誰も学校に出ませんでした。ただ耕一は昨日又三郎にあんなひどい悪戯をされましたのでどうしても今日は遭ってうんとひどくいじめてやらなければと思って、自分一人でもこわかったもんですから一郎をさそって朝の八時頃からあの草山の栗の木の下に行って待っていました。

すると又三郎の方でもどう云うつもりか大へんに早く丁度九時ころ、丘の横の方から何か非常に考え込んだような風をして鼠いろのマントをうしろへはねて腕組みをして二人の方へやって来たのでした。さあ、しっかり談判しなくちゃいけないと考えて耕一はどきっとしました。又三郎はたしかに二人の居たのも知っていたようでしたが、わざといかにも考え込んでいるという風で二人の前を知らないふりして通って行こうとしました。

「又三郎、うわぁい。」耕一はいきなりどなりました。又三郎はぎょっとしたようにふり向いて、

「おや、お早う。もう来ていたのかい。どうして今日はこんなに早いんだい。」とたずねました。

「日曜でさ。」一郎が云いました。

「ああ、今日は日曜だったんだね、僕すっかり忘れていた。そうだ八月三十一日が日曜だったからね、七日目で今日が又日曜なんだね。」

「うん。」一郎はこたえましたが耕一はぷりぷり怒っていました。又三郎が昨日のことなど一言も云わずあんまりそらぞらしいもんですから、それに耕一に何も云われないように又日曜のことなどばかり云うもんですからじっさいしゃくにさわったのです。そこでとうとういきなり叫びました。

「うわぁい、又三郎、汝などぁ、世界に無くてもいいな。うわぁい。」

するとﾞ又三郎はずるそうに笑いました。

「やあ、耕一君、お早う。昨日はずいぶん失敬したね。」

耕一は何かもっと別のことを言おうと思いましたがあんまり怒ってしまって考え出すことができませんでしたので又同じように叫びました。

「うわぁい、うわぁいだが、又三郎、うなどぁ世界中に無くてもいいな、うわぁい。」

「昨日は実際失敬したよ。僕雨が降ってあんまり気持ちが悪かったもんだからね。」

又三郎は少し眼をパチパチさせて気の毒そうに云いましたけれども耕一の怒りは仲々解けませんでした。そして三度同じことを繰り返したのです。

「うわぁい、うなどぁ、無くてもいいな。うわぁい。」

すると又三郎は少し面白くなったようでした。いつもの通りずるそうに笑って斯う訊ねました。

「僕たちが世界中になくてもいいってどう云うんだい。箇条を立てて云ってごらん。そら。」

耕一は試験のようだしつまらないことになったと思って大へん口惜しかったのですが仕方なくしばらく考えてから答えました。

「汝などぁ悪戯ばりさな。傘ぶっ壊したり。」

「それから？　それから？」又三郎は面白そうに一足進んで云いました。

「それがら、樹折ったり転覆したりさな。」

「それから？　それから、どうだい。」

「それがら、稲も倒さな。」

「それから？　あとはどうだい。」

「家もぶっ壊さな。」

「それから？　それから？　あとはどうだい。」

「砂も飛ばさな。」

「それから？　あとは？　それから？　あとはどうだい。」

「シャッポも飛ばさな。」

「それから？　それから？　あとは？　あとはどうだい。」

「それがら、うう、電信ばしらも倒さな。」

「それから？　それから？　それから？」

「それがら、塔も倒さな。」

「アアハハハ、塔は家のうちだい、どうだいまだあるかい。それから？　それから？」

「それがら、うう、それがら、」耕一はつまってしまいました。大抵もう云ってしまったのですからいくら考えてももう出ませんでした。

又三郎はいよいよ面白そうに指を一本立てながら
「それから？　それから？　ええ？　それから。」と云うのでした。耕一は顔を赤くしてしばらく考えてからやっと答えました。

「それがら、風車もぶっ壊さな。」

　すると又三郎は今度こそはまるで飛びあがって笑ってしまいました。笑って笑って笑いました。マントも一緒にひらひら波を立てました。

「そうらごらん、とうとう風車などを云っちゃった。風車なら僕を悪く思っちゃいないんだよ。勿論時々壊すこともあるけれども廻してやるときの方がずうっと多いんだ。風車ならちっとも僕を悪く思っちゃいないんだ。うそと思ったら聴いてごらん。お前たちはまるで勝手だねえ、僕たちがちっとばっかしいたずらすることは大業に悪口を云っていいとこはちっとも見ないんだ。それに第一お前のさっきからの数えようがあんまりおかしいや。うう、ううてばかりいたんだろう。おしまいはとうとう風車なんか数えちゃった。ああおかしい。」

　又三郎は又泪の出るほど笑いました。

　耕一もさっきからあんまり困ったために怒っていたのもだんだん忘れて来ました。そしてつい又三郎と一緒にわらいだしてしまったのです。さあ又三郎のよろこんだこと、俄かにしゃべりはじめました。

「ね、そら、僕たちのやるいたずらで一番ひどいことは日本ならば稲を倒すことだよ、二百十日から二百二十日ころまで、昔はその頃ほんとうに僕たちはこわがられたよ。なぜってその頃は丁度稲に花のかかるときだろう。その時僕たちにかけられたら花がみんな散ってしまってまるで実にならないだろう、だから前は本当にこわがったんだ、僕たちだってわざとするんじゃない、どうしてもその頃、かけなくちゃいかないからかけるんだ、もう三四日たてばきっと又そうなるよ。けれどもいまはもう農業が進んでお前たちの家の近くなどでは二百十日のころになど花の咲いている稲なんか一本もないだろう、大抵もう柔らかな実になってるんだ。早い稲はもうよほど硬くさえなってるよ、僕らがかけあるいて少し位倒れたってそんなにひどくとりいれが減りはしないんだ。だから結局何でもないさ。それからも一つは木を倒すことだよ。家を倒すなんてそんなことはほんの少しだからね、木を倒すことだよ、これだって悪戯じゃないんだよ。倒れないようにして置けぁいいんだ。葉の潤い樹なら丈夫だよ。僕たちが少しぐらいひどくぶっつかっても仲々倒れやしない。それに林の樹が倒れるなんかそれは林の持主が悪いんだよ。林を伐るときはね、よく一年中の強い風向を考えてその風下の方からだんだん伐って行くんだよ。林の外側の木は強いけれども中の方の木はせいばかり高くて弱いからよくそんなことも気をつけなきゃいけないんだ。だからまず僕たちのこと悪く云う前によく自分の方に気をつけりゃいいんだよ。海岸ではね、僕たちが波のしぶきを運んで行くとすぐ枯れるやつも枯れないやつもあるよ。苹果や梨やまるめろや胡瓜はだめだ、すぐ枯れる、稲や薄荷やだいこんなどはなかなか強い、牧草なども強いねえ。」

又三郎はちょっと話をやめました。耕一もすっかり機嫌を直して云いました。

「又三郎、おれぁあんまり怒で悪がた。許せな。」

するとまた三郎はすっかり悦よろこびました。

「ああありがとう、お前はほんとうにさっぱりしていい子供だねえ、だから僕はおまえはすきだよ、すきだから昨日きのうもいたずらしたんだ、僕だっていたずらはするけれど、いいことはもっと沢山たくさんするんだよ、そら数えてごらん、僕は松まつの花でも楊やなぎの花でも草棉くさわたの毛でも運んで行くだろう。稲の花粉かふんだってやっぱり僕らが運ぶんだよ。それから僕が通ると草木はみんな丈夫になるよ。悪い空気も持って行っていい空気も運んで来る。東京の浅草のまるで濁にごった寒天かんてんのような空気をうまく太平洋の方へさらって行って日本アルプスのいい空気だって代わりに持って行ってやるんだ。もし僕がいなかったら病気も湿気しつけもいくらふえるか知れないんだ。ところで今日はお前たちは僕にあうためにばかりここへ来たのかい。けれども僕は今日は十時半から演習へ出なきゃいけないからもう別れなきゃならないいんだ。あした又来ておくれ。ね。じゃ、さよなら。」

又三郎はもう見えなくなっていました。一郎と耕一も「さよなら」と云いながら丘を下りて学校の誰たれもいない運動場で鉄棒にとりついたりいろいろ遊んでひるころうちへ帰りました。

## 九月八日

その次の日は大へんいい天気でした。そらには霜しもの織物のような又白い孔雀くじゃくのはねのような雲がうすくかかってその下を鳶とんびが黄金きんいろに光ってゆるく環わをかいて飛びました。

みんなは、

「とんびとんび、とっとび。」とかわるがわるそっちへ叫びながら丘をのぼりました。そしていつもの栗の木の下へかけ上るかあがらないうちにもう又三郎のガラスの沓がキラッと光って、又三郎は一昨日の通りまじめくさった顔をして草に立っていました。

「今日は退屈だったよ。朝からどこへも行きゃしない。お前たちの学校の上を二三べんあるいたし谷底へ二三べん下りただけだ。ここらはずいぶんいい処だけれどもやっぱり僕はもうあきたねえ。」又三郎は草に足を投げ出しながら斯う云いました。

「又三郎さん北極だの南極だのおべだな。」

一郎は又三郎に話させることになれてしまって斯う云って話を釣り出そうとしました。

すると又三郎は少し馬鹿にしたように笑って答えました。

「ふん、北極かい。北極は寒いよ。」

ところが耕一は昨日からまだ怒っていましたしそれにいまの返事が大へんしゃくにさわりましたので
「北極は寒いかね。」とふざけたように云ったのです。さあすると今度は又三郎がすっかり怒ってしまいました。

「何だい、お前は僕をばかにしようと思ってるのかい。僕はお前たちにばかにされやしないよ。悪口を云うならも少し上手にやるんだよ。何だい、北極は寒いかねってのは、北極は寒いかね、ほんとうに田舎くさいねえ。」

耕一も怒りました。

「何した、汝などそだら東京だが。一年中うろうろど歩ってばがり居でいだずらばがりさな。」

ところが奇体なことは、斯う云ったとき、又三郎が又俄かによろこんで笑い出したのです。

「もちろん僕は東京なんかじゃないさ。一年中旅行さ。旅行の方が東京よりは偉いんだよ。旅行たって僕のはうろうろじゃないや。かけるときはきぃっとかけるんだ。赤道から北極まで大循環さえやるんだ。東京なんかよりいくらいいか知れない。」

耕一はまだ怒ってにぎりこぶしをにぎっていましたけれども又三郎は大機嫌でした。

「北極の話聞かせなぃが。」一郎が又云いました。すると又三郎はもっとひどくにこにこしました。

「大循環の話なら面白いけれどむずかしいよ。あんまり小さな子はわからないよ。」

「わがる。」一年生の子が顔を赤くして叫びました。

「わかるかね。僕は大循環のことを話すのはほんとうはすきなんだ。僕は大循環は二遍やったよ。尤も一遍は途中からやめて下りたけれど、僕たちは五遍大循環をやって来ると、もうそりゃ幅が利くんだからね、だからみんなでかけるんだよ、けれども仲々うまく行かないからねえ、ギルバート群島からのぼって発ったときはうまくいったけれどねえ、ボルネオから発ったときはすっかりしくじっちゃったんだ。それでも面白かったねえ、ギルバート群島の中の何と云う島かしら小さいけれども白壁の教会もあった、その島の近くに僕は行ったねえ、行くたって仲々容易じゃないや、あすこらは赤道無風帯ってお前たちが云うんだろう。僕たちはめったに歩けやしない。それでも無風帯のはじの方から舞い上ったんじゃ中々高いとこへ行かないし高いとこへ行かなきゃ北極だなんて遠い処へも行けないから誰でもみんななるべく無風帯のまん中へ行こう行こうとするんだ。僕は一生けん命すきをねらってはひるのうちに海から向こうの島へ行くようにし、夜のうちに島から又向こうの海へ出るようにして何べんも何べんも戻ったりしながらやっとすっかり赤道まで行ったんだ。赤道には僕たちが見るとちゃんと白い指導標が立っているよ。お前たちが見たんじゃわかりゃしない。大循環志願者出発線、これより北極に至る八千九百べェスター南極に至る八千七百べェスターと書いてあるんだ。そのスタートに立って僕は待っていたねえ、向こうの島の椰子の木は黒いくらい青く、教会の白壁は眼へしみる位白く光っているだろう。だんだんひるになって暑くなる、海は油のようにとろっとなってそれでもほんの申しわけに白い波がしらを振っている。

ひるすぎの二時頃になったろう。島で銅鑼がだるそうにぼんぼんと鳴り椰子の木もパンの木も一ぱいにからだをひろげてだらしなくねむっているよう、赤い魚も水の中でもうふらふら泳いだりじっととまったりして夢を見ているんだ。その夢の中で魚どもはみんな青ぞらを泳いでいるんだ。青ぞらをぷかぷか泳いでいると思っているんだ。魚というものは生意気なもんだねえ、ところがほんとうは、その時、空を騰って行くのは僕たちなんだ、魚じゃないんだ。もうきっとその辺にさえ居りゃあ、空へ騰って行かなくちゃいけないような気がするんだ。けれどものぼって行くたってそれはそれはそおっとのぼって行くんだよ。椰子の樹の葉にもさわらず魚の夢もさまさないようにまるでまるでそおっとのぼって行くんだ。はじめはそれでも割合早いけれどもだんだんのぼって行って海がまるで青い板のように見え、その中の白いなみがしらもまるで玩具のように小さくちらちらするようになり、さっきの島などはまるで一粒の緑柱石のように見えて来るころは、僕たちはもう上の方のずうっと冷たい所に居てふうと大きく息をつく、ガラスのマントがぱっと曇ったり又さっと消えたり何べんも何べんもするんだよ。けれどもとうとうすっかり冷たくなって僕たちはがたがたふるえちまうんだ。そうすると僕たちの仲間はみんな集まって手をつなぐ。そしてまだまだ騰って行くねえ、そのうちとうとうもう騰れない処まで来ちまうんだよ。その辺の寒さなら北極とくらべたってそんなに違やしない。その時僕たちはどうしても北の方に行かなきゃいけないようになるんだ。うしろの方では

『ああ今度はいよいよ、かけるんだな。南極はここから八千七百ベェスターだねえ、ずいぶん遠いねえ』なんて云っている、僕たちもふり向いて、ああそうですね、もうお別れです、僕たちはこれから北極へ行くんです、ほんの一寸の間でしたね、ご一緒したのも、じゃさよならって云うんだよ。もうそう云ってしまうかしまわないうち僕たち北極行きの方はどんどんどんどん走り出しているんだ。咽喉もかわき息もつかずまるで矢のようにどんどんどんどんかける。それでも少しも疲れやしない、ただ北極へ北極へとみんな一生けん命なんだ。下の方はまっ白な雲になっていることもあれば海か陸かただ蒼黝く見えることもある、昼はお日さまの下を夜はお星さまたちの下をどんどんどんどんかけて行くんだ。ほんとうにもう休みなしでかけるんだ。

　ところがだんだん進んで行くうちに僕たちは何だかお互いの間が狭くなったような気がして、前はひとりで広い場所をとって手だけつなぎ合ってかけて居たのが今度は何だかとなりの人のマントとぶっつかったり、手だって前のようにのばして居られなくなって縮まるんだろう。それが

ひどく疲れるんだよ。もう疲れて疲れて手をはなしそうになるんだ。それでもみんな早く北極へ行こうと思うから仲々手をはなさない、それでもとうとうたまらなくなって一人二人ずつ手をはなすんだ。そして

『もう僕だめだ。おりるよ。さよなら。』

とずうっと下の方で聞こえたりする。

　二日ばかりの間に半分ぐらいになってしまった。僕たちは新しい仲間と又手をつないでお互い顔を見合わせながらどこまでもどこまでも北を指して進むんだ。先頃僕行って挨拶して来たおじさんはもう十六回目の大循環なんだ。飛びようだってそりゃ落ち着いているからね、僕が下から、おじさん、大丈夫ですかって云ったらおじさんは大きな大きなまるで僕なんか四人も入るようなマントのぼたんをゆっくりとかけながら、うん、お前は今度はタスカロラのはじに行くことになってるのだな、おれはタスカロラにはあさっての朝着くだろう。戻りにどこかで又あうよ。あんまり乱暴するんじゃないよってんだ。僕がええ、あばれませんからと云ったときはおじさんはもうずうっと向こうへ行っていてそのマントのひろいせなかが見えていた、僕がそう云ってもただ大きくうなずいただけなんだ。えらいだろう。ところが僕たちのかけて行ったときはそんなにゆっくりしてはいなかった。みんな若いものばかりだからどうしても急ぐんだ。

『ここの下はハワイになっているよ。』なんて誰か叫ぶものもあるねえ、どんどんどんどん僕たちは急ぐだろう。にわかにポーッと霧の出ることがあるだろう。お前たちはそれがみんな水玉だと考えるだろう。そうじゃない、みんな小さな小さな氷のかけらなんだよ、顕微鏡で見たらもう

いくらすきとおって尖っているか知れやしない。

　そんな旅を何日も何日もつづけるんだ。

　ずいぶん美しいこともあるし淋しいこともある。雲なんかほんとうに奇麗なことがあるよ。」

「赤くてが。」耕一がたずねました。

「いいや、赤くはないよ。雲の赤くなるのは戻りさ。南極か北極へ向いて上の方をどんどん行くときは雲なんか赤かぁないんだよ。赤かぁないんだけれど、そりゃ美しいよ。ごく淡いいろの虹のように見えるときもあるしねえ、いろいろなんだ。

　だんだん行くだろう。そのうちに僕たちは大分低く下っていることに気がつくよ。

　夜がぼんやりうすあかるくてそして大へんみじかくなる。ふっと気がついて見るともう北極圏に入っているんだ。海は蒼黝くて見るから冷たそうだ。船も居ない。そのうちにとうとう僕たちは氷山を見る。朝ならその稜が日に光っている。下の方に大きな白い陸地が見えて来る。それはみんながちがちの氷なんだ。向こうの方は灰のようなけむりのような白いものがぼんやりかかってよくわからない。それは氷の霧なんだ。ただその霧のところどころから尖ったまっ黒な岩があちこち朝の海の船のように顔を出しているねえ。

『あすこはグリーンランドだよ。』僕たちは話し合うんだ。いままでどこをとんでいたのかもう今度で三度目だなんていう少し大きい方の人などが大威張でやって来ていろいろその辺のことなど云うんだ。

『そら、あすこのとこがゲーキイ湾だよ。知ってるだろう。英国のサア・アーキバルド・ゲーキーの名をつけた湾なんだ。ごらんそら、氷河ね、氷河が海にはいるねえ、あれで少しずつ押されてだんだん喰み出してるんだよ、そしてとうとう氷河から断れて氷山にならあね。あっちは？　あっちが英国さ、ここはもう地球の頂上だからどっちへ行くたって近いやね、少し間違えば途方もない方へ降りちまうよ。あっち？　あっちが英国さ。』なんてほんとうに威張ってるんだ。僕たちはもう殆んど東の方へ東の方へと北極を一まわりするようになるんだ。この時だよ、僕らのこわいのは。大循環でいちばんこわいのはこの時なんだよ、この僕たちのまわるもっと中の方に極渦といって大きな環があるんだ。その環にはいったらもう仲々出られない。卑怯なものはそれでもみんな入っちまうよ。環のまん中に名高い、ヘルマン大佐がいるんだ。人間じゃないよ。僕たちの方のだよ。ヘルマン大佐はまっすぐに立って腕を組んでじろじろあたりをめぐっているものを見ているねえ、そして僕たちの眼の色で卑怯だったものをすぐ見わけるんだ。そして『こら、その赤毛、入れ。』と斯う云うんだ。そう云われたらもうおしまいだ極渦の中へはいってぐるぐるぐるぐるまわる、仲々出ていいとは云わないんだ。だから僕たちそのときは本当に緊張するよ。けれどもなんにも卑怯をしないものは割合平気だねえ、大循環の途中でわざとつかれた隣りの人の手をはなしたものだの早くみんなやめるといいと考えてきろきろみんなの足なみを見たりしたものはどれもすっかり入れられちまうんだ。

　そのうちだんだん僕らはめぐるだろう。そして下の方におりるんだ。おしまいはまるで海とすれすれになる。そのときあちこちの氷山に、大循環到着者はこの附近に於いて数日間休養すべし、帰路は各人の任意なるも障碍は来路に倍するを以て充分の覚悟を要す。海洋は摩擦少きも却って速度は大ならず。最も愚鈍なるもの最も賢きものなり、という白い杭が立っている。これより赤道に至る八千六百ベスターというような標もあちこちにある。だから僕たちはその辺でまあ五六日はやすむねえ、そしてまったくあの辺は面白いんだよ。白熊は居るしね、テッデーベーヤさ。あいつはふざけたやつだねえ、氷のはじに立ってとぼけた顔をしてじっと海の水を見ているかと思うと俄かに前肢で頭をかかえるようにしてね、ざぶんと水の中へ飛び込むんだ。するとからだ中の毛がみんなまるで銀の針のように見えるよ。あっぷあっぷ溺れるまねをしたりなんかもするねえ、そんなことをしてふざけながらちゃんと魚をつかまえるんだからえらいや、魚をつかまえてこんどは大威張りで又氷にあがるんだ。魚というものは本当にばかなもんだ、ふざけてさえ居れば大丈夫こわくないと思ってるんだ。白熊はなかなか賢いよ。それからその次に面白いのは北極光だよ。ぱちぱち鳴るんだ、ほんとうに鳴るんだよ。紫だの緑だのずいぶん奇麗な見世物だよ、僕らはその下で手をつなぎ合ってぐるぐるまわったり歌ったりする。

　そのうちとうとう又帰るようになるんだ。今度は海の上を渡って来る。あ、もう演習の時間だ。あした又話すからね。じゃさよなら。」又三郎は一ぺんに見えなくなってしまいました。みんなも丘をおりたのです。

## 九月九日

「北極は面白いけれどもそんなに永くとまっている処じゃない。うっかりはせまわってふらふらしているとこなどを、ヘルマン大佐になど見られようもんならさっそく、おいその赤毛、入れ、なんて来るからねえ、いくら面白いたって少し疲れさえなおったら出発をはじめるんだよ。帰りはもう自由だからみんなで手をつながなくてもいいんだ気の合った友達と二人三人ずつ向こうの隙き次第出掛けるだろう。僕の通って来たのはベーリング海峡から太平洋を渡って北海道へかかったんだ。どうしてどうして途中のひどいこと前に高いとこをぐんぐんかけたどこじゃない、南の方から来てぶっつかるやつはあるし、ぶっつかったときは霧ができたり雨をちらしたり負ければあと戻りをしなけぁいけないし丁度力が同じだとしばらくとまったりこの前のサイクルホールになったりするし、勝ったってよっぽど手間取るんだからそらぁ実際気がいらいらするんだよ。喧嘩だってずいぶんするよ。けれども決して卑怯はしない。そら僕らが三人ぐらい北の方から少し西へ寄って南の方へ進んで行くだろう、向こうから丁度反対にやって来るねえ、こっちが三人で向こうが十人のこともある、向こうが一人のこともある、けれども勝まけは人数じゃない力なんだよ、人数へ速さをかけたものなんだよ、

　君たちはどこまで行こうっての、こっちが遠くからきくねえ、アラスカだよ。向こうが答えるだろう。冗談じゃないや、アラスカなんか行くとこはありゃしない。僕たちがそっちから来たんじゃないか。いいや、行くように云われて来たんだ、さあ通してお呉れ、いいや僕たちこそ大循環なんだ、よくマークを見てごらん、大循環と云われると大抵誰でも一寸顔いろを和らげてマークをよく見るねえ、はじめから、ああ大循環だ通してやれなんて云うものもそりゃあるよ。けれども仲々大人なんかにはたちの悪いのもあるからね、なんだ、大循環だ、かっぱめ、ばかにしゃ

がるな。どけ。なんてわざと空っぽな大きな声を出すものもあるんだ。いいえどかれません、じゃ法令の通りボックシングをやりましょうとなるだろう、勝つことも負けることもある、けれども僕は卑怯は嫌いだからねえ、もしすきをねらって遁げたりするものがあってもそんなやつを追いかけやしない、あとでヘルマン大佐につかまるよってだけ云うんだ。しずかな日きまった速さで海面を南西へかけて行くときはほんとうにうれしいねえ、そんな日だって十日に三日はあるよ、そう云うにして丁度北極から一ヶ月目に僕は津軽海峡を通ったよ、あけがたでね、函館の砲台のある山には低く雲がかかっている、僕はそれを少し押しながら進んだ、海すずめが何重もの環になって白い水にすれすれにめぐっている、かもめも居る、船も通る、えとろふ丸なんて云う荷物を一杯に積んだ大きな船もあれば白く塗られた連絡船もある。そうそう、そのとき僕は北海道の大学の伊藤さんにも会った。あの人も気象をやってるから僕は知っている。

それから僕は少し南へまっすぐに朝鮮へかかったよ。あの途中のさびしかったことね、僕はたった一人になっていたもんだから、雲は大へんきれいだったし邪魔もあんまりなかったけれどもほんとうにさびしかったねえ、朝鮮から僕は又東の方へ西風に送られて行ったんだ。海の中ばかりあるいたよ。商船の甲板でシガアの紫の煙をあげる一等航海士の耳の処で、もしもしお子さんはもう歩いておいでですよ、なんて云って行くんだ。船の上の人たちへの僕たちの挨拶は大抵斯んな工合なんだよ、

上の方を見るとあの冷たい氷の雲がしずかに流れている。そうだあすこを新しい大循環の志願者たちが走って行く。いつ又僕は大循環へ入るだろう、ああもう二十日かそこらでこんどのは卒

業するんだ、と考えるとほんとうに何とも云えずうれしい気がするねえ、」

「おらの方の試験ど同じだな。」耕一が云いました。

「うん、だけどおまえたちの試験よりはむずかしいよ。お前たちの試験のようなもんならただ毎日学校へさえ来ていれば遊んでいても卒業するだろう。」又三郎はきっと誰か怒るだろうと思って少し口をまげて笑いながら斯う云いました。

「おらの方だて毎日学校さ来るのひでじゃぃ。」耕一が大して怒ったでもなしに斯う云いました。

「ふん、そうかい、誰だって同じことだな。さあ僕は今日もいそがしい。もうさよなら。」

又三郎のかたちはもうみんなの前にありませんでした。みんなはばらばら丘をおりました。

## 九月十日

「ドッドド、ドドウド、ドドウド、ドドウ、
ああまいざくろも吹きとばせ、
すっぱいざくろも吹きとばせ、
ドッドド、ドドウド、ドドウド、ドドウ
ドッドド、ドドウド、ドドウド、ドドウ。」

先頃又三郎から聴いたばかりのその歌を一郎は夢の中で又きいたのです。

びっくりして跳ね起きて見ましたら外ではほんとうにひどく風が吹いてうしろの林はまるで咆

えるよう、あけがた近くの青ぐろいうすあかりが障子や棚の上の提灯箱や家中いっぱいでした。

一郎はすばやく帯をしてそれから下駄をはいて土間に下り、馬屋の前を通って潜りをあけましたら風がつめたい雨のつぶと一緒にどうっと入って来ました。馬屋のうしろの方で何かの戸がばたっと倒れ馬はぶるるっと鼻を鳴らしました。

一郎は風が胸の底まで滲み込んだように思ってはあと強く息を吐きました。そして外へかけ出しました。

外はもうよほど明るく土はぬれて居りました。家の前の栗の木の列は変に青く白く見えてそれがまるで風と雨とで今洗濯をするとでも云うように烈しくもまれていました。青い葉も二三枚飛び、吹きちぎられた栗のいがは黒い地面にたくさん落ちて居りました。

空では雲がけわしい銀いろに光りどんどんどんどん北の方へ吹きとばされていました。

遠くの方の林はまるで海が荒れているようにごとんごとんと鳴ったりざあと聞こえたりするのでした。一郎は顔や手につめたい雨の粒を投げつけられ風にきものも取って行かれそうになりながらだまってその音を聴きすましじっと空を見あげました。もう又三郎が行ってしまったのだろうかそれとも先頃約束したように誰かの目をさますうち少し待って居て呉れたのかと考えて一郎は大へんさびしく胸がさらさら波をたてるように思いました。けれども又じっとその鳴って吠えてうなってかけて行く風をみていますと今度は胸がどかどかなってくるのでした。昨日まで丘や野原の空の底に澄みきってしんとしていた風どもが今朝夜あけ方俄かに一斉に斯う動き出してどんどんどんどんタスカロラ海床の北のはじをめがけて行くことを考えますともう一郎は顔がほてり息もはあ、はあ、なって自分までが一緒に空を翔けて行くように胸を一杯にはり手をひろげて叫びました。
「ドッドドドウドドドウ、あまいざくろも吹きとばせ、すっぱいざくろも吹きとばせ、ドッドドドウドドドウ、ドッドドドウドドドードドドウ。」
その声はまるできれぎれに風にひきさかれて持って行かれましたがそれと一緒にうしろの遠くの風の中から、斯ういう声がきれぎれに聞えたのです。
「ドッドドドウドドドウ、
楢の木の葉も引っちぎれ
とちもくるみもふきおとせ
ドッドドドウドドドウ。」
一郎は声の来た栗の木の方を見ました。俄かに頭の上で
「さよなら、一郎さん、」と云ったかと思うとその声はもう向こうのひのきのかきねの方へ行っていました。一郎は高く叫びました。
「又三郎さん。さよなら。」
かきねのずうっと向こうで又三郎のガラスマントがぎらっと光りそれからあの赤い頬とみだれた赤毛とがちらっと見えたと思うと、もうすうっと見えなくなってただ雲がどんどん飛ぶばかり一郎はせなか一杯風を受けながら手をそっちへのばして立っていたのです。
「ああ烈で風だ。今度はすっかりやらえる。一郎。ぬれる、入れ。」いつか一郎のおじいさんが

潜（くぐ）りの処（ところ）でそらを見あげて立っていました。一郎は早く仕度（したく）をして学校へ行ってみんなに又三郎のさようならを伝えたいと思って少しもどかしく思いながらいそいで家の中へ入りました。

# 谷

——たに——

楢渡のとこの崖はまっ赤でした。

それにひどく深くて急でしたからのぞいて見ると全くくるくるするのでした。

谷底には水もなんにもなくてただ青い梢と白樺などの幹が短く見えるだけでした。

向こう側もやっぱりこっち側と同じようでその毒々しく赤い崖には横に五本の灰いろの太い線が入っていました。ぎざぎざになって赤い土から喰み出していたのです。それは昔山の方から流れて走って来て又火山灰に埋もれた五層の古い熔岩流だったのです。

崖のこっち側と向こう側と昔は続いていたのでしょうがいつかの時代に裂けるか罅れるかしたのでしょう。霧のあるときは谷の底はまっ白でなんにも見えませんでした。

私がはじめてそこへ行ったのはたしか尋常三年生か四年生のころです。ずうっと下の方の野原でたった一人野葡萄を喰べていましたら馬番の理助が鬱金の切れを首に巻いて木炭の空俵をしょって大股に通りかかったのでした。そして私を見てずいぶんな高声で言ったのです。

「おいおい、どこからこぼれて此処らへ落ちた？　さらわれるぞ。蕈のうんと出来る処へ連れてってやろうか。お前なんかには持てない位蕈のある処へ連れてってやろうか。」

私は「うん」と云いました。すると理助は歩きながら又言いました。

「そんならついて来い。葡萄などもう棄てちまえ。すっかり唇も歯も紫になってる。早くついて来い、来い。後れたら棄てて行くぞ。」

私はすぐ手にもった野葡萄の房を棄ていっしんに理助について行きました。ところが理助は連れてってやろうかと云っても一向私などは構わなかったのです。自分だけ勝手にあるいて途方もない声で空に噛ぶりつくように歌って行きました。私はもうほんとうに一生けんめいついて行ったのです。

私どもは柏の林の中に入りました。

影がちらちらちらちらして葉はうつくしく光りました。曲がった黒い幹の間を私どもはだんだん潜って行きました。林の中に入ったら理助もあんまり急がないようになりました。又じっさい急げないようでした。傾斜もよほど出てきたのでした。

十五分も柏の中を潜ったとき理助は少し横の方へまがってからだをかがめてそこらをしらべていましたが間もなく立ちどまりました。そしてまるで低い声で、

「さあ来たぞ。すきな位とれ。左の方へは行くなよ。崖だから。」

そこは柏や楢の林の中の小さな空地でした。私はまるでぞくぞくしました。はぎぼだしがそこにもここにも盛りになって生えているのです。理助は炭俵をおろして尤らしく口をふくらせてふうと息をついてから又言いました。

「いいか。はぎぼだしには茶いろのと白いのとあるけれど白いのは硬くて筋が多くてだめだよ。

茶いろのをとれ。」

「もうとってもいいか。」私はききました。

「うん。何へ入れてく。そうだ。羽織へ包んで行け。」

「うん。」私は羽織をぬいで草に敷きました。

理助はもう片っぱしからとって炭俵の中へ入れました。私もとりました。ところが理助のとるのはみんな白いのです。白いのばかりえらんでどしどし炭俵の中へ投げ込んでいるのです。私はそこでしばらく呆れて見ていました。

「何をぼんやりしてるんだ。早くとれとれ。」理助が云いました。

「うん、けれどお前はなぜ白いのばかりとるの。」私がききました。

「おれのは漬物だよ。お前のうちじゃ蕈の漬物なんか喰べないだろうから茶いろのを持って行った方がいいやな。煮て食うんだろうから。」

私はなるほどと思いましたので少し理助を気の毒なような気もしながら茶いろのをたくさんとりました。羽織に包まれないようになってもまだとりました。

日がてって秋でもなかなか暑いのでした。

間もなく蕈も大ていなくなり理助は炭俵一ぱいに詰めたのをゆるく両手で押すようにしてそれから羊歯の葉を五六枚のせて縄で上をからげました。

「さあ戻るぞ。谷を見て来るかな。」理助は汗をふきながら右の方へ行きました。私もついて行きました。しばらくすると理助はぴたっととまりました。それから私をふり向いて私の腕を押えてしまいました。

「さあ、見ろ、どうだ。」

私は向こうを見ました。あのまっ赤な火のような崖だったのです。私はまるで頭がしいんとなるように思いました。そんなにその崖が恐ろしく見えたのです。

「下の方ものぞかしてやろうか。」理助は云いながらそろそろと私を崖のはじにつき出しました。私はちらっと下を見ましたがもうくるくるしてしまいました。

「どうだ。こわいだろう。ひとりで来ちゃきっとここへ落ちるから来年でもいつでもひとりで来ちゃいけないぞ。ひとりで来たら承知しないぞ。第一みちがわかるまい。」

理助は私の腕をはなして大へん意地の悪い顔つきになって斯う云いました。

「うん、わからない。」私はぼんやり答えました。

すると理助は笑って戻りました。

それから青ぞらを向いて高く歌をどなりました。

さっきの蕈を置いた処へ来ると理助はどっかり足を投げ出して座って炭俵をしょいました。それから胸で両方から縄を結んで言いました。

「おい、起こして呉れ。」

私はもうふところへ一杯にきのこをつめ羽織を風呂敷包みのようにして持って待っていましたが斯う言われたので仕方なく包みを置いてうしろから理助の俵を押してやりました。理助は起きあがって嬉しそうに笑って野原の方へ下りはじめました。私も包みを持ってうれしくて何べんも

「ホウ。」と叫びました。

そして私たちは野原でわかれて私は大威張りで家に帰ったのです。すると兄さんが豆を叩いていましたが笑って言いました。

「どうしてこんな古いきのこばかり取って来たんだ。」

「理助がだって茶いろのがいいって云ったもの。」

「理助かい。あいつはずるさ。もうはぎぼだしも過ぎるな。おれもあしたでかけるかな。」

私は又ついて行きたいと思ったのでしたが次の日は月曜ですから仕方なかったのです。

そしてその年は冬になりました。

次の春理助は北海道の牧場へ行ってしまいました。そして見るとあすこのきのこはほかに誰かに理助が教えて行ったかも知れませんがまあ私のものだったのです。私はそれを兄にもはなしませんでした。今年こそ白いのをうんととって来て手柄を立ててやろうと思ったのです。

そのうち九月になりました。私ははじめたった一人で行こうと思ったのでしたがどうも野原から大分奥でこわかったのですし第一どの辺だったかあまりはっきりしませんでしたから誰か友だちを誘おうときめました。

そこで土曜日に私は藤原慶次郎にその話をしました。そして誰にもその場所をはなさないなら一緒に行こうと相談しました。すると慶次郎はまるでよろこんで言いました。

「楢渡なら方向はちゃんとわかっているよ。あすこでしばらく木炭を焼いていたのだから方角はちゃんとわかっている。行こう。」

私はもう占めたと思いました。

次の朝早く私どもは今度は大きな籠を持ってでかけたのです。実際それを一ぱいとることを考えると胸がどかどかするのでした。

ところがその日は朝も東がまっ赤でどうも雨になりそうでしたが私たちが柏の林に入ったころはずいぶん雲がひくくてそれにぎらぎら光って柏の葉も暗く見え風もカサカサ云って大へん気味が悪くなりました。

それでも私たちはずんずん登って行きました。慶次郎は時々向こうをすかすように見て
「大丈夫だよ。もうすぐだよ。」と云うのでした。実際山を歩くことなどは私よりも慶次郎の方がずうっとなれていて上手でした。

ところがうまいことはいきなり私どもははぎぼだしに出っ会わしました。そこはたしかに去年の処ではなかったのです。ですから私は
「おい、ここは新しいところだよ。もう僕らはきのこ山を二つ持ったよ。」と言ったのです。すると慶次郎も顔を赤くしてよろこんで眼や鼻や一緒になってどうしてもそれが直らないという風でした。

「さあ、取ってこう。」私は云いました。そして白いのばかりえらんで二人ともせっせと集めました。昨年のことなどはすっかり途中で話して来たのです。

間もなく籠が一ぱいになりました。丁度そのときさっきからどうしても降りそうに見えた空から雨つぶがポツリポツリとやって来ました。

「さあぬれるよ。」私は言いました。

「どうせずぶぬれだ。」慶次郎も云いました。

雨つぶはだんだん数が増して来てまもなくザアッとやって来ました。楢の葉はパチパチ鳴り雫の音もポタッポタッと聞えて来たのです。私と慶次郎とはだまって立ってぬれました。それでもうれしかったのです。

ところが雨はまもなくぱたっとやみました。五六つぶを名残りに落してすばやく引きあげて行ったという風でした。そして陽がさっと落ちて来ました。見上げますと白い雲のきれ間から大きな光る太陽が走って出ていたのです。私どもは思わず歓呼の声をあげました。楢や柏の葉もきらきら光ったのです。

「おい、ここはどの辺だか見て置かないと今度来るときわからないよ。」慶次郎が言いました。

「うん。それから去年のもさがして置かないと。兄さんにでも来て貰おうか。あしたは来れないし。」

「あした学校を下ってからでもいいじゃないか。」慶次郎は私の兄さんには知らせたくない風でした。

「帰りに暗くなるよ。」

「大丈夫さ。とにかくさがして置こう。崖はじきだろうか。」

私たちは籠はそこへ置いたまま崖の方へ歩いて行きました。そしたらまだまだと思っていた崖がもうすぐ眼の前に出ましたので私はぎくっとして手をひろげて慶次郎の来るのをとめました。

「もう崖だよ。あぶない。」

慶次郎ははじめて崖を見たらしくいかにもどきっとしたらしくしばらくなんにも云いませんでした。

「おい、やっぱり、すると、あすこは去年のところだよ。」私は言いました。

「うん。」慶次郎は少しつまらないというようにうなずきました。

「もう帰ろうか。」私は云いました。

「帰ろう。あばよ。」と慶次郎は高く向こうのまっ赤な崖に叫びました。

「あばよ。」崖からこだまが返って来ました。

私はにわかに面白くなって力一ぱい叫びました。

「ホウ、居たかぁ。」

「居たかぁ。」崖がこだまを返しました。

「また来るよ。」慶次郎が叫びました。

「来るよ。」崖が答えました。

「馬鹿。」私が少し大胆になって悪口をしました。

「馬鹿。」崖も悪口を返しました。

「馬鹿野郎」慶次郎が少し低く叫びました。

ところがその返事はただごそごそごそっとつぶやくように聞こえました。どうも手がつけられないと云ったようにも又そんなやつらにいつまでも返事していられないなと自分ら同志で相談したようにも聞えました。

私どもは顔を見合わせました。それから俄かに恐くなって一緒に崖をはなれました。

それから籠を持ってどんどん下りました。二人ともだまってどんどん下りました。雫ですっかりぬれ、ばらや何かに引っかかれながらなんにも云わずに私どもはどんどんどんどん遁げました。遁げれば遁げるほどいよいよ恐くなったのです。うしろでハッハッハと笑うような声もしたのです。

ですから次の年はとうとう私たちは兄さんにも話して一緒にでかけたのです。

# 二人の役人

ふたりのやくにん

その頃の風穂の野はらは、ほんとうに立派でした。

青い萱や光る茨やけむりのような穂を出す草で一ぱい、それにあちこちには栗の木やはんの木の小さな林もありました。

野原は今は練兵場や粟の畑や苗圃などになってそれでも騎兵の馬が光ったり、白いシャツの人が働いたり、汽車で通ってもなかなか奇麗ですけれども、前はまだまだ立派でした。

九月になると私どもは毎日野原に出掛けました。殊に私は藤原慶次郎といっしょに出て行きました。町の方の子供らが出て来るのは日曜日に限っていましたから私どもはどんな日でも初茸や栗をたくさんとりました。ずいぶん遠くまでも行ったのでしたが日曜には一層遠くまで出掛けました。

ところが、九月の末のある日曜でしたが、朝早く私が慶次郎をさそっていつものように野原の入口にかかりましたら、一本の白い立札がみちばたの栗の木の前に出ていました。私どもはもう尋常五年生でしたからすらすら読みました。

「本日は東北長官一行の出遊につきこれより中には入るべからず。東北庁」

私はがっかりしてしまいました。慶次郎も顔を赤くして何べんも読み直していました。

「困ったねえ、えらい人が来るんだよ。叱られるといけないからもう帰ろうか。」私が云いましたら慶次郎は少し怒って答えました。

「構うもんか、入ろう、入ろう。ここは天子さんのとこでそんな警部や何かのとこじゃないんだい。ずうっと奥へ行こうよ。」

私もにわかに面白くなりました。

「おい、東北長官というものを見たいな。どんな顔だろう。」

「鬚もめがねもあるのさ。先頃来た大臣だってそうだ。」

「どこかにかくれて見てようか。」

「見てよう。寺林のとこはどうだい。」

寺林というのは今は練兵場の北のはじになっていますが野原の中でいちばん奇麗な所でした。はんのきの林がぐるっと輪になっていて中にはみじかいやわらかな草がいちめん生えてまるで一つの公園地のようでした。

私どもはそのはんのきの中にかくれていようと思ったのです。

「そうしよう。早く行かないと見つかるぜ。」

「さあ走ってこう。」

私どもはそこでまるで一目散にその野原の一本みちを走りました。あんまり苦しくて息がつけなくなるととまって空を向いてあるき又うしろを見てはかけ出し、走って走ってとうとう寺林についたのです。そこでみちからはなれてはんのきの中にかくれました。けれども虫がしんしん鳴き時々鳥が百疋も一かたまりになってざあと通るばかり、一向人も来ないようでしたからだんだん私たちは恐くなくなってはんのきの下の萱をがさがさわけて初茸をさがしはじめました。いつものようにたくさん見附かりましたから私はいつか長官のことも忘れてしきりにとって居りました。

　すると俄かに慶次郎が私のところにやって来てしがみつきました。まるで私の耳のそばでそっと云ったのです。

「来たよ、来たよ。とうとう来たよ。そらね。」

　私は萱の間からすかすようにして私どもの来た方を見ました。向こうから二人の役人が大急ぎで路をやって来るのです。それも何だかみちから外れて私どもの林へやって来るらしいのです。さあ、私どもはもう息もつまるように思いました。ずんずん近づいて来たのです。

「この林だろう。たしかにこれだな。」一人の顔の赤い体格のいい紺の詰えりを着た方の役人が云いました。

「うん、そうだ。間違いないよ。」も一人の黒い服の役人が答えました。さあ、もう私たちはきっと殺されるにちがいないと思いました。まさかこんな林には気も付かずに通り過ぎるだろうと思っていたら二人の役人がどこかで番をして見ていたのです、万一殺されないにしてももう縛られると私どもは覚悟しました。慶次郎の顔を見ましたらやっぱりまっ青で唇まで乾いて白くなっていました。私は役人に縛られたときとった蕈を持たせられて町を歩きたくないと考えました。

そこでそっと慶次郎に云いました。

「縛られるよ。きっと縛られる。きのこをすてよう。きのこをさ。」

慶次郎はなんにも云わないでだまってきのこをはきごのまま棄てました。私も籠のひもからそっと手をはなしました。ところが二人の役人はべつに私どもをつかまえに来たのでもないようでした。

うろうろ木の高いところを見ていましたしそれに林の前でぴたっと立ちどまったらしいのでした。そしてしばらく何かしていました。私は萱の葉の混んだ所から無理にのぞいて見ましたら二人ともメリケン粉の袋のようなものを小わきにかかえてその口の結び目を立ったまま解いているのでした。

「この辺でよかろうな。」一人が云いました。

「うん、いいだろう。」も一人が答えたと思うとバラッバラッと音がしました。たしかに何か撒いたのです。私は何を撒いたか見たくて命もいらないように思いました。こわいことはやっぱりこわかったのですけれども。

役人どもはだんだん向こうの方へはんの木の間を歩きながらずいぶんしばらく撒いていましたが俄かに一人が云いました。

「おい、失敗だよ。失敗だ。ひどくしくじった。君の袋にはまだ沢山あるか。」

「どうして?　林がちがったかい。」も一人が愕いてたずねました。

「だって君、これは何という木かしらんが栗の木じゃないぜ、途方もないとこに栗の実が落ちてちゃ、ばれるよ。」

　も一人が落ちついた声で答えました。

「ふん、そんなことは心配ないよ、はじめから僕は気がついてるんだ。そんなことまで何のかんの云うもんか。どっから来たろうって云ったら風で飛ばされて参りましたでしょうて云やいいや。」

「そんなわけにも行くまいぜ。困ったな、どこか栗の木の下へまこう。あ、うまい、こいつはうまい。栗の木だ。こいつから落ちたということにすりゃいいな。ああ助かった。おい、ここへ沢山まいて置こう。」

「もちろんだよ。」

　それからばらっばらっと栗の実が栗の木の幹にぶっつかったりはね落ちたりする音がしばらくしました。私どもは思わず顔を見合わせました。もう大丈夫役人どもは私たちを殺しに来たのでもなく、私どもの居ることさえも知らないことがわかったのです。まるで世界が明るくなったように思いました。

　遁げるならいまのうちだと私たちは二人一緒に思ったのです。その証拠には私たちは一寸眼を見合わせましたらもう立ちあがっていました。それからそおっと萱をわけて林のうしろの方へ出ようとしました。すると早くも役人の一人が叫んだのです。

「誰か居るぞ。入るなって云ったのに。」

「誰だ。」も一人が叫びました。私たちはすっかり失策ってしまったのです。ほんとうにばかなことをしたと私どもは思いました。

役人はもうがさがさと向こうの萱の中から出て来ました。そのとき林の中は黄金いろの日光で点々になっていました。

「おい、誰だ、お前たちはどこから入って来た。」紺服の方の人が私どもに云いました。

私どもははじめまるで死んだようになっていましたがだんだん近くなって見ますとその役人の顔はまっ赤でまるで湯気が出るばかり殊に鼻からはぷつぷつ油汗が出ていましたので何だか急にこわくなくなりました。

「あっちからです。」私はみちの方を指しました。するとその役人はまじめな風で云いました。

「ああ、あっちにもみちがあるのか。そっちへも制札をして置かなかったのは失敗だった。ねえ、君。」と云いながらあとからしなびたメリケン粉の袋をかついで来た黒服に云いました。

「うん、やっぱり子供らは入ってるねえ、しかし構わんさ。この林からさえ追い出しときゃいいんだ。おい。お前たちね、今日はここへ非常なえらいお方が入らっしゃるんだから此処に居てはいけないよ。野原に居たかったら居てもいいからずうっと向こうの方へ行ってしまってここから見えないようにするんだぞ。声をたててもいけないぞ。」

私たちは顔を見合わせました。そしてだまって籠を提げて向こうへ行こうとしました。

慶次郎がぽいっとおじぎをしましたから私もしました。紺服の役人はメリケン粉のからふくろを手に団子のように捲きつけていましたが少し屈むようにしました。

私たちは行こうとしました。すると黒服の役人がうしろからいきなり云いました。

「おいおい。おまえたちはここでその蕈をとったのか。」

又かと私はぎくっとしました。けれどもこの時もどうしても「いいえ。」と云えませんでした。慶次郎がかすれたような声で「はあ。」と答えたのです。すると役人は二人とも近くへ来て籠の中をのぞきました。

「まだあるだろうな。どこかここらで　沢山ある所をさがして呉れないか。ごほうびをあげるから。」

私たちはすっかり面白くなりました。

「まだ沢山ありますよ。さがしてあげましょう。」私が云いましたら紺服の役人があわてて手をふって叫びました。

「いやいや、とってしまっちゃいけない、ただある場所をさがして教えてさえ呉れればいいんだ。さがしてごらん。」

私と慶次郎とはまるで電気にかかったように萱をわけてあるきました。そして私はすぐ初蕈の三つならんでる所を見附けました。

「ありました。」叫んだのです。

「そうか。」役人たちは来てのぞきました。

「何だ、ただ三つじゃないか。長官は六人もご家族をつれていらっしゃるんだ。三つじゃ仕方ない、お一人十ずつとしても六十無くちゃだめだ。」

「六十ぐらい大丈夫あります。」慶次郎が向こうで袖で汗を拭きながら云いました。

「いや、あちこちちらばったんじゃさがし出せない。二とこぐらいに集まってなくちゃ。」

「初茸はそんなに集まってないんです。」私も勢いがついて言いました。

「ふうん、そんならかまわないからおまえたちのとった蕈をそこらへ立てて置こうかな。」

「それでいいさ。」黒服の方が薄いひげをひねりながら答えました。

「おい、お前たちの籠の蕈をみんなよこせ。あとでごほうびはやるからな。」紺服は笑って云いました。私たちはだまって籠を出したのです。二人はしゃがんで籠を倒にして数を数えてから小さいのはみんな又籠に戻しました。

「丁度いいよ、七十ある。こいつをここらへ立ててこう。」

紺服の人はきのこを草の間に立てようとしましたがすぐ傾いてしまいました。

「ああ、萱で串にしておけばいいよ。そら、こんな工合に。」黒服は云いながら萱の穂を一寸ばかりにちぎって地面に刺してその上にきのこの脚をまっすぐに刺して立てました。

「うまい、うまい、丁度いい、おい、おまえたち、萱の穂をこれ位の長さにちぎって呉れ。」

私たちはとうとう笑いました。役人も笑っていました。間もなく役人たちは私たちのやった萱の穂をすっかりその辺に植えて上にみんな蕈をつき刺しました。実に見事にはなりましたが又おかしかったのです。第一萱が倒れていましたしきのこのちぎれた脚も見えていました。私どもは笑って見ていますと黒服の役人がむずかしい顔をして云いました。

「さあ、お前たちもう行って呉れ、この袋はやるよ。」

「うん、そうだ、そら、ごほうびだよ。」二人はメリケン粉の袋を私たちに投げました。

そんなもの要(い)らないと私たちは思いましたが役人が又まじめになって恐(こわ)くなりましたからだまって受け取りました。そして林を出ました。林を出るときちょっとふりかえって見ましたら二人がまっすぐに立ってしきりにそのこしらえた蕈の公園をながめているようでしたが間もなく
「だめだよ、きのこの方はやっぱりだめだ。もし知れたら大へんだ。」

「うん、どうもあぶないと僕も思った。こっちは止(よ)そう。とってしまおう。その辺へかくして置いてあとで我われがとったということにしてお嬢(じょう)さんにでも上げればいいじゃないか。その方が安全だよ。」というのがはっきり聞こえました。私たちは又顔を見合わせました。

そして思わずふき出してしまいました。

それから一目散(いちもくさん)に遁(に)げました。

けれどももう役人は追って来ませんでした。その日の晩方おそく私たちはひどくまわりみちをしてうちへ帰りましたが東北長官はひるころ野原へ着いて夕方まで家族と一緒(いっしょ)に大へん面白く遊んで帰ったということを聞きました。その次の年私どもは町の中学校に入りましたがあの二人の役人にも時々あいました。二人はステッキをふったり包みをかかえたり又競馬などで酔(よ)って顔を赤くして叫(さけ)んだりしていました。私たちはちゃんとおぼえていたのです。けれども向こうではいつも、どうも見たことのある子供だが思い出せないというような顔をするのでした。

# 鳥をとるやなぎ

とりをとるやなぎ

「煙山にエレッキのやなぎの木があるよ。」

藤原慶次郎がだしぬけに私に云いました。私たちがみんな教室に入って、机に座り、先生はまだ教員室に寄っている間でした。尋常四年の二学期のはじめ頃だったと思います。

「エレキの楊の木？」と私が尋ね返そうとしましたとき、慶次郎はあんまり短くて書けなくなった鉛筆を、一番前の源吉に投げつけました。源吉はうしろを向いて、みんなの顔をくらべていましたが、すばやく机に顔を伏せて、両手で頭をかかえてかくれていた慶次郎を見つけると、まるで怒り出して

「何するんだい。慶次郎。何するんだい。」なんて高く叫びました。みんなもこっちを見たので私も大へんきまりが悪かったのです。その時先生が、鞭や白墨や地図を持って入って来られたもんですから、みんなは俄かにしずかになって立ち、源吉ももう一遍こっちをふりむいてから、席のそばに立ちました。慶次郎も顔をまっ赤にしてくつくつ笑いながら立ちました。そして礼がすんで授業がはじまりました。私は授業中もそのやなぎのことを早く慶次郎に尋ねたかったのですけれどもどう云うわけかあんまり聞きたかったために云い出し兼ねていました。それに慶次郎が

もう忘れたような顔をしていたのです。

けれどもその時間が終り、礼も済んでみんな並んで廊下へ出る途中、私は慶次郎にたずねました。

「さっきの楊の木ね、煙山の楊の木ね、どうしたって云うの。」

慶次郎はいつものように、白い歯を出して笑いながら答えました。

「今朝権兵衛茶屋のとこで、馬をひいた人がそう云っていたよ。煙山の野原に鳥を吸い込む楊の木があるって。エレキらしいって云ったよ。」

「行こうじゃないか。見に行こうじゃないか。どんなだろう。きっと古い木だね。」私は冬によくやる木片を焼いて髪毛に擦るとごみを吸い取ることを考えながら云いました。

「行こう。今日僕うちへ一遍帰ってから、さそいに行くから。」

「待ってるから。」私たちは約束しました。そしてその通りその日のひるすぎ、私たちはいっしょに出かけたのでした。

権兵衛茶屋のわきから蕎麦ばたけや松林を通って、煙山の野原に出ましたら、向こうには毒ケ森や南晶山が、たいへん暗くそびえ、その上を雲がぎらぎら光って、処々には竜の形の黒雲もあって、どんどん北の方へ飛び、野原はひっそりとして人も馬も居ず、草には穂が一杯に出ていました。

「どっちへ行こう。」

「さきに川原へ行って見ようよ。あすこには古い木がたくさんあるから。」

私たちはだんだん河の方へ行きました。けむりのような草の穂をふんで、一生けん命急いだのです。

向こうに毒ヶ森から出て来る小さな川の白い石原が見えて来ました。その川は、ふだんは水も大へんに少なくて、大抵の処なら着物を脱がなくても渉れる位だったのですが、一ぺん水が出ると、まるで川幅が二十間位にもなって恐ろしく濁り、ごうごう流れるのでした。ですから川原は割合に広く、まっ白な砂利でできていて、処々にはひめはこぐさやすぎなやねむなどが生えていたのでしたが、少し上流の方には、川に添って大きな楊の木が、何本も何本もならんで立っていたのです。私たちはその上流の方の青い楊の木立を見ました。

「どの木だろうね。」

「さあ、どの木だか知らないよ。まあ行って見ようや。鳥が吸い込まれるって云うんだから、見たらわかるだろう。」

私たちはそっちへ歩いて行きました。

そこらの草は、みじかかったのですが粗くて剛くて度々足を切りそうでしたので、私たちは河原に下りて石をわたって行きました。

それから川がまがっているので水に入りました。空が曇っていましたので水は灰いろに見えそれに大へんつめたかったので、私たちはあまのじゃくのような何とも云えない寂しい心持がしました。

だんだん溯って、とうとうさっき青いくしゃくしゃの球のように見えたいちばんはずれの楊の木の前まで来ましたがやっぱり野原はひっそりして音もなかったのです。

「この木だろうか。さっぱり鳥が居ないからわからないねえ。」

私が云いましたら慶次郎も心配そうに向こうの方からずうっとならんでいる木を一本ずつ見ていました。

野原には風がなかったのですが空には吹いていたと見えてぎらぎら光る灰いろの雲が、所々鼠いろの縞になってどんどん北の方へ流れていました。

「鳥が来なくちゃわからないねえ。」慶次郎が又云いました。

「うん、鷹か何か来るといいねえ。木の上を飛んでいて、きっとよろよろしてしまうと僕はおもうよ。」

「きまってらあ、殺生石だってそうだそうだよ。」

「きっと鳥はくちばしを引かれるんだね。」

「そうさ。くちばしならきっと磁石にかかるよ。」

「楊の木に磁石があるのだろうか。」

「磁石だ。」

風がどうっとやって来ました。するといままで青かった楊の木が、俄かにさっと灰いろになり、その葉はみんなブリキでできているように変ってしまいました。そしてちらちらちらちらゆれたのです。

私たちは思わず一緒に叫んだのでした。

「ああ磁石だ。やっぱり磁石だ。」

ところがどうしたわけか、鳥は一向来ませんでした。

慶次郎は、いかにもその鷹やなにかが楊の木に嘴を引っぱられて、逆になって木の中に吸い込まれるのを見たいらしく、上の方ばかり向いて歩きましたし、私もやはりその通りでしたから、二人はたびたび石につまずいて、倒れそうになったり又いきなりバチャンと川原の中のたまり水にふみ込んだりもしました。

「どうして今日は斯う鳥がいないだろう。」

慶次郎は、少し恨めしいように空を見まわしました。

「みんなその楊の木に吸われてしまったのだろうか。」私はまさかそうでもないとは思いながら斯う言いました。

「だって野原中の鳥が、みんな吸いこまれるってそんなことはないだろう。」慶次郎がまじめに云いましたので私は笑いました。

その時、こっち岸の河原は尽きてしまって、もっと川を溯るには、どうしてもまた水を渉らなければならないようになりました。

そして水に足を入れたとき、私たちは思わずばあっと棒立ちになってしまいました。向こうの楊の木から、まるでまるで百疋ばかりの百舌が、一ぺんに飛び立って、一かたまりになって北の方へかけて行くのです。その塊は波のようにゆれて、ぎらぎらする雲の下を行きましたが、俄かに向こうの五本目の大きな楊の上まで行くと、本当に磁石に吸い込まれたように、一ぺんにその中に落ち込みました。みんなその梢の中に入ってしばらくがあがあがあがあ鳴いていましたが、まもなくしいんとなってしまいました。

　私は実際変な気がしてしまいました。なぜならもずがかたまって飛んで行って、木におりることは、決してめずらしいことではなかったのですが、今日のはあんまり俄かに落ちたし事によると、あの馬を引いた人のはなしの通り木に吸い込まれたのかも知れないというのですから、まったくなんだか本当のような偽のような変な気がして仕方なかったのです。

　慶次郎もそうなようでした。水の中に立ったまま、しばらく考えていましたが、気がついたように云いました。

「今のは吸い込まれたのだろうか。」

「そうかも知れないよ。」どうだかと思いながら私は生返事をしました。

「吸い込まれたのだねえ、だってあんまり急に落ちた。」慶次郎も無理にそうきめたいと云う風でした。

「もう死んだのかも知れないよ。」私は又どうもそうでもないと思いながら云いました。

「死んだのだねえ、死ぬ前苦しがって泣いた。」慶次郎が又斯うは云いましたが、やっぱり変な顔をしていました。

「石を投げて見ようか。石を投げても遁げなかったら死んだんだ。」

「投げよう。」慶次郎はもう水の中から円い平たい石を一つ拾っていました。そして力一ぱいさっきの楊の木に投げつけました。石はその半分も行きませんでしたが、百舌はにわかにがあっと鳴って、まるで音譜をばらまきにしたように飛びあがりました。

そしてすぐとなりの少し低い楊の木の中にはいりました。すっかりさっきの通りだったのです。

「生きていたねえ、だまってみんな僕たちのこと見てたんだよ。」慶次郎はがっかりしたようでした。

「そうだよ。石が届かないうちに、みんな飛んだもねえ。」私も答えながらたいへん寂しい気がして向こうの河原に向かって又水を渉りはじめました。

私たちは河原にのぼって、砥石になるような柔らかな白い円い石を見ました。ほんとうはそれはあんまり柔らかで砥石にはならなかったかも知れませんが、とにかく私たちはそう云う石をよく砥石と云って外の硬い大きな石に水で擦って四角にしたものです。慶次郎はそれを両手で起して、川へバチャンと投げました。石はすぐ沈んで水の底へ行き、ことにまっ白に少し青白く見えました。私はそれが又何とも云えず悲しいように思ったのです。

その時でした。俄かにそらがやかましくなり、見上げましたら一むれの百舌が私たちの頭の上を過ぎていました。百舌はたしかに私たちを恐れたらしく、一段高く飛びあがって、それから楊を二本越えて、向こうの三本目の楊を通るとき、又何かに引っぱられたように、いきなりその中に入ってしまいました。

けれどももう、私も慶次郎も、その木の中でもずが死ぬとは思いませんでした。慶次郎は本気に石を投げたのでしたが、百舌は一ぺんにとびあがりました。向こうの低い楊の木からも、やかましく鳴いてさっきの鳥がとび立ちました。私はほんとうにさびしくなってもう帰ろうと思いました。

「どこかに、けれど、ほんとうの木はあるよ。」

慶次郎は云いました。私もどこかにあるとは思いましたが、この川には決してないと思ったのです。

「外へ入って見よう。野原のうち、どこか外の処だよ。外へ行って見よう。」私は云いました。

慶次郎もだまってあるき出し私たちは河原から岸の草はらの方へ出ました。

それから毒ヶ森の麓の黒い松林の方へ向いて、きつねのしっぽのような茶いろの草の穂をふんで歩いて行きました。

そしたら慶次郎が、ちょっとうしろを振り向いて叫びました。

「あ、ごらん、あんなに居たよ。」

私もふり向きました。もずが、まるで千疋ばかりも飛びたって、野原をずうっと向こうへかけて行くように見えましたが、今度も又、俄かに一本の楊の木に落ちてしまいました。けれども私たちはもう何も云いませんでした。鳥を吸い込む楊の木があるとも思えず、又鳥の落ち込みようがあんまりひどいので、そんなことが全くないとも思えず、ほんとうに気持ちが悪くなったのでした。

「もうだめだよ。帰ろう。」私は云いました。そして慶次郎もだまってくるっと戻ったのでした。

けれどもいまでもまだ私には、楊の木に鳥を吸い込む力があると思えて仕方ないのです。

# 化物丁場

ばけものちょうば

五六日続いた雨の、やっとあがった朝でした。黄金の日光が、青い木や稲を、照らしてはいましたが、空には、方角の決まらない雲がふらふら飛び、山脈も非常に近く見えて、なんだかまだほんとうに霽れたというような気がしませんでした。

私は、西の仙人鉱山に、小さな用事がありましたので、黒沢尻で、軽便鉄道に乗りかえました。車室の中は、割合空いて居りました。それでもやっぱり二十人ぐらいはあったでしょう。がやがや話して居りました。私のあとから入って来た人もありました。

話はここでも、本線の方と同じように、昨日までの雨と洪水の噂でした。大抵南の方のことでした。狐禅寺では、北上川が一丈六尺増したと誰かが云いました。宮城の品井沼の岸では、稲がもう四日も泥水を被っている、どうしても今年はあの辺は半作だろうと又誰か言っていました。

ところが私のうしろの席で、突然太い強い声がしました。

「雫石、橋場間、まるで滅茶苦茶だ。レールが四間も突き出されている。枕木も何もでこぼこだ。十日や十五日でぁ、一寸六ヶ敷ぃな。」

ははあ、あの化物丁場だな、私は思いながら、急いでそっちを振り向きました。その人は線路工夫の絆纏を着て、鍔の広い麦藁帽を、上の棚に載せながら、誰に云うとなく大きな声でそう言っていたのです。

「ああ、あの化物丁場ですか、壊れたのは。」私は頭を半分そっちへ向けて、笑いながら尋ねました。鉄道工夫の人はちらっと私を見てすぐ笑いました。

「そうです。どうして知っていますか。」少し改まった兵隊口調で尋ねました。

「はあ、なあに、あの頃一寸あすこらを歩いたもんですから。今度は大分ひどくやられましたか。」

「やられました。」その人はやっと席へ腰をおろしながら答えました。

「やっぱり今でも化物だって云いますか。」

「うんは。」その人は大へん曖昧な調子で答えました。これが、私を、どうしても、もっと詳しく化物丁場の噂を聴きたくしたのです。そこで私は、向こうに話をやめてしまわれない為に、又少し遠まわりのことから話し掛けました。

「鉄道院へ渡してから、壊れたのは今度始めてですか。」

「はあ、鉄道院でも大損す。」

「渡す前にも三四度壊れたんですね。」

「はあ、大きなのは三度です。」

「請負の方でも余程の損だったでしょう。」

「はあ、やっぱり損だってました。ああ云う難渋な処にぶっつかっては全く損するより仕方ありません。」

「どうしてそう度々壊れたでしょう。」

「なあに、私ぁ行ってから二度崩れましたが雨降るど崩れるんだ。そうだがらって水の為でもないんだ、全くおかしいです。」

「あなたも行って働いていたのですか。」

「私の行ったのは十一月でしたが、丁度砂利を盛って、そいつが崩れたばかりの処でした。全体、あれは請負の岩間組の技師が少し急いだんです。ああ云う場所だがら思い切って下の岩からコンクリー使えば善かったんです。それでもやっぱり崩れたかも知れませんが。」

「大した谷川も無かったようでしたがね。」

「いいえ、水は、いくらか、下の岩からも、横の山の崖からも、湧くんです。土も黒くてしめっていたのです。その土の上に、すぐ砂利を盛りましたから、一層いけなかったのです。」

その時汽笛が鳴って汽車は発ちました。私は行手の青く光っている仙人の峡を眺め、それからふと空を見て、思わず、こいつはひどい、と、つぶやきました。雲が下の方と上の方と、すっかり反対に矢のように馳せちがっていたのです。

「また嵐になりますよ。風がまったく変です。」私は工夫に云いました。

その人も一寸立って窓から顔を出してそれから、

「まだまだ降ります、今日は一寸あらしの日曜という訳だ。」と、つぶやくように云いながら、又席に戻りました。電信柱の瀬戸の碍子が、きらっと光ったり、青く葉をゆすりながら楊がだんだんめぐったり、汽車は丁度黒沢尻の町をはなれて、まっすぐに西の方へ走りました。

「でその崩れた砂利を、あなたも積み直したのですか。」

「そうです。」その人は笑いました。たしかにこの人は化物丁場の話をするのが厭じゃないのだと私は思いました。

「それが、又、崩れたのですか。」私は尋ねました。

「崩れたのです。それも百人からの人夫で、八日かかってやったやつです。積み直しといっても大部分は雫石の河原から、トロで運んだんです。前に崩れた分もそっくり使って。だからずうっと脚がひろがっていかにも丈夫そうになったんです。」

「中々容易じゃなかったんでしょう。」

「ええ、とても。鉄道院から進行検査があるので請負の方の技師のあせり様ったらありませんや、従って監督は厳しく急ぎますしね、毎日天気でカラッとして却って風は冷たいし、朝などは霜が雪のようでした。そこを砂利を、掘っては、掘っては、積んでは、トロを押したもんです。」

　私は、あのすきとおった、つめたい十一月の空気の底で、栗の木や樺の木もすっかり黄いろになり、四方の山にはまっ白に雪が光り、雫石川がまるで青ガラスのように流れている、そのまっ白な広い河原を小さなトロがせわしく往ったり来たりし、みんなが鶴嘴を振り上げたり、シャベルをうごかしたりする景色を思いうかべました。それからその人たちが赤い毛布でこさえたシャツを着たり、水で凍えないために、茶色の粗羅沙で厚く足を包んだりしている様子を眼の前に思い浮かべました。

「ほんとうにお容易じゃありませんね。」

「なあに、そうやって、やっと積み上ったんです。進行検査にも間に合ったてんで、監督たちもほっとしていたようでした。私どももそのひどい仕事で、いくらか割増も貰う筈でしたし、明日からの仕事も割合楽になるという訳でしたから、その晩は実は、春木場で一杯やったんです。それから小舎に帰って寝ましたがね、いい晩なんです、すっかり晴れて庚申さんなども実にはっきり見えてるんです。あしたは霜がひどいぞ、砂利も悪くすると凍るぞって云いながら、寝たんです。すると夜中になって、そう、二時過ぎですな、ゴーッと云うような音が、夢の中で遠くに聞こえたんです。眼をさましたのが私たちの小屋に三四人ありました。ぼんやりした黄いろのランプの下へ頭をあげたまま誰も何とも云わないんです。だまってその音のした方へ半分からだを起してほかのものの顔ばかり見ていたんです。すると俄かに監督が戸をガタッとあけて走って入って来ました。

『起きろ、みんな起きろ、今日のとこ崩れたぞ。早く起きろ、みんな行って呉れ。』って云うんです。誰も不請無請起きました。まだ眼をさまさないものは監督が起こして歩いたんです。なんだ、崩れた、崩れた処へ夜中に行ったって何じょするんだ、なんて睡くて腹立ちまぎれに云うものもありましたが、大抵はみな顔色を変えて、うす暗いランプのあかりで仕度をしたのです。間もなく、私たちは、アセチレンを十ばかりつけて出かけました。水をかけられたように寒かったんです。天の川がすっかりまわってしまっていました。野原や木はまっくろで、山ばかりぼんやり白かったんです。場処へ着いて見ますと、もうすっかり崩れているらしいんです。そのアセチレンの青の光の中をみんなの見ている前でまだ石がコロコロ崩れてころがって行くんです。気味の悪いったら。」その人は一寸話を切りました。私もその盛られた砂利をみんなが来てもまだいたずらに押しているすきとおった手のようなものを考えて、何だか気味が悪く思いました。それでもやっと尋ねました。

「それから又工事をやったんですか。」

「やったんです。すぐその場からです。技師がまるで眼を真赤にして、別段な訳もないのに怒鳴ったり、叱ったりして歩いたんです。滑った砂利を積み直したんです。けれどもどうしたって誰も仕事に実が入りませんや。そうでしょう。一度別段の訳もなく崩れたのならいずれ又格別の訳もなしに崩れるかもしれない、それでもまあ仕事さえしていりゃあ賃金は向こうじゃ払いますからね、いくらつまらないと思っても、技師がそうしろって云うことを、その通りやるより仕方ありませんや。ハッハッハ。一寸。」

その工夫の人は立ちあがって窓から顔を出し手をかざして行手の線路をじっと見ていましたが、俄かに下の方へ「よう、」と叫んで、挙手の礼をしました。私も、窓から顔を出して見ましたら、一人の工夫がシャベルを両手で杖にして、線路にまっすぐに立ち、笑ってこっちを見ていました。それもずんずんうしろの方へ遠くなってしまい、向こうには栗駒山が青く光って、カラッとしたそらに立っていました。私たちは又腰掛けました。

「今度の積み直しも又八日もかかったんですか。」私は尋ねました。

「いいえ、その時は前の半分もかからなかったのです。砂利を運ぶ手数がなかったものですから。

その代わり乱杭を二三十本打ちこみましたがね、昼になってその崩れた工合を見ましたらまるでまん中から裂けたようなあんばいだったのです。県からも人が来てしきりに見ていましたがね、どうもその理由がよくわからなかったようでした。それでも四日でとにかくもとの通り出来あがったんです。その出来あがった晩は、私たちは十六人、たき火を三つ焚いて番をしていました。尤も番をするったって何をめあてって云うこともなし、変なもんでしたが、酒を呑んで騒いでいましたから、大して淋しいことはありませんでした。それに五日の月もありましたしね。ただ寒いのには閉口しましたよ。それでも夜中になって月も沈み話がとぎれるとしいんとなるんですね、遠くで川がざあと流れる音ばかり、俄かに気味が悪くなることもありました。それでもとうとう朝までなんにも起らなかったんです。次の晩も外の組が十五人ばかり番しましたがやっぱり何もありませんでした。そこで工事はだんだん延びて行って、尤もそこをやっているうちに向こうの別の丁場では別の組がどんどんやっていましたからね、レールだけは敷かなくてもまあ敷地だけは橋場に届いたんです。そのうちとうとう十二月に入ったでしょう。雪も二遍か降りました。降っても又すぐ消えたんです。ところが、十二月の十日でしたが、まるで春降るようなポシャポシャ雨が、半日ばかり降ったんです。なあに河の水が出るでもなし、ほんの土をしめらしただけですよ。それでいて、その夕方に又あの丁場がざあっと来たもんです。折角入れた乱杭もあっちへ向いたりこっちへまがったりです。もうこの時はみんなすっかり気落ちしました。それでも又かというような気分で前の時ぐらいではなかったのです。その時はもうだんだん仕事が少なくなって、又来春という約束で人夫もどんどん雫石から盛岡をかかって帰って行ったあとでしたし、第一これから仕事なかばでいつ深い雪がやって来るかわからなかったんですから何だか仕事するっても張りがありませんや。それでも云いつけられた通り私たちはみんな、そう、みんなで五十人も居たでしょうか、あちこちの丁場から集めたんです。崩れた処を掘り起こす、それからトロで河原へも行きましたが次の日などは砂利が凍ってもう鶴嘴が立たないんです。いくら賃銀は貰ったって、こんなあてのない仕事は厭だ、今年はもうだめなんだ、来年神官でも呼んで、よくお祭をしてから、コンクリーで底からやり直せと、まあ私たちは大丈夫のようなことを云いながら働いたもんです。それでもとうとう、十二月中には、雪の中で何とかかんとか、もとのような形になったんです。おまけに安心なことはその上に雪がすっかり被さったんです。堅まって二尺以上もあったでしょう。」

「ああそうです。その頃です。私の行ったのは。」私は急いで云いました。

「化物丁場の話をどこでお聞きでした。」

「春木場です。」

「ではあなたのいらしゃったのは、鉄道院の検査官の来た頃です。」

「いや、その検査官かも知れませんよ、私が橋場から戻る途中で、せいの高い鼠色の毛糸の頭巾を被って、黒いオーバアを着た老人技師風の人たちや何かと十五六人に会ったんです。」

「天気のいい日でしたか。」

「天気がよくて雪がぎらぎらしてました。橋場では吹雪も吹いたんですが。一月の六七日頃ですよ。」

「ではそれだ。その検査官が来ましてね、この化物丁場はよくあちこちにある、山の岩の層が釣(つり)合(あい)がとれない為(ため)に起こるって云ったそうですがね、誰(たれ)もあんまりほんとにはしませんや。」

「なるほど。」

汽車が、藤根(ふじね)の停車場に近くなりました。

工夫の人は立って、棚(たな)から帽子(ぼうし)をとり、道具を入れた布の袋(ふくろ)を持って、扉(と)の掛金(かけがね)を外(はず)して停(と)まるのを待っていました。

「ここでお下(お)りになるんですか。いろいろどうもありがとう。私は斯(こ)う云うもんです。」と云いながら、私は処書(ところがき)のある名刺(めいし)を出しました。

「そうですか。私は名刺を持って来ませんで。」その人は云いながら、私の名刺を腹掛(はらがけ)のかくしに入れました。汽車がとまりました。

「さよなら。」すばやくその人は飛び下りました。

「さよなら。」私は見送りました。その人は道具を肩(かた)にかけ改札の方へ行かず、すぐに線路を来た方に戻(もど)りました。その線路は、青い稲(いね)の田の中に白く光っていました。そらでは風も静まったらしく、大したあらしにもならないでそのまま霽(は)れるように見えたのです。

# 茨海小学校

ばらうみしょうがっこう

私が茨海の野原に行ったのは、火山弾の手頃な標本を採るためと、それから、あすこに野生の浜茄が生えているという噂を、確かめるためとでした。浜茄はご承知のとおり、海岸に生える植物です。それが、あんな、海から三十里もある山脈を隔てた野原などに生えるのは、おかしいとみんな云うのです。ある人は、新聞に三つの理由をあげて、あの茨海の野原は、すぐ先頃まで海だったということを論じました。それは第一に、その茨海という名前、第二に浜茄の生えていること、第三にあすこの土を嘗めてみると、たしかに少し鹹いような気がすること、とこう云うのですけれども、私はそんなことはどれも証拠にならないと思います。

ところが私は、浜茄をとうとう見附けませんでした。尤も私が見附けなかったからと云って、それは浜茄があすこにないというわけには行きません。もし反対に一本でも私に見当たったら、それはあるということの証拠にはなりましょう。ですからやっぱりわからないのです。

火山弾の方は、はじが少し潰れてはいましたが、半日かかってとにかく一つ見附けました。見附けたのでしたが、それはつい寄附させられてしまいました。誰に寄附させられたのかっていうんですか。誰にって校長にですよ。どこの学校？　ええ、どこの学校って正直に云っちまいますとね、茨海狐小学校です。愕いてはいけません。実は茨海狐小学校をそのひるすぎすっかり参観して来たのです。そんなに変な顔をしなくてもいいのです。狐にだまされたのとはちがいます。狐にだまされたのなら狐が狐に見えないで女とか坊さんとかに見えるのでしょう。ところが私のはちゃんと狐を狐に見たのです。狐を狐に見たのが若しだまされたものならば人を人に見るのも人にだまされたという訳です。

ただ少しおかしいことは人なら小学校もいいけれど狐はどうだろうということですが、それだってあんまりさしつかえありません。まあも少しあとを聞いてごらんなさい。大丈夫狐小学校があるということがわかりますから。ただ呉れ呉れも云って置きますが狐小学校があるといってもそれはみんな私の頭の中にあったと云うので決して偽ではないのです。偽でない証拠にはちゃんと私がそれを云っているのです。もしみなさんがこれを聞いてその通り考えれば狐小学校はまたあなたにもあるのです。私は時々斯う云う勝手な野原をひとりで勝手にあるきます。けれども斯う云う旅行をするとあとで大へんつかれます。殊にも算術などが大へん下手になるのです。ですから斯う云う旅行のはなしを聞くことはみなさんにも決して差支えありませんがあんまり度々うっかり出かけることはいけません。

まあお話をつづけましょう。なあにほんとうはあの茨やすすきの一杯生えた野原の中で浜茄などをさがすよりは、初めから狐小学校を参観した方がずうっとよかったのです。朝の一時間目からみていた方が参考にもなり、又面白かったのです。私のみたのは今も云いました通り、午后の授業です。一時から二時までの間の第五時間目です。なかなか狐の小学生には、しっかりした所がありますよ。五時間目だって、一人も厭きてるものがないんです。参観のもようを、詳しくお話しましょうか。きっとあなたにも、大へん参考になります。

　浜茄は見附からず、小さな火山弾を一つ採って、私は草に座りました。空がきらきらの白いうろこ雲で一杯でした。茨には青い実がたくさんつき、萱はもうそろそろ穂を出しかけていました。太陽が丁度空の高い処にかかっていましたから、もうおひるだということがわかりました。又じっさいお腹も空いていました。そこで私は持って行ったパンの袋を背嚢から出して、すぐ喰べようとしましたが、急に水がほしくなりました。今まで歩いたところには、一とこだって流れも泉もありませんでしたが、もしかも少し向こうへ行ったら、とにかく小さな流れにでもぶっつかるかも知れないと考えて、私は背嚢の中に火山弾を入れて、面倒くさいのでかけ金もかけず、締革をぶらさげたまませなかにしょい、パンの袋だけ手にもって、又ぶらぶらと向こうへ歩いて行きました。

　何べんもばらがかきねのようになった所を抜けたり、すすきが栽え込みのように見える間を通ったりして、私は歩きつづけましたが、野原はやっぱり今まで通り、小流れなどはなかったのです。もう仕方ない、この辺でパンをたべてしまおうと立ちどまったとき、私はずうっと向こうの方で、ベルの鳴る音を聞きました。それはどこの学校でも鳴らすベルの音のようで、空のあの白いうろこ雲まで響いていたのです。この野原には、学校なんかあるわけはなし、これはきっと俄かに立ちどまった為に、私の頭がしいんと鳴ったのだと考えても見ましたが、どうしても心からさっきの音を疑うわけには行きませんでした。それどころじゃない、こんどは私は、子供らのがやがや云う声を聞きました。それは少しの風のために、ふっとはっきりして来たり、又俄かに遠くなったりしました。けれどもいかにも無邪気な子供らしい声が、呼んだり答えたり、勝手にひとり叫んだり、わあと笑ったり、その間には太い底力のある大人の声もまじって聞こえて来たのです。いかにも何か面白そうなのです。たまらなくなって、私はそっちへ走りました。さるとりいばらにひっかけられたり、窪みにどんと足を踏みこんだりしながらも、一生けん命そっちへ走って行きました。

　すると野原は、だんだん茨が少くなって、あのすずめのかたびらという、一尺ぐらいのけむりのような穂を出す草があるでしょう、あれがたいへん多くなったのです。私はどしどしその上をかけました。そしたらどう云うわけか俄かに私は棒か何かで足をすくわれたらしくどたっと草に倒れました。急いで起きあがって見ますと、私の足はその草のくしゃくしゃもつれた穂にからまっているのです。私はにが笑いをしながら起きあがって又走りました。又ばったりと倒れました。おかしいと思ってよく見ましたら、そのすずめのかたびらの穂は、ただくしゃくしゃにもつれているのじゃなくて、ちゃんと両方から門のように結んであるのです。一種のわなです。その辺を見ますと実にそいつが沢山つくってあるのです。私はそこでよほど注意して又歩き出しました。なるべく足を横に引きずらず抜きさしするような工合にしてそっと歩きましたけれどもまだ二十歩も行かないうちに、又ばったりと倒されてしまいました。それと一緒に、向こうの方で、どっと笑い声が起こり、それからわあわあはやすのです。白や茶いろや、狐の子どもらがチョッキだけを着たり半ズボンだけはいたり、たくさんたくさんこっちを見てはやしているのです。首を横にまげて笑っている子、口を尖らせてだまっている子、口をあけてそらを向いてはあはあはあ云う子、はねあがってはねあがって叫んでいる子、白や茶いろやたくさんいます。ああこれはとうとう狐小学校に来てしまった、いつかどこかで誰かに聴いた茨海狐小学校へ来てしまったと、私はまっ赤になって起きあがって、からだをさすりながら考えました。その時いきなり、狐の生徒らはしいんとなりました。黒のフロックを着た先生が尖った茶いろの口を閉じるでもなし開くでもなし、眼をじっと据えて、しずかにやって来るのです。先生といったって、勿論狐の先生です。耳の尖っていたことが今でもはっきり私の目に残っています。俄かに先生はぴたりと立ちどまりました。

「お前たちは、又わなをこしらえたな。そんなことをして、折角おいでになったお客さまに、もしものことがあったらどうする。学校の名誉に関するよ。今日はもうお前たちみんな罰しなければならない。」

　狐の生徒らはみんな耳を伏せたり両手を頭にあげたりしょんぼりうなだれました。先生は私の方へやって来ました。

「ご参観でいらっしゃいますか。」

　私はどうせ序だ、どうなるものか参観したいと云ってやろう　今日は日曜なんだけれども、さっきベルも鳴ったし、どうせ狐のことだからまたいい加減の規則もあって、休みだというわけでもないだろうと、ひとりで勝手に考えました。

「ええ、ぜひそう願いたいのです。」

「ご紹介はありますか。」

私はふと、いつか幼年画報に出ていたたけしという人の狐小学校のスケッチを思い出しました。

「画家のたけしさんです。」

「紹介状はお持ちですか。」

「紹介状はありませんがたけしさんは今はずいぶん偉(えら)いですよ。美術学院の会員ですよ。」

狐の先生はいけませんというように手をふりました。

「とにかく、紹介状はお持ちにならないですね。」

「持ちません。」

「よろしゅうございます。こちらへお出(い)で下さい。ただ今丁度(ちょうど)ひるのやすみでございますが、午后(ご)の課業をご案内いたします。」

私は先生の狐について行きました。生徒らは小さくなって、私を見送りました。みんなで五十人は居たでしょう。私たちが過ぎてから、みんなそろそろ立ちあがりました。

先生はふっとうしろを振(ふ)りかえりました。そして強く命令しました。

「わなをみんな解(と)け。こんなことをして学校の名誉に関するじゃないか。今に主謀者(しゅぼうしゃ)は処罰(しょばつ)するぞ。」

生徒たちはくるくるはねまわってその草わなをみんなほどいて居(お)りました。

私は向こうに、七尺ばかりの高さのきれいな野ばらの垣根(かきね)を見ました。垣根の長さは十二間(けん)はたしかにあったでしょう。そのまん中に入り口があって、中は一段高くなっていました。私は全くそれを垣根だと思っていたのです。ところが先生が「さあ、どうかお入り下さい。」と叮寧に云うものですから、その通り一足中へはいりましたら、全く愕いてしまいました。そこは玄関だったのです。中はきれいに刈り込んだみじかい芝生になっていて野ばらでいろいろしきりがこさえてありました。それに靴ぬぎもあれば革のスリッパもそろえてあり馬の尾を集めてこさえた払子もちゃんとぶらさがっていました。すぐ上り口に校長室と白い字で書いた黒札のさがったばらで仕切られた室がありそれから廊下もあります。教員室や教室やみんなばらの木できれいにしきられていました。みんな私たちの小学校と同じです。ただちがうところは教室にも廊下にも窓のないことそれから屋根のないことですが、これは元来屋根がなければ窓はいらない筈ですからおまけに室の上を白い雲が光って行ったりしますから、実に便利だろうと思いました。校長室の中では、白服の人の動いているのがちらちら見えます。エヘンエヘンと云っているのも聞えます。私はきょろきょろあちこち見まわしていましたら、先生が少し笑って云いました。

「どうぞスリッパをお召しなすって。只今校長に申しますから。」

私はそこで、長靴をぬいで、スリッパをはき、背嚢をおろして手にもちました。その間に先生は校長室へ入って行きましたが、間もなく校長と二人で出て来ました。校長は瘠せた白い狐で涼しそうな麻のつめえりでした。もちろん狐の洋服ですからずぼんには尻尾を入れる袋もついてあります。仕立賃も廉くはないと私は思いました。そして大きな近眼鏡をかけその向こうの眼はまるで黄金いろでした。じっと私を見つめました。それから急いで云いました。

「ようこそいらっしゃいました。さあさあ、どうぞお入り下さい。運動場で生徒が大へん失礼なことをしましたそうで。さあさあ、どうぞお入り下さい。どうぞお入り。」

私は校長について、校長室へ入りました。その立派なこと。卓の上には地球儀がおいてありましたし、うしろのガラス戸棚には鶏の骨格やそれからいろいろのわなの標本、剝製の狼や、さまざまの鉄砲の上手に泥でこしらえた模型、猟師のかぶるみの帽子、鳥打帽から何から何まですべて狐の初等教育に必要なくらいのものはみんな備えつけられていました。私は眼を円くして、ここでもきょろきょろするより仕方ありませんでした。そのうち校長はお茶を注いで私に出しました。見ると紅茶です。ミルクも入れてあるらしいのです。私はすっかり度胆をぬかれました。

「さあどうか、お掛け下さい。」

私はこしかけました。

「ええと、失礼ですがお職業はやはり学事の方ですか。」校長がたずねました。

「ええ、農学校の教師です。」

「本日はおやすみでいらっしゃいますか。」

「はあ、日曜です。」

「なるほどあなたの方では太陽暦をお使いになる関係上、日曜日がお休みですな。」

私は一寸変な気がしました。

「そうするとおうちの方ではどうなるのですか。」

狐の校長さんは青く光るそらの一ところを見あげてしずかに鬚をひねりながら答えました。

「左様、左様、至極ご尤なご質問です。私の方は太陰暦を使う関係上、月曜日が休みです。」

私はすっかり感心しました。この調子ではこの学校は、よほど程度が高いにちがいない、事によると狐の方では、学校は小学校と大学校の二つきりで、或はこの茨海小学校は、中学五年程度まで教えるんじゃないかと気がつきましたので、急いでたずねました。

「いかがですか。こちらの方では大学校へ進む生徒は、ずいぶん沢山ございますか。」

校長さんが得意そうにまるで見当違いの上の方を見ながら答えました。

「へい。実は本年は不思議に実業志望が多ございまして、十三人の卒業生中、十二人まで郷里に帰って勤労に従事いたして居ります。ただ一人だけ大谷地大学校の入学試験を受けまして、それがいかにもうまく通りましたので、へい。」

全く私の予想通りでした。

そこへ隣りの教員室から、黒いチョッキだけ着た、がさがさした茶いろの狐の先生が入って来て私に一礼して云いました。

「武田金一郎をどう処罰いたしましょう。」

校長は徐ろにそちらを向いてそれから私を見ました。

「こちらは第三学年の担任です。このお方は麻生農学校の先生です。」

私はちょっと礼をしました。

「で武田金一郎をどう処罰したらいいかというのだね。お客さまの前だけれども一寸呼んでおいで。」

三学年担任の茶いろの狐の先生は、恭しく礼をして出て行きました。間もなく青い格子縞の短い上着を着た狐の生徒が、今の先生のうしろについてすごすごと入って参りました。

校長は鷹揚にめがねを外しました。そしてその武田金一郎という狐の生徒をじっとしばらくの間見てから云いました。

「お前があの草わなを運動場にかけるようにみんなに云いつけたんだね。」

武田金一郎はしゃんとして返事しました。

「そうです。」

「あんなことして悪いと思わないか。」

「今は悪いと思います。けれどもかける時は悪いと思いませんでした。」

「どうして悪いと思わなかった。」

「お客さんを倒そうと思ったのじゃなかったからです。」

「どういう考えでかけたのだ。」

「みんなで障碍物競走をやろうと思ったんです。」

「あのわなをかけることを、学校では禁じているのだが、お前はそれを忘れていたのか。」

「覚えていました。」

「そんならどうしてそんなことをしたのだ。こう云う工合にお客さまが度々おいでになる。それに運動場の入口に、あんなものをこしらえて置いて、もしお客さまに万一のことがあったらどうするのだ。お前は学校で禁じているのを覚えていながら、それをするというのはどう云うわけだ。」

「わかりません。」

「わからないだろう。ほんとうはわからないもんだ。それはまあそれでよろしい。お前たちはこのお方がそのわなにつまずいて、お倒れなさったときはやしたそうだが、又私もここで聞いていたが、どうしてそんなことをしたか。」

「わかりません。」

「わからないだろう。全くわからないもんだ。わかったらまさかお前たちはそんなことしないだろうな。では今日の所は、私からよくお客さまにお詫を申しあげて置くから、これからよく気をつけなくちゃいけないよ。いいか。もう決して学校で禁じてあることをしてはならんぞ。」

「はい、わかりました。」

「では帰って遊んでよろしい。」校長さんは今度は私に向きました。担任の先生はきちんとまだ立っています。

「只今のようなわけで、至って無邪気なので、決して悪気があって笑ったりしたのではないようでございますから、どうかおゆるしをねがいとう存じます。」

　私はもちろんすぐ云いました。

「どう致しまして。私こそいきなりおうちの運動場へ飛び込んで来て、いろいろ失礼を致しました。生徒さん方に笑われるのなら却って私は嬉しい位です。」

　校長さんは眼鏡を拭いてかけました。

「いや、ありがとうございます。おい武村君。君からもお礼を申しあげてくれ。」

三年担任の武村先生も一寸私に頭を下げて、それから校長に会釈して教員室の方へ出て行きました。

校長さんの狐は下を向いて二三度くんくん云ってから、新らしく紅茶を私に注いでくれました。そのときベルが鳴りました。午后の課業のはじまる十分前だったのでしょう。校長さんが向こうの黒塗りの時間表を見ながら云いました。

「午后は第一学年は修身と護身、第二学年は狩猟術、第三学年は食品化学と、こうなっていますがいずれもご参観になりますか。」

「さあみんな拝見いたしたいです。たいへん面白そうです。今朝からあがらなかったのが本当に残念です。」

「いや、いずれ又おいでを願いましょう。」

「護身というのは修身といっしょになっているのですか。」

「ええ昨年までは別々でやりましたが、却って結果がよくないようです。」

「なるほどそれに狩猟だなんて、ずいぶん高尚な学科もおやりですな。私の方ではまあ高等専門学校や大学の林科にそれがあるだけです。」

「ははん、なるほど。けれどもあなたの方の狩猟と、私の方の狩猟とは、内容はまるでちがっていますからな、ははん。あなたの方の狩猟は私の方の護身にはいり、私の方の狩猟は、さあ、狩猟前業はあなたの方の畜産にでも入りますかな、まあとにかくその時々でゆっくりご説明いたしましょう。」

　この時ベルが又鳴りました。

がやがや物を言う声、それから「気をつけ」や「番号」や「右向け右」や「前へ進め」で狐の生徒は一学級ずつだんだん教室に入ったらしいのです。

　それからしばらくたって、どの教室もしいんとなりました。先生たちの太い声が聞えて来ました。

「さあではご案内を致しましょう。」狐の校長さんは賢そうに口を尖らして笑いながら椅子から立ちあがりました。私はそれについて室を出ました。

「はじめに第一学年をご案内いたします。」

　校長さんは「第一教室、第一学年、担任者、武井甲吉」と黒い塗札の下った、ばらの壁で囲まれた室に入りました。私もついて入りました。そこの先生は私のまだあわない方で実にしゃれたなりをして頭の銀毛などもごく高尚なドイツ刈りに白のモオニングを着て教壇に立っていました。もちろん教壇のうしろの茨の壁には黒板もかかり、先生の前にはテーブルがあり、生徒はみなで十五人ばかり、きちんと白い机にこしかけて、講義をきいて居りました。私がすっかり入って立ったとき、先生は教壇を下りて私たちに礼をしました。それから教壇にのぼって云いました。

「麻生農学校の先生です。さあみんな立って。」

　生徒の狐たちはみんなぱっと立ちあがりました。

「ご挨拶に麻生農学校の校歌を歌うのです。そら、一、二、三、」　先生は手を振りはじめました。

生徒たちは高く高く私の学校の校歌を歌いはじめました。私は全くよろよろして泣き出そうとしました。誰だっていきなり茨海狐小学校へ来て自分の学校の校歌を狐の生徒にうたわれて泣き出さないでいられるもんですか。それでも私はこらえてこらえて顔をしかめて泣くのを押さえました。嬉しかったよりはほんとうに辛かったのです。校歌がすみ、先生は一寸挨拶して生徒を手まねで座らせ、鞭をとりました。

黒板には「最高の偽は正直なり。」と書いてあり、先生は説明をつづけました。

「そこで、元来偽というものは、いけないものです。いくら上手に偽をついてもだめなのです。賢い人がききますと、ちゃんと見わけがつくのです。それは賢い人たちは、その語のつりあいで、ほんとうかうそかすぐわかり、またその音ですぐわかり、それからそれを云うものの顔やかたちですぐわかります。ですからうそというものは、ほんの一時はうまいように思われることがあっても、必ずまもなくだめになるものです。

そこでこの格言の意味は、もしも誰かが一つこんな工合のうそをついて、こう云う工合にうまくやろうと考えるとします。そのときもしよくその云うことを自分で繰り返し繰り返しして見ますと、いつの間にか、どうもこれでは向こうにわかるようだ、も少しこう云わなくてはいけないというような気がするのです、そこで云いようをすっかり改めて、又それを心の中で繰り返し繰り返しして見ます、やっぱりそれでもいけないようだ、こうしよう、と考えます。それもやっぱりだめなようだ、こうしようと思います。こんな工合にして一生けん命考えて行きますと、とうとうしまいはほんとうのことになってしまうのです。そんならそのほんとうのことを云ったら、実際どうなるかと云うと、実はかえってうまく偽をついたよりは、いいことになる、たとえすぐにはいけないことになったようでも、結局は、結局は、いいことになる。だからこの格言は又『正直は最良の方便なり』とも云われます。」

　先生は黒板へ向いて、前のにならべて今の格言を書きました。

　生徒はみんなきちんと手を膝において耳を尖らせて聞いていましたが、この時一斉にペンをとって黒板の字を書きとりました。

　校長は一寸私の顔を見ました。私がどんな風に、今の講義を感じたか、それを知りたいという様子でしたから、私は五六秒眼を瞑っていかにも感銘にたえないということを示しました。

　先生はみんなの書いてしまう間、両手をせなかにしょってじっとしていましたがみんながばたばた鉛筆を置いて先生の方を見始めますと、又講義をつづけました。

「そこで今の『正直は最良の方便』という格言は、ただ私たちがうそをつかないのがいいというだけではなく、又丁度反対の応用もあるのです。それは人間が私たちに偽をつかないのも又最良の方便です。その一例を挙げますとわなです。わなにはいろいろありますけれども、一番こわいのは、いかにもわなのような形をしたわなです。それもごく仕掛けの下手なわなです。これを人間の方から云いますと、わなにもいろいろあるけれども、一番狐のよく捕れるわなは、昔からの狐わなだ、いかにも狐を捕るのだぞというような格好をした、昔からの狐わなだと、斯う云うわけです。正直は最良の方便、全くこの通りです。」

　私は何だか修身にしても変だし頭がぐらぐらして来たのでしたが、この時さっき校長が修身と護身とが今学年から一科目になって、多分その方が結果がいいだろうと云ったことを思い出して、ははあ、なるほどと、うなずきました。

先生は「武巣さん、立って校長室へ行ってわなの標本を運んで来て下さい。」と云いましたら、一番前の私の近くに居た赤いチョッキを着たかあいらしい狐の生徒が、

「はいっ。」と云って、立って、私たちに一寸挨拶し、それからす早く茨の壁の出口から出て行きました。

先生はその間黙って待っていました。生徒も黙っていました。空はその時白い雲で一杯になり、太陽はその向こうを銀の円鏡のようになって走り、風は吹いて来て、その緑いろの壁はところどころゆれました。

武巣という子がまるで息をはあはあして入って来ました。さっき校長室のガラス戸棚の中に入っていた、わなの標本を五つとも持って来たのです。それを先生の机の上に置いてしまうと、その子は席に戻り、先生はその一つを手にとりあげました。

「これはアメリカ製でホックスキャッチャーと云います。ニッケル鍍金でこんなにぴかぴか光っています。ここの環の所へ足を入れるとピチンと環がしまって、もうとれなくなるのです。もちろんこの器械は鎖か何かで太い木にしばり付けてありますから、実際一遍足をとられたらもうそれきりです。けれども誰だってこんなピカピカした変なものにわざと足を入れては見ないのです。」

狐の生徒たちはどっと笑いました。狐の校長さんも笑いました。狐の先生も笑いました。私も

思わず笑いました。このわなの絵は外国でも日本でも種苗目録のおしまいあたりにはきっとついていて、然も効力もあるというのにどう云うわけか一寸不思議にも思いました。

この時校長さんは、かくしから時計を出して一寸見ました。そこで私は、これはもうだんだん時間がたつから、次の教室を案内しようかと云うのだろうと思って、ちょっとからだを動かして見せました。校長さんはそこですっと室を出ました。私もついて出ました。

「第二教室、第二年級、担任、武池清二郎」とした黒塗りの板の下がった教室に入りました。先生はさっき運動場であった人でした。生徒も立って一ぺんに礼をしました。

先生はすぐ前からの続きを講義しました。

「そこで、澱粉と脂肪と蛋白質と、この成分の大事なことはよくおわかりになったでしょう。こんどはどんなたべものに、この三つの成分がどんな工合に入っているか、それを云います。凡そ、食物の中で、滋養に富みそしておいしく、また見掛けも大へん立派なものは鶏です。鶏は実際食物中の王と呼ばれる通りです。今鶏の肉の成分の分析表をあげましょう。みなさん帳面へ書いて下さい。

蛋白質は十八ポイント五パアセント、脂肪は九ポイント三パーセント、含水炭素は一ポイント二パーセントもあるのです。鶏の肉はただこのように滋養に富むばかりでなく消化もたいへんいいのです。殊に若い鶏の肉ならば、もうほんとうに軟かでおいしいことと云ったら、」先生は一寸唾をのみました、「とてもお話ではわかりません。食べたことのある方はおわかりでしょう。」

生徒はしばらくしんとしました。校長さんもじっと床を見つめて考えています。先生ははんけちを出して奇麗に口のまわりを拭いてから又云いました。

「で一般に、この鶏の肉に限らず、鳥の肉には私たちの脳神経を養うに一番大事な燐がたくさんあるのです。」

　こんなことは女学校の家事の本に書いてあることだ、やっぱり仲々程度が高い、ばかにできないと私は思いました。先生は又つづけます。

「その鶏の卵も大へんいいのです。成分は鶏の肉より蛋白質は少し少く、脂肪は少し多いのです。これは病人もよく使います。それから次は油揚です。油揚は昔は大へん供給が充分だったのですけれども、今はどうもそんなじゃありません。それで、実はこれは廃れた食物であります。成分は蛋白質が二二パアセント、脂肪が　十八ポイント七パアセント、含水炭素が零ポイント九パアセントですが、これは只今ではあんまり重要じゃありません。油揚の代わりに近頃盛んになったのは玉蜀黍です。これはけれども消化はあんまりよくありません。」

「時間がも少しですから、次の教室をご案内いたしましょう。」校長がそっと私にささやきました。そこで私はうなずき校長は先に立って室を出ました。

「第三教室は向こうの端になって居ります。」校長は云いながら廊下をどんどん戻りました。さっきの第一教室の横を通り玄関を越え校長室と教員室の横を通ったそこが第三教室で、「第三学年、担任者武原久助」と書いてありました。さっきの茶いろの毛のガサガサした先生の教室なのです。狩猟の時間です。

　私たちが入って行ったとき、先生も生徒も立って挨拶しました。それから講義が続きました。

「それで狩猟に、前業と本業と後業とあることはよくわかったろう。前業は養鶏を奨励すること、本業はそれを捕ること、後業はそれを喰べることと斯うである。

前業の養鶏奨励の方法は、だんだん詳しく述べるつもりであるが、まあその模範として一例を示そう。先頃私が茨窪の松林を散歩していると、向こうから一人の黒い小倉服を着た人間の生徒が、何か大へん考えながらやって来た。私はすぐにその生徒の考えていることがわかったので、いきなり前に飛び出した。

すると向こうでは少しびっくりしたらしかったので私はまず斯う云った。

『おい、お前は私が何だか知ってるか。』

するとその生徒が云った。

『お前は狐だろう。』

『そうだ。しかしお前は大へん何か考えて困っているだろう。』

『いいや、なんにも考えていない。』その生徒が云った。その返事が実は大へん私に気に入ったのだ。

『そんなら私はお前の考えていることをあてて見ようか。』

『いいや、いらない。』その生徒が云った。それが又大へん私の気に入った。

『お前は明後日の学芸会で、何を云ったらいいか考えているだろう。』

『うん、実はそうだ。』

『そうか、そんなら教えてやろう。あさってお前は養鶏の必要を云うがいい。百姓の家には、こぼれて砂の入った麦や粟や、いらない菜っ葉や何か、たくさんあるんだ。又甘藍や何かには、青むしもたかる。それをみんな鶏に食べさせる。鶏は大悦びでそれをたべる。卵もうむ。大へん得だと斯う云うがいい。』

　私が云ったら、その生徒は大へん悦んで、厚く礼を述べて行った。きっとあの生徒は学芸会でそれを云ったんだ。するとみんなは勿論と思って早速養鶏をはじめる。大きな鶏やひよっこや沢山できる。そこで我々は早速本業にとりかかると斯う云うのだ。」

　私は実はこの話を聞いたとき、どうしてもおかしくておかしくてたまりませんでした。その生徒というのは私の学校の二年生なのです。先頃学芸会があったのでしたが、その時ちゃんと、狐に遭ったことから何から、みんな話していたのです。ただおしまいが少し違って居りました。それはその生徒の話では

『なんだお前は僕に養鶏をすすめて置いて自分がそれを捕ろうというのか。』と云ったら狐は頭をかかえて一目散に遁げたというのでした。けれどもそれを私は口に出しては云いませんでした。

この時丁度、向こうで終業のベルが鳴りましたので、先生は、

「今日はここまでにして置きます。」と云って礼をしました。私は校長について校長室に戻りました。校長は又私の茶椀に紅茶をついで云いました。

「ご感想はいかがですか。」

　私は答えました。

「正直を云いますと、実は何だか頭がもちゃもちゃしましたのです。」

校長は高く笑いました。

「アッハッハ。それはどなたもそう仰いますす。時に今日は野原で何かいいものをお見付けですか。」

「ええ、火山弾を見附けました。ごく不完全です。」

「一寸拝見。」

私は仕方なく背嚢からそれを出しました。校長は手にとってしばらく見てから

「実にいい標本です。いかがです。一つ学校へご寄附を願えませんでしょうか。」と云うのです。

私は仕方なく、

「ええ、よろしゅうございます。」と答えました。

校長はだまってそれをガラス戸棚にしまいました。

私はもう頭がぐらぐらして居たたまらなくなりました。

すると校長がいきなり、

「ではさよなら。」というのです。そこで私も

「これで失礼致します。」と云いながら急いで玄関を出ました。それから走り出しました。

狐の生徒たちが、わあわあ叫び、先生たちのそれをとめる太い声がはっきり後ろで聞こえました。私は走って走って、茨海の野原のいつも行くあたりまで出ました。それからやっと落ち着いて、ゆっくり歩いてうちへ帰ったのです。

で結局のところ、茨海狐小学校では、一体どういう教育方針だか、一向さっぱりわかりません。

正直のところわからないのです。

# 二十六夜

にじゅうろくや

※

旧暦の六月二十四日の晩でした。

北上川の水は黒の寒天よりももっとなめらかにすべり獅子鼻は微かな星のあかりの底にまっくろに突き出ていました。

獅子鼻の上の松林は、もちろんもちろん、まっ黒でしたがそれでも林の中に入って行きますと、その脚の長い松の木の高い梢が、一本一本空の天の川や、星座にすかし出されて見えていました。

松かさだか鳥だかわからない黒いものがたくさんその梢にとまっているようでした。

そして林の底の萱の葉は夏の夜の雫をもうポトポト落して居りました。

その松林のずうっとずうっと高い処で誰かゴホゴホ唱えています。

「爾の時に疾翔大力、爾迦夷に告げて曰く、諦かに聴け、諦かに聴け。善くこれを思念せよ。我今汝に、梟鵄諸の悪禽、離苦解脱の道を述べん、と。

爾迦夷、則ち、両翼を開張し、虔しく頸を垂れて、座を離れ、低く飛揚して、疾翔大力を讃嘆すること三匝にして、徐に座に復し、拝跪して唯願うらく、疾翔大力、疾翔大力、ただ我等が為に、これを説きたまえ。ただ我等が為に、これを説き給えと。

疾翔大力、微笑して、金色の円光を以て頭に被れるに、その光、遍く一座を照らし、諸鳥歓喜充満せり。則ち説いて曰く、

汝等審らかに諸の悪業を作る。或いは夜陰を以て、小禽の家に至る。時に小禽、既に終日日光に浴し、歌唄跳躍して疲労をなし、唯唯甘美の睡眠中にあり。汝等飛躍してこれを握む。利爪深くその身に入り、諸の小禽、痛苦又声を発するなし。則ちこれを裂きて擅に噉食す。或いは沼田に至り、螺蛤を啄む。螺蛤軟泥中にあり、心柔輭にして、唯温水を憶う。時に俄かに身、空中にあり、或いは直ちに身を破る、悶乱声を絶す。汝等これを噉食するに、又懺悔の念あることなし。

斯の如きの諸の悪業、挙げて数うるなし。悪業を以ての故に、更に又諸の悪業を作る。継起して遂に竟ることなし。昼は則ち日光を懼れ、又人及び諸の強鳥を恐る。心暫くも安らかなることなし、一度梟身を尽して、又新たに梟身を得。審らかに諸の苦患を被りて、又尽くることなし。」

俄かに声が絶え、林の中はしぃんとなりました。ただかすかなかすかなすすり泣きの声が、あちこちに聞こえるばかり、たしかにそれは梟のお経だったのです。

しばらくたって、西の遠くの方を、汽車のごうと走る音がしました。その音は、今度は東の方の丘に響いて、ごとんごとんとこだまをかえして来ました。

林はまたしずまりかえりました。よくよく梢をすかして見ましたら、やっぱりそれは梟でした。

一疋（いっぴき）の大きなのは、林の中の一番高い松の木の、一番高い枝（えだ）にとまり、そのまわりの木のあちこちの枝には、大きなのや小さいのや、もうたくさんのふくろうが、じっととまってだまっていました。ほんのときどき、かすかなかすかなため息の音や、すすり泣きの声がするばかりです。

　ゴホゴホ声が又起りました。

「ただ今のご文（もん）は、梟鵄守護章（きょうしゆごしょう）というて、誰（たれ）も存知の有り難（がた）いお経（きょう）の中の一（ひと）とこじゃ。ただ今から、暫時（しばし）の間、そのご文の講釈（こうしゃく）を致（いた）す。みなの衆、ようく心を留めて聞かしゃれ。折角（せっかく）鳥に生れて来ても、ただ腹が空（す）いた、取って食う、睡（ねむ）くなった、巣に入るではなんの所詮（しょせん）もないことじゃぞよ。それも鳥に生れてただやすやすと生きるというても、まことはただの一日とても、ただごとではないのぞよ、こちらが一日生きるには、雀（すずめ）やつぐみや、たにしやみみずが、十や二十も殺されねばならぬ、ただ今のご文（もん）にあらしゃるとおりじゃ。ここの道理をよく聴（き）きわけて、必らずうかうか短い一生をあだにすごすではないぞよ。これからご文に入るじゃ。小供（こども）らも、こらえて睡るではないぞ。よしか。」

　林の中は又しいんとなりました。さっきの汽車が、まだ遠くの遠くの方で鳴っています。

「爾（そ）の時に疾翔大力（しっしょうたいりき）、爾迦夷（るかい）に告げて曰（いわ）く、まず疾翔大力とは、いかなるお方じゃか、それを話さなければならんじゃ。

　疾翔大力と申しあげるは、施身大菩薩（せしんだいぼさつ）のことじゃ。もと鳥の中から菩提心（ぼだいしん）を発して、発願（ほつがん）した大力の菩薩じゃ。疾翔とは早く飛ぶということじゃ。捨身（しゃしん）菩薩がもとの鳥の形に身をなして、空をお飛びになるときは、一揚（いちよう）というて、一はばたきに、六千由旬（ゆじゅん）を行きなさる。そのいわれより疾翔と申さるる、大力というは、お徳によって、たとえ火の中水の中、ただこの菩薩を念ずるものは、捨身大菩薩、必らず飛び込んで、お救いになり、その浄明の天上にお連れなさる、その時火に入って身の毛一つも傷かず、水に潜って、羽、塵ほどもぬれぬという、そのお徳をば、大力とこう申しあげるのじゃ。されば疾翔大力とは、捨身大菩薩を、鳥より申しあげる別号じゃ、まあそう申しては失礼なれど、鳥より仰ぎ奉る一つのあだ名じゃと、斯う考えてよろしかろう。」

　声がしばらくとぎれました。林はしいんとなりました。ただ下の北上川の淵で、鱒か何かのはねる音が、バチャンと聞こえただけでした。

　梟の、きっと大僧正か僧正でしょう、坊さんの講義が又はじまりました。

「さらば疾翔大力は、いかなればとて、われわれ同様賤しい鳥の身分より、その様なる結構のお身となられたか。結構のことじゃ。ご自分も又ほかの一切のものも、本願のごとくにお救いなされることとなのじゃ。さほど尊いご身分にいかなことでなられたかとなれば、なかなか容易のことではあらぬぞよ。疾翔大力さまはもとは一疋の雀でござらしゃったのじゃ。南天竺の、ある家の棟に棲まわれた。ある年非常な饑饉が来て、米もとれねば木の実もならず、草さえ枯れたことがござった。鳥もけものも、みな飢え死にじゃ人もばたばた倒れたじゃ。もう炎天と飢渇の為に人にも鳥にも、親兄弟の見さかいなく、この世からなる餓鬼道じゃ。その時疾翔大力は、まだ力ない雀でござらしゃったなれど、つくづくこれをご覧じて、世の浅間しさはかなさに、泪をながしていらしゃれた。中にもその家の親子二人、子はまだ六つになるならず、母親とてもその大飢渇に、どこから食を得るでなし、もうあすあすに二人もろとも見す見す餓死を待ったのじゃ。この時、疾翔大力は、上よりこれをながめられあまりのことにしばしは途方にくれなされたが、日ごろの恩を報ずるは、ただこの時と勇み立ち、つかれた羽をうちのばし、はるか遠くの林まで、親子の食をたずねたげな。一念天に届いたか、ある大林のその中に、名さえも知らぬ木なれども、色もにおいもいと高き、十の木の実をお見附けなされたじゃ。さればもはや疾翔大力は、われを忘れて、十たびその実をおのがあるじの棟に運び、親子の上より落とされたじゃ。その十たび目は、あまりの飢えと身にあまる、その実の重さにまなこもくらみ、五たび土に落ちたれど、ただ報恩の一念に、ついご自分にはその実を啄みなさらなんだ、おもいとどいてその十番目の実を、無事に親子に届けたとき、あまりの疲れと張りつめた心のゆるみに、ついそのままにお倒れなされたじゃ。されどもややあって正気に復し下の模様を見てあれば、いかにもその子は勢も増し、ただいたけなく悦んでいる如くなれども、親はかの実も自らは口にせなんじゃ、いよいよ餓えて倒れるようす、疾翔大力これを見て、はやこの上はこの身を以て親の餌食とならんものと、いきなり堅く身をちぢめ、息を殺してはりより床へと落ちなされたのじゃ。その痛さより、身は砕くるかと思えども、なおも命はあらしゃった。されども慈悲もある人の、生きたと見てはとても食べはせまいとて、息を殺し眼をつぶっていられたじゃ。そしてとうとう願いかなってその親子をば養われたじゃ。その功徳より、疾翔大力様は、ついに仏にあわれたじゃ。そして次第に法力を得て、やがてはさきにも申した如く、火の中に入れどもその毛一つも傷つかず、水に入れどもその羽一つぬれぬという、大力の菩薩となられたじゃ。今このご文は、この大菩薩が、悪業のわれらをあわれみて、救護の道をば説かしゃれた。その始めの方じゃ。しばらく休んで次の講座で述べるといたす。

南無疾翔大力、南無疾翔大力。

みなの衆しばらくゆるりとやすみなされ。」

いちばん高い木の黒い影が、ばたばた鳴って向こうの低い木の方へ移ったようでした。やっぱりふくろうだったのです。

それと同時に、林の中は俄かにばさばさ羽の音がしたり、嘴のカチカチ鳴る音、低くごろごろつぶやく音などで、一杯になりました。天の川が大分まわり大熊星がチカチカまたたき、それから東の山脈の上の空はぼおっと古めかしい黄金いろに明るくなりました。

前の汽車と停車場で交換したのでしょうか、こんどは南の方へごとごと走る音がしました。何だか車のひびきが大へん遅く貨物列車らしかったのです。

そのとき、黒い東の山脈の上に何かちらっと黄いろな尖った変なかたちのものがあらわれました。梟どもは俄かにざわっとしました。二十四日の黄金の角、鎌の形の月だったのです。忽ちすうっと昇ってしまいました。沼の底の光のような朧な青いあかりがぼおっと林の高い梢にそそぎ一疋の大きな梟が翅をひるがえしているのもひらひら銀いろに見えました。さっきの説教の松の木のまわりになった六本にはどれにも四疋から八疋ぐらいまで梟がとまっていました。低く出た三本のならんだ枝に三疋の子供の梟がとまっていました。きっと兄弟だったでしょうがどれも銀いろで大きさはみな同じでした。その中でこちらの二疋は大分厭きているようでした。片っ方の翅をひらいたり、片脚でぶるぶる立ったり、枝へ爪を引っかけてくるっと逆さになって小笠原島のこうもりのまねをしたりしていました。

　それから何か云っていました。

「そら、大の字やって見せようか。大の字なんか何でもないよ。」

「大の字なんか、僕だってできらあ。」

「できるかい。できるならやってごらん。」

「そら。」その小さな子供の梟はほんの一寸の間、消防のやるような逆さ大の字をやりました。

「何だい。そればっかしかい。そればっかしかい。」

「だって、やったんならいいんだろう。」

「大の字にならなかったい。ただの十の字だったい、脚が開かないじゃないか。」

「おい、おとなしくしろ。みんなに笑われるぞ。」すぐ上の枝に居たお父さんのふくろうがその大きなぎらぎら青びかりする眼でこっちを見ながら云いました。眼のまわりの赤い隈もはっきり見えました。

　ところがなかなか小さな梟の兄弟は云うことをききませんでした。

「十の字、ほう、たての棒の二つある十の字があるだろうか。」

「二つに開かなかったい。」

「開いたよ。」

「何だ生意気な。」もう一疋は枝からとび立ちました。もう一疋もとび立ちました。二疋はばたばた、けり合ってはねが月の光に銀色にひるがえりながら下へ落ちました。

おっかさんのふくろうらしいさっきのお父さんのとならんでいた茶いろの少し小型のがすうっと下へおりて行きました。それから下の方で泣声が起りました。けれども間もなくおっかさんの梟はもとの処へとびあがり小さな二疋ものぼって来て二疋ももとのところへとまって片脚で眼をこすりました。お母さんの梟がも一度叱りました。その眼も青くぎらぎらしました。

「ほんとうにお前たちったら仕方ないねえ。みなさんの見ていらっしゃる処でもうすぐきっと喧嘩するんだもの。なぜ穂吉ちゃんのように、じっとおとなしくしていないんだろうねえ。」

穂吉と呼ばれた梟は、三疋の中では一番小さいようでしたが一番温和しいようでした。じっとまっすぐを向いて、枝にとまったまま、はじめからおしまいまで、しんとしていました。

その木の一番高い枝にとまりからだ中銀いろで大きく頬をふくらせ今の講義のやすみのひまを水銀のような月光をあびてゆらりゆらりといねむりしているのはたしかに梟のおじいさんでした。

月はもう余程高くなり、星座もずいぶんめぐりました。蝎座は西へ沈むとこでしたし、天の川もすっかり斜めになりました。

向こうの低い松の木から、さっきの年老りの坊さんの梟が、斜に飛んでさっきの通り、説教の枝にとまりました。

急に林のざわざわがやんで、しずかにしずかになりました。風のためか、今まで聞こえなかった遠くの瀬の音が、ひびいて参りました。坊さんの梟はゴホンゴホンと二つ三つせきばらいをして又はじめました。

「爾の時に、疾翔大力、爾迦夷に告げて曰く、諦かに聴け、諦かに聴け。善くこれを思念せよ。

我今汝に、梟鴟諸の悪禽、離苦解脱の道を述べん、と。

爾迦夷、則ち両翼を開張し、虔しく頸を垂れて、座を離れ、低く飛揚して、疾翔大力を讃嘆すること三匝にして、徐に座に復し、拝跪して唯願うらく、疾翔大力、疾翔大力、ただ我等が為に、これを説き給え。ただ我等が為に、これを説き給えと。

疾翔大力微笑して、金色の円光を以て頭に被れるに、その光、遍く一座を照らし、諸鳥歓喜充満せり。則ち説いて曰く、

汝等審らかに諸の悪業を作る。或いは夜陰を以て、小禽の家に至る。時に小禽、既に終日日光に浴し、歌唄跳躍して疲労をなし、唯唯甘美の睡眠中にあり。汝等飛躍してこれを握む。利爪深くその身に入り、諸の小禽、痛苦又声を発するなし。則ちこれを裂きて擅に噉食す。或いは沼田に至り、螺蛤を啄む。螺蛤軟泥中にあり、心柔輭にして、唯温水を憶う。時に俄かに身、空中にあり、或いは直ちに身を破る、悶乱声を絶す。汝等これを噉食するに、又懺悔の念あることなし。

斯の如きの諸の悪業、挙げて数うるなし。悪業を以ての故に、更に又諸の悪業を作る。継起して遂に竟ることなし。昼は則ち日光を懼れ、又人及び諸の強鳥を恐る。心暫らくも安らかなることなし。一度梟身を尽して、又新たに梟身を得。審らかに諸の苦患を被りて、又尽くることなし。で前の座では、捨身菩薩を疾翔大力と呼びあげるわけあい又、その願成の因縁をお話しいたしたじゃが、次に爾迦夷に告げて曰くとある。爾迦夷というはこのとき我等と同様梟じゃ。われらのご先祖と、一緒にお棲いなされたお方じゃ。今でも爾迦夷上人と申しあげて、毎月十三日がご

命日じゃ。いずれの家でも、梟の限りは、十三日には楢の木の葉を取て参て、爾迦夷上人さまにさしあげるということをやるじゃ、これは爾迦夷さまが楢の木にお棲いなされたからじゃ。この爾迦夷さまは、早くから梟の身のあさましいことをご覚悟遊ばされ、出離の道を求められたじゃげなが、とうとうその一心の甲斐あって、疾翔大力さまにめぐりあい、ついにその尊い教を聴聞あって、天上へ行かしゃれた。その爾迦夷さまへのご説法じゃ。諦かに聴け、諦かに聴け。善く之を思念せよと。心をしずめてよく聴けよ、心をしずめてよく聴けよと斯うじゃ。いずれの説法の座でも、よくよく心をしずめ耳をすまして聴くことは大切なのじゃ。上の空で聞いていたでは何にもならぬじゃ。」

　ところがこのとき、さっきの喧嘩をした二疋の子供のふくろうがもう説教を聴くのは厭きてお互いにらめくらをはじめていました。そこは茂りあった枝のかげで、まっくらでしたが、二疋はどっちもあらんかぎりりんと眼を開いていましたので、ぎろぎろ燐を燃したように青く光りました。そこでとうとう二疋とも一ぺんに噴き出して一緒に、

「お前の眼は大きいねえ。」と云いました。

　その声は幸に少しつんぼの梟の坊さんには聞こえませんでしたが、ほかの梟たちはみんなこっちを振り向きました。兄弟の穂吉という梟は、そこで大へんきまり悪く思ってもじもじしながら頭だけはじっと垂れていました。二疋はみんなのこっちを見るのを枝のかげになってかくれるようにしながら、

「おい、もう遁げて遊びに行こう。」

「どこへ。」

「実相寺の林さ。」

「行こうか。」

「うん、行こう。穂吉ちゃんも行かないか。」

「ううん。」穂吉は頭をふりました。

「我今汝に、梟鵄諸の悪禽、離苦解脱の道を述べんということは。」説教が又続きました。二疋はもうそっと遁げ出し、穂吉はいよいよ堅くなって、兄弟三人分一人で聴こうという風でした。

※

その次の日の六月二十五日の晩でした。

丁度ゆうべと同じ時刻でしたのに、説教はまだ始まらず、あの説教の坊さんは、眼を瞑ってだまって説教の木の高い枝にとまり、まわりにゆうべと同じにとまった沢山の梟どもはなぜか大へんみな興奮している模様でした。女のふくろうにはおろおろ泣いているのもありましたし、男のふくろうはもうとても斯うしていられないというようにプリプリしていました。それにあのゆうべの三人兄弟の家族の中では一番高い処に居るおじいさんの梟はもうすっかり眼を泣きはらして頬が時々びくびく云い、泪は声なくその赤くふくれた眼から落ちていました。

もちろんふくろうのお母さんはしくしくしくしく泣いていました。乱暴ものの二疋の兄弟も不思議にその晩はきちんと座って、大きな眼をじっと下に落していました。又ふくろうのお父さんは、しきりに西の方を見ていました。けれども一体どうしたのかあの温和しい穂吉の形が見えませんでした。風が少し出て来ましたので松の梢はみなしずかにゆすれました。

空には所々雲もうかんでいるようでした。それは星があちこちめくらにでもなったように黒くて光っていなかったからです。

俄かに西の方から一疋の大きな褐色の梟が飛んで来ました。そしてみんなの入口の低い木にとまって声をひそめて云いました。

「やっぱり駄目だ。穂吉さんももうあきらめているようだよ。さっきまではばたばたばたばた云っていたけれども、もう今はおとなしく臼の上にとまっているよ。それから紐が何だか変ったようだよ。前は右足だったが、今度は左脚に結いつけられて、それに紐の色が赤いんだ。けれどもただひとついいことは、みんな大抵寝てしまったんだ。さっきまで穂吉さんの眼を指で突っつこうとした子供などは、腹かけだけして、大の字になって寝ているよ。」

穂吉のお母さんの梟は、まるで火がついたように声をあげて泣きました。それにつれて林中の女のふくろうがみなしいんしいんと泣きました。

梟の坊さんは、じっと星ぞらを見あげて、それからしずかにたずねました。

「この世界は全くこの通りじゃ。ただもうみんなかなしいことばかりなのじゃ。どうして又あんなおとなしい子が、人につかまるような処に出たもんじゃろうなあ。」

説教の木のとなりに居た鼠いろの梟は恭々しく答えました。

「今朝あけ方近くなってから、兄弟三人で出掛けたそうでございます。いつも人の来るような処ではなかったのでございます。そのうち朝日が出ましたので、眩しさに三疋とも、しばらく眼を瞑っていたそうでございます。すると、丁度子供が二人、草刈りに来て居ましたそうで、穂吉もそれを知らないうちに、一人がそっとのぼって来て、穂吉の足を捉まえてしまったと申します。」

「ああわれなことじゃ、ふびんなはなしじゃ、あんなおとなしいいい子でも、何の因果じゃやら。できるなればわしなどで代わってやりたいじゃ。」

林はまたしいんとなりました。しばらくたって、またばたばたと一疋の梟が飛んで戻って参りました。

「穂吉さんはね、臼の上をあるいていたよ。あの赤の紐を引き裂こうとしていたようだったけれど、なかなか容易じゃないんだ。私はもう、どこか隙間から飛び込んで行って、手伝ってあげようと、何べんも何べんも家のまわりを飛んで見たけれど、どこにもあいてる所はないんだろう。ほんとうに可哀そうだねえ、穂吉さんは、けれども泣いちゃいないよ。」

梟のお母さんが、大きな眼を泣いてまぶしそうにしょぼしょぼしながら訊ねました。

「あの家に猫は居ないようでございましたか。」

「ええ、猫は居なかったようですよ。きっと居ないんです。ずいぶん暫らく、私はのぞいていたんですけれど、とうとう見えなかったのですから。」

「そんならまあ安心でございます。ほんとうにみなさまに飛んだご迷惑をかけてお申し訳けもございません。みんな穂吉の不注意からでございます。」

「いいえ、いいえ、そんなことはありません。あんな賢いお子さんでも災難というものは仕方ありません。」

林中の女のふくろうがまるで口口に答えました。その音は二町ばかり西の方の大きな藁屋根の中に捕われている穂吉の処まで、ほんのかすかにでしたけれども聞こえたのです。

ふくろうのおじいさんが度々声がかすれながらふくろうのお父さんに云いました。

「もうそうなっては仕方ない。お前は行って穂吉にそっと教えてやったらよかろう、もうこの上は決してばたばたもがいたり、怒って人に噛み付いたりしてはいけない。今日中誰もお前を殺さない処を見ると、きっと田螺か何かで飼って置くつもりだろうから、今までのように温和しくして、決して人に逆らうな、とな。斯う云って教えて来たらよかろう。」

梟のお父さんは、首を垂れてだまって聴いていました。梟の和尚さんも遠くからこれにできるだけ耳を傾けていましたが大体そのわけがわかったらしく言い添えました。

「そうじゃ、そうじゃ。いい分別じゃ。序に斯う教えて来なされ。このようなひどい目にあうて、何悪いことしたむくいじゃと、恨むようなことがあってはならぬ。この世の罪も数知らず、さきの世の罪も数かぎりない事じゃほどに、この災難もあるのじゃと、よくあきらめて、あんまりひとり嘆くでない、あんまり泣けば心も沈み、からだもとかく損ねるじゃ、たとえ足には紐があるとも、今ここへ来て、はじめてとまった処じゃと、いつも気軽でいねばならぬ、とな、斯う云うて下され。ああ、されども、されども、とられた者は又別じゃ。何のさわりも無いものが、とや斯う言うても、何にもならぬ。ああ可哀そうなことじゃ不愍なことじゃ。」

お父さんの梟は何べんも頭を下げました。

「ありがとうございます。ありがとうございます。もうきっとそう申し伝えて参ります。斯(こ)んなお語(ことば)を伝え聞いたら、もう死んでもよいと申しますでございましょう。」

「いや、いや、そうじゃ。斯うも云(い)うて下され。いくら飼われるときまっても、子供心はもとより一向(いっこう)たよりないもの、又(また)近くには猫(ねこ)犬なども居ることじゃ、もし万一の場合には、ただあの疾翔大力(しっしょうたいりき)のおん名を唱えなされとな。そう云うて下され。おお不愍(ふびん)じゃ。」

「ありがとうございます。では行って参ります。」

梟(ふくろう)のお母さんが、泣きむせびながら申しました。

「ああ、もしどうぞ、いのちのある間は朝夕二度、私に聞えるよう高く啼(な)いて呉(く)れとおっしゃって下さいませ。」

「いいよ。ではみなさん、行って参ります。」

梟のお父さんは、二三度羽ばたきをして見てから、音もなく滑(すべ)るように向こうへ飛んで行きました。梟の坊(ぼう)さんがそれをじっと見送っていましたが、俄(にわ)かにからだをりんとして言いました。

「みなの衆。いつまで泣いてもはてないじゃ。ここの世界は苦界(くがい)という、又忍土(にんど)とも名づけるじゃ。みんなせつないことばかり、涙(なみだ)の乾(かわ)くひまはないのじゃ。ただこの上は、われらと衆生(しゅじょう)と、早くこの苦を離(はな)れる道を知るのが肝要(かんよう)じゃ。この因縁(いんねん)でみなの衆も、よくよく心をひそめて聞きなされ。ただ一人でも穂吉のことから、まことに菩提(ぼだい)の心を発すなれば、穂吉の功徳(くどく)又この座のみなの衆の供徳、かぎりもあらぬことなれば、必らずとくと聴聞(ちょうもん)なされや。昨夜の続きを講じます。

爾の時に疾翔大力、爾迦夷に告げて曰く、諦かに聴け、諦かに聴け。善くこれを思念せよ。我今汝に、梟鵄諸の悪禽、離苦解脱の道を述べん、と。

爾迦夷、則ち両翼を開張し、虔しく頸を垂れて、座を離れ、低く飛揚して、疾翔大力を讃嘆すること三匝にして、徐に座に復し、拝跪して唯願うらく、疾翔大力、疾翔大力、ただ我等が為に、これを説き給え。ただ我等が為に、これを説き給えと。

疾翔大力微笑して、金色の円光を以て頭に被れるに、その光、遍く一座を照らし、諸鳥歓喜充満せり。則ち説いて曰く、

汝等審らかに諸の悪業を作る。或いは夜陰を以て、小禽の家に至る。時に小禽既に終日日光に浴し、歌唄跳躍して疲労をなし、唯唯甘美の睡眠中にあり。汝等飛躍してこれを握む。利爪深くその身に入り、諸の小禽、痛苦又声を発するなし。則ちこれを裂きて擅に噉食す。或いは沼田に至り、螺蛤を啄む。螺蛤軟泥中にあり、心柔輭にして、唯温水を憶う。時に俄かに身空中にあり、或いは直ちに身を破る、悶乱声を絶す。汝等之を噉食するに、又懺悔の念あることなし。斯の如きの諸の悪業、挙げて数うるなし。悪業を以ての故に、更に又諸の悪業を作る。継起して遂に竟ることなし。昼は則ち日光を懼れ、又人及び諸の強鳥を恐る。心暫らくも安らかなることなし。一度梟身を尽して、又新たに梟身を得。審らかに諸の患難を被りて、又尽くることなし。

で前の晩は、諸鳥歓喜充満せりまで、文の如くに講じたが、此の席はその次じゃ。則ち説いて曰くと、これは疾翔大力さまが、爾迦夷上人のご懇請によって、直ちに説法をなされたと斯うじゃ。汝等審らかに諸の悪業を作ると。汝等というは、元来はわれわれ梟や鵄などに対して申さる

るのじゃが、ご本意は梟にあるのじゃ、あとのご文の罪相を拝するに、みなわれわれのことじゃ。悪業というは、悪は悪いじゃ、業とは梵語でカルマというて、すべて過去になしたることのまだ報となってあらわれぬを業という、善業悪業あるじゃ。ここでは悪業という。その事柄を次にあげなされたじゃ。或は夜陰を以て、小禽の家に至ると。みなの衆、他人事ではないぞよ。よくよく自らの胸にたずねて見なされ。夜陰とは夜のくらやみじゃ。以てとは、これは乗じてというがようの意味じゃ。夜のくらやみに乗じてと、斯うじゃ。小禽の家に至る。小禽とは、雀、山雀、四十雀、ひわ、百舌、みそさざい、かけす、つぐみ、すべて形小にして、力ないものは、みな小禽じゃ。その形小さく力無い鳥の家に参るというのじゃが、参るというてもただ訪ねて参るでもなければ、遊びに参るでもないじゃ、内に深く残忍の想を潜め、外又恐るべく悲しむべき夜叉相を浮かべ、密やかに忍んで参ると斯う云うことじゃ。このご説法のころは、われらの心も未だ仲々善心もあったじゃ、小禽の家に至るとお説きなされば、はや聴法の者、みな慄然として座に耐えなかったじゃ。今は仲々そうでない。今ならば疾翔大力さま、まだまだ強く烈しくご説法であろうぞよ。みなの衆、よくよく心にしみて聞いて下され。

　次のご文は、時に小禽既に終日日光に浴し、歌唄跳躍して、疲労をなし、唯々甘美の睡眠中にあり。他人事ではないぞよ。どうじゃ、今朝も今朝とて穂吉どの処を替えてこの身の上じゃ、」

　説教の坊さんの声が、俄かにおろおろして変りました。穂吉のお母さんの梟はまるで帛を裂くように泣き出し、一座の女の梟は、たちまちそれに従いて泣きました。

　それから男の梟も泣きました。林の中はただむせび泣く声ばかり、風も出て来て、木はみなぐらぐらゆれましたが、仲々誰も泣きやみませんでした。星はだんだんめぐり、赤い火星ももう西ぞらに入りました。

　梟の坊さんはしばらくゴホゴホ咳嗽をしていましたが、やっと心を取り直して、又講義をつづけました。

「みなの衆、まず試しに、自分がみそさざいにでもなったと考えてご覧じ。な。天道さまが、東の空へ金色の矢を射なさるじゃ、林樹は青く枝は揺るる、楽しく歌をばうたうのじゃ、仲よくおうた友だちと、枝から枝へ木から木へ、天道さまの光の中を、歌って歌って参るのじゃ、ひるごろならば、涼しい葉陰にしばしやすんで黙るのじゃ、又ちちと鳴いて飛び立つじゃ、空の青板をめざすのじゃ、又小流れに参るのじゃ、心の合うた友だちと、ただ暫らくも離れずに、歌って歌って参るのじゃ、さてお天道さまが、おかくれなされる、からだはつかれてとろりとなる、油のごとく、溶けるごとくじゃ。いつかまぶたは閉じるのじゃ、昼の景色を夢見るじゃ、からだは枝に留まれど、心はなおも飛びめぐる、たのしく甘いつかれの夢の光の中じゃ。そのとき俄かにひやりとする。夢かうつつか、愕き見れば、わが身は裂けて、血は流れるじゃ。燃えるようなる、二つの眼が光ってわれを見詰むるじゃ。どうじゃ、声さえ発とうにも、咽喉が狂うて音が出ぬじゃ。これが則ち利爪深くその身に入り、諸の小禽痛苦又声を発するなしの意なのじゃぞ。されどもこれは、取らるる鳥より見たるものじゃ。捕る此方より眺むれば、飛躍してこれを握むと斯うじゃ。何の罪なく眠れるものを、ただ一打ととびかかり、鋭い爪でその柔な身体をちぎる、鳥は声さえよう発てぬ、こちらはそれを嘲笑いつつ、引き裂くじゃ。何たるあわれのことじゃ。この身とて、今は法師にて、鳥も魚も襲わねど、昔おもえば身も世もあらぬ。ああ罪業のこのからだ、夜毎夜毎の夢とては、同じく夜叉の業をなす。宿業の恐ろしさ、ただただ呆るるばかりなのじゃ。」

風がザアッとやって来ました。木はみな波のようにゆすれ、坊さんの梟も、その中に漂う舟のようにうごきました。

そして東の山のはから、昨日の金角、二十五日のお月さまが、昨日よりは又ずうっと瘠せて上りました。林の中はうすいうすい霧のようなものでいっぱいになり、西の方からあの梟のお父さんがしょんぼり飛んで帰って来ました。

※

旧暦六月二十六日の晩でした。

そらがあんまりよく霽れてもう天の川の水は、すっかりすきとおって冷たく、底のすなごも数えられるよう、またじっと眼をつぶっていると、その流れの音さえも聞こえるような気がしました。けれどもそれは或は空の高い処を吹いていた風の音だったかも知れません。なぜなら、星がかげろうの向こう側にでもあるように、少しゆれたり明るくなったり暗くなったりしていましたから。

獅子鼻の上の松林には今夜も梟の群が集まりました。今夜は穂吉が来ていました。来てはいましたが一昨日の晩の処にでなしに、おじいさんのとまる処よりももっと高いところで小さな枝の二本行きちがい、それからもっと小さな枝が四五本出て、一寸盃（ちょつとさかずき）のような形になった処へ、どこから持って来たか藁屑（わらくず）や髪（かみ）の毛などを敷（し）いて臨時に巣（す）がつくられていました。その中に穂吉が半分横になって、じっと目をつぶっていました。梟のお母さんと二人の兄弟とが穂吉のまわりに座（すわ）って、穂吉のからだを支えるようにしていました。林中のふくろうは、今夜は一人も泣いてはいませんでしたが怒（おこ）っていることはみんな、昨夜（ゆうべ）どころではありませんでした。

「傷（いた）みはどうじゃ。いくらか薄（うす）らいだかの。」

あの坊さんの梟がいつもの高い処からやさしく訊（たず）ねました。穂吉は何か云（い）おうとしたようでしたが、ただ眼がパチパチしたばかり、お母さんが代わって答えました。

「折角（せっかく）こらえているようでございます。よく物が申せないのでございます。それでもどうしても、今夜のお説教を聴聞（ちょうもん）いたしたいというようでございましたので。もうどうかかまわずご講義をねがいとう存じます。」

梟の坊さんは空を見上げました。

「殊勝（しゅしょう）なお心掛（こころが）けじゃ。それなればこそ、たとえ脚（あし）をば折られても、二度と父母の処へも戻（もど）ったのじゃ。なれども健（すこや）かな二本の脚を、何面白（おもしろ）いこともないに、捩（ねじ）って折って放すとは、何という浅間（あさま）しい人間の心じゃ。」

「放されましても二本の脚を折られてどうしてまあすぐ飛べましょう。あの萱原（かやはら）の中に落ちてひいひい泣いていたのでございます。それでも昼の間は、誰（たれ）も気付かずやっと夕刻、私が顔を見ようと出て行きましたらこのていたらくでございまする。」

「うん。尤じゃ。なれども他人は恨むものではないぞよ。みな自らがもとなのじゃ。恨みの心は修羅となる。かけても他人は恨むでない。」

　穂吉はこれをぼんやり夢のように聞いていました。子供がもう厭きて「遁がしてやるよ」といって外へ連れて出たのでした。そのとき、ポキッと脚を折ったのです。その両脚は今でもまだしんしんと痛みます。眼を開いてもあたりがみんなぐらぐらして空さえ高くなったり低くなったりわくわくゆれているよう、みんなの声も、ただぼんやりと水の中からでも聞くようです。ああ僕はきっともう死ぬんだ。こんなにつらい位ならほんとうに死んだ方がいい。それでもお父さんやお母さんは泣くだろう。泣くたって一体お父さんたちは、まだ僕の近くに居るだろうか、ああ痛い痛い。穂吉は声もなく泣きました。

「あんまりひどいやつらだ。こっちは何一つ向こうの為に悪いようなことをしないんだ。それをこんなことをして、よこす。もうだまってはいられない。何かし返ししてやろう。」一疋の若い梟が高く云いました。すぐ隣りのが答えました。

「火をつけようじゃないか。今度屑焼きのある晩に燃えてる長い藁を、一本あの屋根までくわえて来よう。なあに十本も二十本も運んでいるうちにはどれかすぐ燃えつくよ。けれども火事で焼けるのはあんまり楽だ。何かも少しひどいことがないだろうか。」

　又その隣りが答えました。

「戸のあいてる時をねらって赤子の頭を突いてやれ。畜生め。」

　梟の坊さんは、じっとみんなの云うのを聴いていましたがこの時しずかに云いました。

「いやいや、みなの衆、それはいかぬじゃ。これほど手ひどい事なれば、必らず仇を返したいはもちろんの事ながら、それでは血で血を洗うのじゃ。こなたの胸が霽れるときは、かなたの心は燃えるのじゃ。いつかはまたもっと手ひどく仇を受けるじゃ、この身終って次の生まで、その妄執は絶えぬのじゃ。遂には共に修羅に入り闘諍しばらくもひまはないじゃ。必らずともにさようのたくみはならぬぞや。」

けたたましくふくろうのお母さんが叫びました。

「穂吉穂吉しっかりおし。」

みんなびくっとしました。穂吉のお父さんもあわてて穂吉の居た枝に飛んで行きましたがとまる所がありませんでしたからすぐその上の枝にとまりました。穂吉のおじいさんも行きました。みんなもまわりに集まりました。穂吉はどうしたのか折られた脚をぷるぷる云わせその眼は白く閉じたのです。

「穂吉、しっかりするんだよ。今お説教がはじまるから。」

穂吉はパチッと眼をひらきました。それから少し起きあがりました。見えない眼でむりに向こうを見ようとしているようでした。

「まあよかったね。やっぱりつかれているんだろう。」女の梟たちは云い合いました。

坊さんの梟はそこで云いました。

「さあ　講釈をはじめよう。みなの衆座にお戻りなされ。今夜は二十六日じゃ、来月二十六日はみなの衆も存知の通り、二十六夜待ちじゃ。月天子山のはを出でんとして、光を放ちたまうとき、疾翔大力、爾迦夷、波羅夷の三尊が、東のそらに出現まします。今宵は月は異なれど、まことの心には又あらわれ給わぬことでない。穂吉どのも、ただ一途に聴聞の志じゃげなで、これからさっそく講ずるといたそう。穂吉どの、さぞ痛かろう苦しかろう、お経の文とて仲々耳には入るまいなれど、そのいたみ悩みの心の中に、いよいよ深く疾翔大力さまのお慈悲を刻みつけるじゃぞ、いいかや、まことにそれこそ菩提のたねじゃ。」

梟の坊さんの声が又少し変わりました。一座はしいんとなりました。林の中にもう鳴き出した秋の虫があります。坊さんはしばらく息をこらして気を取り直しそれから厳めしい声で願をたてから昨夜の続きをはじめました。

「梟鵄救護章　梟鵄救護章

諸の仁者掌を合わせて至心に聴き給え。我今疾翔大力が威神力を享けて梟鵄救護章の一節を講ぜんとす。唯願うらくはかの如来大慈大悲我が小願の中に於いて大神力を現じ給い妄言綺語の淤泥を化して光明顕色の浄瑠璃となし、浮華の中より清浄の青蓮華を開かしめ給わんことを。至心欲願、南無仏南無仏南無仏。

爾の時に疾翔大力、爾迦夷に告げて曰く、諦かに聴け諦かに聴け。善くこれを思念せよ。我今汝に梟鵄諸の悪禽離苦解脱の道を述べんと。

爾迦夷則ち、両翼を開張し、虔しく頸を垂れて、座を離れ、低く飛揚して、疾翔大力を讃嘆すること三匝にして、徐に座に復し、拝跪して唯願うらく、疾翔大力、疾翔大力、ただ我等が為に、これを説き給え。ただ我等が為にこれを説き給えと。

疾翔大力、微笑して金色の円光を以て頭に被れるに、その光、遍く一座を照らし、諸鳥歓喜充満せり。則ち説いて曰く、

汝等審らかに諸の悪業を作る。或いは夜陰を以て、小禽の家に至る。時に小禽、既に終日日光に浴し、歌唄跳躍して疲労をなし、唯唯甘美の睡眠中にあり。汝等飛躍してこれを握む。利爪深くその身に入り、諸の小 禽痛苦又声を発するなし。則ちこれを裂きて擅に噉食す。或いは沼田に至り、螺蛤を啄む。螺蛤軟泥中にあり、心柔輭にして唯温水を憶う。時に俄かに身、空中にあり、或いは直ちに身を破る、悶乱声を絶す。汝等これを噉食するに、又懺悔の念あることなし。斯の如きの諸の悪業、挙げて数うるなし。悪業を以ての故に、更に又諸の悪業を作る。継起して遂に竟ることなし。昼は則ち日光を懼れ、又人及び諸の強鳥を恐る。心暫らくも安らかなることなし。一度梟身を尽して又新たに梟身を得。審らかに諸の患難を被りて、又尽くることなし。

で前の晩は、斯の如きの諸の悪業、挙げて数うるなし、まで講じたが、今夜はその次じゃ。

悪業を以ての故に、更に又諸の悪業を作ると、これは誠に短いながら、強いお語じゃ。先刻人間に恨みを返すとの議があった節、申した如くじゃ、一の悪業によって一の悪果を見る。その悪果故に、又新なる悪業を作る。斯の如く展転して、遂にやむときないじゃ。車輪のめぐれどもめぐれども終わらざるが如くじゃ。これを輪廻といい、流転という。悪より悪へとめぐることじゃ。継起して遂に竟ることなしと云うがそれじゃ。いつまでたっても終わりにならぬ、どこどこまでも悪因悪果、悪果によって新に悪因をつくる。な。斯うじゃ、浮かん瀬とてもあるまいじゃ。昼は則ち日光を懼れ、又人及び諸の強鳥を恐る。心暫らくも安らかなることなし。これは流転の

中の、つらい模様をわれらにわかるよう、直かに申されたのじゃ。勿体なくも、我等は光明の日天子をば憚かり奉る。いつも闇とみちづれじゃ。東の空が明るくなりて、日天子さまの黄金の矢が高く射出さるれば、われらは恐れて遁げるのじゃ。もし白昼にまなこを正しく開くならば、その日天子の黄金の征矢に伐たれるじゃ。それほどまでに我等は悪業の身じゃ。又人及び諸の強鳥を恐る。な。人を恐るることは、今夜今ごろ講ずることの限りでない。思い合わせてよろしかろう。諸の強鳥を恐る。鷹やはやぶさ、又さほど強くはなけれども日中なれば烏などまで恐れねばならぬ情ない身じゃ。はやぶさなれば空よりすぐに落ちて来て、こなたが小鳥をつかむときと同じようなるありさまじゃ、たちまち空で引き裂かれるじゃ、少しのさからいをしたとて、何にもならぬ、げにもげにも浅間しくなさけないわれらの身じゃ。」

　梟の坊さんは一寸声を切りました。今夜ももう一時の上りの汽車の音が聞こえて来ました。その音を聞くと梟どもは泣きながらも、汽車の赤い明るいならんだ窓のことを考えるのでした。講釈がまた始まりました。

「心暫らくも安らかなることなしと、どうじゃ、みなの衆、ただの一時でも、ゆっくりと何の心配もなく落ち着いたことがあるかの。もういつでもいつでもびくびくものじゃ。一度梟身を尽して又新たに梟身を得、と斯うじゃ。泣いて悔やんで悲しんで、ついには年老る、病気になる、あらんかぎりの難儀をして、それで死んだら、もうこの様な悪鳥の身を離れるかとならば、仲々そうは参らぬぞや。身に染み込んだ罪業から、又梟に生れるじゃ。斯の如くにして百生、二百生、乃至劫をも亘るまで、この梟身を免れぬのじゃ。審に諸の患難を蒙りて又尽くることなし。もう何もかも辛いことばかりじゃ。さて今東の空は黄金色になられた。もう月天子がお出ましなのじゃ。来月二十六夜ならば、このお光に疾翔大力さまを拝み申すじゃなれど、今宵とて又拝み申さぬことでない、みなの衆、ようくまごころを以て仰ぎ奉るじゃ。」

二十六夜の金いろの鎌の形のお月さまが、しずかにお登りになりました。そこらはぼおっと明るくなり、下では虫が俄かにしいんしいんと鳴き出しました。

遠くの瀬の音もはっきり聞こえて参りました。

お月さまは今はすうっと桔梗いろの空におのぼりになりました。それは不思議な黄金の船のように見えました。

俄かにみんなは息がつまるように思いました。それはそのお月さまの船の尖った右のへさきから、まるで花火のように美しい紫いろのけむりのようなものが、ばりばりばりと噴き出たからです。けむりは見る間にたなびいて、お月さまの下すっかり山の上に目もさめるような紫の雲をつくりました。その雲の上に、金いろの立派な人が三人まっすぐに立っています。まん中の人はせいも高く、大きな眼でじっとこっちを見ています。衣のひだまで一一はっきりわかります。お星さまをちりばめたような立派な瓔珞をかけていました。お月さまが丁度その方の頭のまわりに輪になりました。

右と左に少し丈の低い立派な人が合掌して立っていました。その円光はぼんやり黄金いろにかすみうしろにある青い星も見えました。雲がだんだんこっちへ近づくようです。

「南無疾翔大力、南無疾翔大力。」

みんなは高く叫(さけ)びました。その声は林をとどろかしました。雲がいよいよ近くなり、捨身菩薩(しやしんぼさつ)のおからだは、十丈(じよう)ばかりに見えそのかがやく左手がこっちへ招くように伸(の)びたと思うと、俄(にわ)かに何とも云(い)えないいいかおりがそこらいちめんにして、もうその紫の雲も疾翔大力の姿も見えませんでした。ただその澄(す)み切った桔梗(ききよう)いろの空にさっきの黄金(きん)いろの二十六夜のお月さまが、しずかにかかっているばかりでした。

「おや、穂吉(ほきち)さん、息つかなくなったよ。」俄かに穂吉の兄弟が高く叫(さけ)びました。

ほんとうに穂吉はもう冷たくなって少し口をあき、かすかにわらったまま、息がなくなっていました。そして汽車の音がまた聞こえて来ました。

# 革トランク

かわとらんく

斉藤平太は、その春、楢岡の町に出て、中学校と農学校、工学校の入学試験を受けました。三つとも駄目だと思っていましたら、どうしたわけか、まぐれあたりのように工学校だけ及第しました。一年と二年とはどうやら無事で、算盤の下手な担任教師が斉藤平太の通信簿の点数の勘定を間違った為に首尾よく卒業いたしました。

（こんなことは実にまれです。）

卒業するとすぐ家へ戻されました。家は農業でお父さんは村長でしたが平太はお父さんの賛成によって、家の門の処に建築図案設計工事請負という看板をかけました。

すぐに二つの仕事が来ました。一つは村の消防小屋と相談所とを兼ねた二階建、も一つは村の分教場です。

（こんなことは実に稀れです。）

斉藤平太は四日かかって両方の設計図を引いてしまいました。

それからあちこちの村の大工たちをたのんでいよいよ仕事にかかりました。

斉藤平太は茶いろの乗馬ズボンを穿き赤ネクタイを首に結んであっちへ行ったりこっちへ来た

り忙しく両方を監督しました。

工作小屋のまん中にあの設計図が懸けてあります。

ところがどうもおかしいことはどう云うわけか平太が行くとどの大工さんも変な顔をして下ばかり向いて働いてなるべく物を言わないようにしたのです。

大工さんたちはみんな平太を好きでしたし賃銭だってたくさん払っていましたのにどうした訳かおかしな顔をするのです。

（こんなことは実に稀れです。）

平太が分教場の方へ行って大工さんたちの働きぶりを見て居りますと大工さんたちはくるくる廻ったり立ったり屈んだりして働くのは大へん愉快そうでしたがどう云う訳か横に歩くのがいやそうでした。

（こんなことは実に稀です。）

平太が消防小屋の方へ行って大工さんたちの働くのを見ていますと大工さんたちはくるくる廻ったり立ったり屈んだり横に歩いたりするのは大へん愉快そうでしたがどう云う訳か上下に交通するのがいやそうでした。

（こんなことは実に稀です。）

だんだん工事が進みました。

斉藤平太は人数を巧く組み合わせて両方の終る日が丁度同じになるようにやって置きましたから両方丁度同じ日にそれが終わりました。

（こんなことは実に稀れです。）

終わりましたら大工さんたちはいよいよ変な顔をしてため息をついて黙って下ばかり見て居りました。

斉藤平太は分教場の玄関から教員室へ入ろうとしましたがどうしても行けませんでした。それは廊下がなかったからです。

（こんなことは実に稀です。）

斉藤平太はひどくがっかりして今度は急いで消防小屋に行きました。そして下の方をすっかり検分し今度は二階の相談所を見ようとしましたがどうしても二階に昇れませんでした。それは梯子がなかったからです。

（こんなことは実に稀です。）

そこで斉藤平太はすっかり気分を悪くしてそっと財布を開いて見ました。

そしたら三円入っていましたのですぐその乗馬ズボンのまま渡しを越えて町へ行きました。

それから汽車に乗りました。

そして東京へ遁げました。

東京へ来たらお金が六銭残りました。斉藤平太はその六銭で二度ほど豆腐を食べました。

それから仕事をさがしました。けれども語がはっきりしないのでどこの家でも工場でも頭ごなしに追いました。

斉藤平太はすっかり困って口の中もカサカサしながら三日仕事をさがしました。

それでもどこでも断わられとうとう楢岡工学校の卒業生の斉藤平太は卒倒しました。

巡査がそれに水をかけました。

区役所がそれを引きとりました。するとすっかり元気になりました。そこで区役所では撒水夫に雇いました。

斉藤平太はうちへ葉書を出しました。

「エレベータとエスカレータの研究の為急に東京に参り候、御不便ながら研究すむうちあの請負の建物はそのままお使い願い候」

お父さんの村長さんは返事も出させませんでした。

平太は夏は脚気にかかり冬は流行感冒です。そして二年は経ちました。

それでもだんだん東京の事にもなれて来ましたのでついには昔の専門の建築の方の仕事に入りました。則ち平沢組の監督です。

大工たちに憎まれて見廻り中に高い処から木片を投げつけられたり天井に上っているのを知らないふりして板を打ちつけられたりしましたがそれでも仲々愉快でした。

ですから斉藤平太はうちへ斯う葉書を書いたのです。

「近頃立身致し候。紙幣は障子を張る程有之諸君も尊敬　仕　候。研究も今一足故暫時不便を御辛抱願　候。」

お父さんの村長さんは返事も何もさせませんでした。

ところが平太のお母さんが少し病気になりました。毎日平太のことばかり云います。

そこで仕方なく村長さんも電報を打ちました。

「ハハビョウキ、スグカエレ。」

平太はこの時月給をとったばかりでしたから三十円ほど余っていました。

平太はいろいろ考えた末二十円の大きな大きな革のトランクを買いました。けれどももちろん平太には一張羅の着ている麻服があるばかり、他に入れるようなものは何もありませんでしたから親方に頼んで板の上に引いた要らない絵図を三十枚ばかり貰ってぎっしりそれに詰めました。

（こんなことはごく稀れです。）

斉藤平太は故郷の停車場に着きました。

それからトランクと一緒に俥に乗って町を通り国道の松並木まで来ましたが平太の村へ行くみちはそこから岐れて急にでこぼこになるのを見て俥夫はあとは行けないと断って賃銭をとって帰って行ってしまいました。

斉藤平太はそこで仕方なく自分でその大トランクを担いで歩きました。ひのきの垣根の横を行き麻ばたけの間を通り桑の畑のへりを通りそして船場までやって来ました。

渡し場は針金の綱を張ってあって滑車の仕掛けで舟が半分以上ひとりで動くようになっていました。

もう夕方でしたが雲が縞をつくってしずかに東の方へ流れ、白と黒とのぶちになったせきれいが水銀のような水とすれすれに飛びました。そのはりがねの綱は大きく水に垂れ舟はいま六七人の村人を乗せてやっと向こうへ着く処でした。向こうの岸には月見草も咲いていました。舟が又こっちへ戻るまで斉藤平太は大トランクを草におろし自分もどっかり腰かけて汗をふきました。白の麻服のせなかも汗でぐちゃぐちゃ、草にはけむりのような穂が出ていました。

いつの間にか子供らが麻ばたけの中や岸の砂原やあちこちから七八人集まって来ました。全く平太の大トランクがめずらしかったのです。みんなはだんだん近づきました。

「おお、みんな革だんぞ。」

「牛の革だんぞ。」

「あそごの曲った処ぁ牛の膝かぶの皮だな。」

なるほど平太の大トランクの締金の処には少しまがった膝の形の革きれもついていました。平太は子供らの云うのを聞いて何とも云えず悲しい寂しい気がしてあぶなく泣こうとしました。

舟がだんだん近よりました。

船頭が平太のうしろの入日の雲の白びかりを手でさけるようにしながらじっと平太を見ていましたが、だんだん近くになっていよいよその白い洋服を着た紳士が平太だとわかると高く叫びました。

「おお平太さん。待ぢでだあんす。」

平太はあぶなく泣こうとしました。そしてトランクを運んで舟にのりました。舟はたちまち岸をはなれ岸の子供らはまだトランクのことばかり云い船頭もしきりにそのトランクを見ながら船を滑らせました。波がぴたぴた云い針金の綱はしんしんと鳴りました。それから西の雲の向こうに日が落ちたらしく波が俄かに暗くなりました。向こうの岸に二人の人が待っていました。

舟は岸に着きました。

二人の中の一人が飛んで来ました。

「お待ぢ申して居(お)りあんした。お荷物は。」

それは平太の家の下男(げなん)でした。平太はだまって眼(め)をパチパチさせながらトランクを渡(わた)しました。

下男はまるでひどく気が立ってその大きな革(かわ)トランクをしょいました。

それから二人はうちの方へ蚊(か)のくんくん鳴く桑畑(くわばたけ)の中を歩きました。

二人が大きな路(みち)に出て少し行ったとき、村長さんも丁度(ちょうど)役場から帰った処でうしろの方から来ましたがその大トランクを見てにが笑いをしました。

# おきなぐさ

うずのしゅげを知っていますか。

うずのしゅげは　植物学ではおきなぐさと呼ばれますがおきなぐさという名は何だかあのやさしい若い花をあらわさないようにおもいます。

そんならうずのしゅげとは何のことかと云われても私にはわかったような亦わからないような気がします。

それはたとえば私どもの方でねこやなぎの花芽をべむべろと云いますがそのべむべろが何のことかわかったようなわからないような気がするのと全くおなじです。とにかくべむべろという語のひびきの中にあの柳の花芽の銀びろうどのこころもち、なめらかな春のはじめの光の工合が実にはっきり出ているように、うずのしゅげというときはあの毛莨科のおきなぐさの黒繻子の花びら、青じろいやはり銀びろうどの刻みのある葉、それから六月のつやつや光る冠毛がみなはっきりと眼にうかびます。

まっ赤なアネモネの花の従兄、きみかげそうやかたくりの花のともだち、このうずのしゅげの花をきらいなものはありません。

ごらんなさい。この花は黒繻子ででもこしらえた変わり型のコップのように見えますが、その黒いのはたとえば葡萄酒が黒く見えると同じです。この花の下を始終往ったり来たりする蟻に私はたずねます。

「おまえはうずのしゅげはすきかい、きらいかい。」

蟻は活潑に答えます。

「大すきです。誰だってあの人をきらいなものはありません。」

「けれどもあの花はまっ黒だよ。」

「いいえ、黒く見えるときもそれはあります。けれどもまるで燃えあがってまっ赤な時もあります。」

「はてな、お前たちの眼にはそんな工合に見えるのかい。」

「いいえ、お日さまの光の降る時なら誰にだってまっ赤に見えるだろうと思います。」

「そうそう。もうわかったよ。お前たちはいつでも花をすかして見るのだから。」

「そしてあの葉や茎だって立派でしょう。やわらかな銀の糸が植えてあるようでしょう。私たちの仲間では誰かが病気にかかったときはあの糸をほんのすこし貰って来てしずかにからだをさすってやります。」

「そうかい。それで、結局、お前たちはうずのしゅげは大すきなんだろう。」

「そうです。」

「よろしい。さよなら。気をつけておいで。」

この通りです。

又向こうの、黒いひのきの森の中のあき地に山男が居ます。山男はお日さまに向いて倒れた木に腰掛けて何か鳥を引き裂いて喰べようとしているらしいのですがなぜあの黝んだ黄金の眼玉を地面にじっと向けているのでしょう。鳥を喰べることさえ忘れたようです。

あれは空地のかれ草の中に一本のうずのしゅげが花をつけ風にかすかにゆれているのを見ているからです。

私は去年の丁度今ごろの風のすきとおったある日のひるまを思い出します。

それは小岩井農場の南、あのゆるやかな七つ森のいちばん西のはずれの西がわでした。かれ草の中に二本のうずのしゅげがもうその黒いやわらかな花をつけていました。

まばゆい白い雲が小さな小さなきれになって砕けてみだれて空をいっぱい東の方へどんどんどんどん飛びました。

お日さまは何べんも雲にかくされて銀の鏡のように白く光ったり又かがやいて大きな宝石のように蒼ぞらの淵にかかったりしました。

山脈の雪はまっ白に燃え、眼の前の野原は黄いろや茶の縞になってあちこち掘り起された畑は鳶いろの四角なきれをあてたように見えたりしました。

おきなぐさはその変幻の光の奇術の中で夢よりもしずかに話しました。

「ねえ、雲が又お日さんにかかるよ。そら向こうの畑がもう陰になった。」

「走って来る、早いねえ、もうから松も暗くなった。もう越えた。」

「来た、来た。おおくらい。急にあたりが青くしんとなった。」

「うん、だけどもう雲が半分お日さんの下をくぐってしまったよ。すぐ明るくなるんだよ。」

「もう出る。そら、ああ明るくなった。」

「だめだい。又来るよ、そら、ね、もう向こうのポプラの木が黒くなったろう。」

「うん。まるでまわり燈籠(どうろう)のようだねえ。」

「おい、ごらん。山の雪の上でも雲のかげが滑(すべ)ってるよ。あすこ。そら。ここよりも動きようが遅(おそ)いねえ。」

「もう下りて来る。ああこんどは早い早い、まるで落ちて来るようだ。もうふもとまで来ちゃった。おや、どこへ行ったんだろう、見えなくなってしまった。」

「不思議だねえ、雲なんてどこから出て来るんだろう。ねえ、西のそらは青じろくて光ってよく晴れてるだろう。そして風がどんどん空を吹(ふ)いてるだろう。それだのにいつまでたっても雲がなくならないじゃないか。」

「いいや、あすこから雲が湧(わ)いて来るんだよ。そら、あすこに小さな小さな雲きれが出たろう。きっと大きくなるよ。」

「ああ、ほんとうにそうだね、大きくなったねえ。もう兎(うさぎ)ぐらいある。」

「どんどんかけて来る。早い早い、大きくなった、白熊(しろくま)のようだ。」

「又お日さんへかかる。暗くなるぜ、奇麗(きれい)だねえ。ああ奇麗。雲のへりがまるで虹(にじ)で飾(かざ)ったようだ。」

西の方の遠くの空でさっきまで一生けん命啼(な)いていたひばりが、この時風に流されて羽を変にかしげながら二人のそばに降りて来たのでした。

「今日は、風があっていけませんね。」

「おや、ひばりさん、いらっしゃい。今日(きょう)なんか高いとこは風が強いでしょうね。」

「ええ、ひどい風ですよ。大きく口をあくと風が僕(ぼく)のからだをまるで麦酒瓶(ビールびん)のようにボウと鳴らして行く位ですからね。わめくも歌うも容易のこっちゃありませんよ。」

「そうでしょうね。だけどここから見ているとほんとうに風はおもしろそうですよ。僕たちも一ぺん飛んで見たいなあ。」

「飛べるどこじゃない。もう二ヶ月お待ちなさい。いやでも飛ばなくちゃなりません。」

それから二ヶ月めでした。私は御明神(ごみょうじん)へ行く途中(とちゅう)もう一ぺんそこへ寄ったのでした。

丘(おか)はすっかり緑で、ほたるかずらの花が子供の青い瞳(ひとみ)のよう、小岩井(こいわい)の野原には牧草や燕麦(オート)がきんきん光って居(お)りました。風はもう南から吹いて居(い)ました。

春の二つのうずのしゅげの花はすっかり、ふさふさした銀毛の房(ふさ)にかわっていました。野原のポプラの錫(すず)いろの葉をちらちらひるがえしふもとの草が青い黄金(きん)のかがやきをあげますと、その二つのうずのしゅげの銀毛の房はぷるぷるふるえて今にも飛び立ちそうでした。

そしてひばりがひくく丘の上を飛んでやって来たのでした。

「今日(こんにち)は。いいお天気です。どうです。もう飛ぶばかりでしょう。」

「ええ、もう僕たち遠いとこへ行きますよ。どの風が僕たちを連れて行くかさっきから見ているんです。」

「どうです。飛んで行くのはいやですか。」

「なんともありません。僕たちの仕事はもう済(す)んだんです。」

「恐(こわ)かありませんか。」

「いいえ、飛んだってどこへ行ったって野はらはお日さんのひかりで一杯(いっぱい)ですよ。僕たちばらばらになろうたってどこかのたまり水の上に落ちようたってお日さんちゃんと見ていらっしゃるんですよ。」

「そうです、そうです。なんにもこわいことはありません。僕だってもういつまでこの野原に居るかわかりません。もし来年も居るようだったら来年は僕はここへ巣(す)をつくりますよ。」

「ええ、ありがとう。ああ、僕まるで息がせいせいする。きっと今度の風だ。ひばりさん、さよなら。」

「僕も、ひばりさん、さよなら。」

「じゃ、さよなら　お大事においでなさい。」

奇麗(きれい)なすきとおった風がやって参りました。まず向こうのポプラをひるがえし、青の燕麦(オート)に波をたてそれから丘にのぼって来ました。

うずのしゅげは光ってまるで踊(おど)るようにふらふらして叫(さけ)びました。

「さよなら、ひばりさん、さよなら、みなさん。お日さん、ありがとうございました。」

そして丁度(ちょうど)星が砕(くだ)けて散るときのようにからだがばらばらになって一本ずつの銀毛はまっしろ

に光り、羽虫のように北の方へ飛んで行きました。そしてひばりは鉄砲玉のように空へとびあがって鋭いみじかい歌をほんの一寸歌ったのでした。

私は考えます。なぜひばりはうずのしゅげの銀毛の飛んで行った北の方へ飛ばなかったか、まっすぐに空の方へ飛んだか。

それはたしかに二つのうずのしゅげのたましいが天の方へ行ったからです。そしてもう追いつけなくなったときひばりはあのみじかい別れの歌を贈ったのだろうと思います。そんなら天上へ行った二つの小さなたましいはどうなったか、私はそれは二つの小さな変光星になったと思います。なぜなら変光星はあるときは黒くて天文台からも見えずあるときは蟻が云ったように赤く光って見えるからです。

# 黄いろのトマト

きいろのとまと

私の町の博物館の、大きなガラスの戸棚には、剝製ですが、四疋の蜂雀がいます。

生きてたときはミィミィとなき蝶のように花の蜜をたべるあの小さなかあいらしい蜂雀です。

わたくしはその四疋の中でいちばん上の枝にとまって、羽を両方ひろげかけ、まっ青なそらにいまにもとび立ちそうなのを、ことにすきでした。それは眼が赤くてつるつるした緑青いろの胸をもち、そのりんと張った胸には波形のうつくしい紋もありました。

小さいときのことですが、ある朝早く、私は学校に行く前にこっそり一寸ガラスの前に立ちましたら、その蜂雀が、銀の針の様なほそいきれいな声で、にわかに私に言いました。

「お早う。ペムペルという子はほんとうにいい子だったのにかあいそうなことをした。」

その時窓にはまだ厚い茶いろのカーテンが引いてありましたので室の中はちょうどビール瓶のかけらをのぞいたようでした。ですから私も挨拶しました。

「お早う。蜂雀。ペムペルという人がどうしたっての。」

蜂雀がガラスの向こうで又云いました。

「ええお早うよ。妹のネリという子もほんとうにかあいらしいいい子だったのにかあいそうだなあ。」

「どうしたっていうの。話しておくれ。」

すると蜂雀はちょっと口あいてわらうようにしてまた云いました。

「話してあげるからおまえは鞄を床におろしてその上にお座り。」

私は本の入ったかばんの上に座るのは一寸困りましたけれどもどうしてもそのお話を聞きたかったのでとうとうその通りしました。

すると蜂雀は話しました。

「ペムペルとネリは毎日お父さんやお母さんたちの働くそばで遊んでいたよ〔以下原稿一枚？なし〕

その時僕も
『さようなら。さようなら。』と云ってペムペルのうちのきれいな木や花の間からまっすぐにおうちにかえった。

それから勿論小麦も搗いた。

二人で小麦を粉にするときは僕はいつでも見に行った。小麦を粉にする日ならペムペルはちぢれた髪からみじかい浅黄のチョッキから木綿のだぶだぶずぼんまで粉ですっかり白くなりながら赤いガラスの水車場でことことやっているだろう。ネリはその粉を四百グレンぐらいずつ木綿の袋につめ込んだり、つかれてぼんやり戸口によりかかりはたけをながめていたりする。

そのときぼくはネリちゃん。あなたはむぐらはすきですかとからかったりして飛んだのだ。それからもちろんキャベジも植えた。

二人がキャベジを穫るときは僕はいつでも見に行った。

ペムペルがキャベジの太い根を截ってそれをはたけにころがすと、ネリは両手でそれをもって水いろに塗られた一輪車に入れるのだ。そして二人は車を押して黄色のガラスの納屋にキャベジを運んだのだ。青いキャベジがころがってるのはそれはずいぶん立派だよ。

そして二人はたった二人だけずいぶんたのしくくらしていた。」

「おとなはそこらに居なかったの。」わたしはふと思い付いてそうたずねました。

「おとなはすこしもそこらあたりになかった。なぜならペムペルとネリの兄妹の二人はたった二人だけずいぶん愉快にくらしてたから。

けれどほんとうにかあいそうだ。

ペムペルという子は全くいい子だったのにかあいそうなことをした。

ネリという子は全くかあいらしい女の子だったのにかあいそうなことをした。」

蜂雀は俄かにだまってしまいました。

私はもう全く気が気でありませんでした。

蜂雀はいよいよだまってガラスの向こうでしんとしています。

私もしばらくは耐えて膝を両手で抱えてじっとしていましたけれども、あんまり蜂雀がいつまでもだまっているもんですからそれにそのだまりようと云ったらたとえ一ぺん死んだ人が二度とお墓から出て来ようたって口なんか利くもんかと云うように見えましたのでとうとう私は居たたまらなくなりました。私は立ってガラスの前に歩いて行って両手をガラスにかけて中の蜂雀に云いました。

「ね、蜂雀、そのペムペルとネリちゃんとがそれから一体どうなったの、どうしたって云うの、ね、蜂雀、話してお呉れ。」

けれども蜂雀はやっぱりじっとその細いくちばしを尖らしたまま向こうの四十雀の方を見たっきり二度と私に答えようともしませんでした。

「ね、蜂雀、談してお呉れ。だめだい半分ぐらい云っておいていけないったら蜂雀ね。談してお呉れ。そら、さっきの続きをさ。どうして話して呉れないの。」

ガラスは私の息ですっかり曇りました。

四羽の美しい蜂雀さえまるでぼんやり見えたのです。私はとうとう泣きだしました。

なぜって第一あの美しい蜂雀がたった今まできれいな銀の糸のような声で私と話をしていたのに俄かに硬く死んだようになってその眼もすっかり黒い硝子玉か何かになってしまいいつまでたっても四十雀ばかり見ているのです。おまけに一体それさえほんとうに見ているのかただ眼がそっちへ向いてるように見えるのか少しもわからないのでしょう。それにまたあんなかあいらしい日に焼けたペムペルとネリの兄妹が何か大へんかあいそうな目になったというのですものどうして泣かないでいられましょう。もう私はその為ならば一週間でも泣けたのです。

すると俄かに私の右の肩が重くなりました。そして何だか暖かいのです。びっくりして振りかえって見ましたらあの番人のおじいさんが心配そうに白い眉を寄せて私の肩に手を置いて立っているのです。その番人のおじいさんが云いました。

「どうしてそんなに泣いて居るの。おなかでも痛いのかい。朝早くから鳥のガラスの前に来てそんなにひどく泣くもんでない。」

けれども私はどうしてもまだ泣きやむことができませんでした。おじいさんは又云いました。

「そんなに高く泣いちゃいけない。

まだ入口を開けるに一時間半も間があるのにおまえだけそっと入れてやったのだ。

それにそんなに高く泣いて表の方へ聞こえたらみんな私に故障を云って来るんでないか。そんなに泣いていけないよ。どうしてそんなに泣いてんだ。」

私はやっと云いました。

「だって蜂雀がもう私に話さないんだもの。」

するとじいさんは高く笑いました。

「ああ、蜂雀が又おまえに何か話したね。そして俄かに黙り込んだね。そいつはいけない。この蜂雀はよくその術をやって人をからかうんだ。よろしい。私が叱ってやろう。」

番人のおじいさんはガラスの前に進みました。

「おい。蜂雀。今日で何度目だと思う。手帳へつけるよ。つけるよ。あんまりいけなきゃ仕方ないから館長様へ申し上げてアイスランドへ送っちまうよ。

ええおい。さあ坊ちゃん。きっとこいつは談します。早く涙をおふきなさい。まるで顔中ぐじゃぐじゃだ。そらええああすっかりさっぱりした。

お話がすんだら早く学校へ入らっしゃい。あんまり長くなって厭きっちまうとこいつは又いろいろいやなことを云いますから。ではようがすか。」

番人のおじいさんは私の涙を拭いて呉れてそれから両手をせなかで組んでことりことり向こうへ見まわって行きました。

おじいさんのあし音がそのうすくらい茶色の室の中から隣りの室へ消えたとき蜂雀はまた私の方を向きました。

私はどきっとしたのです。

蜂雀は細い細いハアモニカの様な声でそっと私にはなしかけました。

「さっきはごめんなさい。僕すっかり疲れちまったもんですからね。」

私もやさしく言いました。

「蜂雀。僕ちっとも怒っちゃいないんだよ。さっきの続きを話してお呉れ。」

蜂雀は語りはじめました。

「ペムペルとネリとはそれはほんとうにかあいいんだ。二人が青ガラスのうちの中に居て窓をすっかりしめてると二人は海の底に居るように見えた。そして二人の声は僕には聞こえやしないね。それは非常に厚いガラスなんだから。

けれども二人が一つの大きな帳面をのぞきこんで一緒に同じように口をあいたり少し閉じたりしているのを見るとあれは一緒に唱歌をうたっているのだということは誰だってすぐわかるだろ

う。僕はそのいろいろにうごく二人の小さな口つきをじっと見ているのを大へんすきでいつでも庭のさるすべりの木に居たよ。ペムペルはほんとうにいい子なんだけれどかあいそうなことをした。

　ネリも全くかあいらしい女の子だったのにかあいそうなことをした。」

「だからどうしたって云うの。」

「だからね、二人はほんとうにおもしろくくらしていたのだから、それだけならばよかったんだ。ところが二人は、はたけにトマトを十本植えていた。そのうち五本がポンデローザでね、五本がレッドチェリイだよ。ポンデローザにはまっ赤な大きな実がつくし、レッドチェリーにはさくらんぼほどの赤い実がまるでたくさんできる。ぼくはトマトは食べないけれど、ポンデローザを見ることならもうほんとうにすきなんだ。ある年やっぱり苗が二いろあったから、植えたあとでも二いろあった。だんだんそれが大きくなって、葉からはトマトの青いにおいがし、茎からはこまかな黄金の粒のようなものも噴き出した。

　そしてまもなく実がついた。

ところが五本のチェリーの中で、一本だけは奇体に黄いろなんだろう。そして大へん光るのだ。ギザギザの青黒い葉の間から、まばゆいくらい黄いろなトマトがのぞいているのは立派だった。だからネリが云った。

『にいさま、あのトマトどうしてあんなに光るんでしょうね。』

　ペムペルは唇に指をあてててしばらく考えてから答えていた。

『黄金だよ。黄金だからあんなに光るんだ。』

『まあ、あれ黄金なの。』ネリがすこしびっくりしたように云った。

『立派だねえ。』

『ええ立派だわ。』

そして二人はもちろん、その黄いろなトマトをとりもしなきゃ、一寸さわりもしなかった。

そしたらほんとうにかあいそうなことをしたねえ。」

「だからどうしたって云うの。」

「だからね、二人はこんなに楽しくくらしていたんだからそれだけならばよかったんだよ。ところがある夕方二人が羊歯の葉に水をかけてたら、遠くの遠くの野はらの方から何とも云えない奇体ないい音が風に吹き飛ばされて聞こえて来るんだ。まるでまるでいい音なんだ。切れ切れになって飛んでは来るけれど、まるですずらんやヘリオトロープのいいかおりさえするんだろう、その音がだよ。二人は如露の手をやめて、しばらくだまって顔を見合わせたねえ、それからペムペルが云った。

『ね、行って見ようよ、あんなにいい音がするんだもの。』

ネリは勿論、もっと行きたくってたまらないんだ。

『行きましょう、兄さま、すぐ行きましょう。』

『うん、すぐ行こう。大丈夫あぶないことないね。』

そこで二人は手をつないで果樹園を出てどんどんそっちへ走って行った。

音はよっぽど遠かった。樺の木の生えた小山を二つ越えてもまだそれほどに近くもならず、楊の生えた小流れを三つ越えてもなかなかそんなに近くはならなかった。

それでもいくらか近くはなった。

二人が二本の榧の木のアーチになった下を潜ったら不思議な音はもう切れ切れじゃなくなった。

そこで二人は元気を出して上着の袖で汗をふきふきかけて行った。

そのうち音はもっとはっきりして来たのだ。ひょろひょろした笛の音も入っていたし、大喇叭のどなり声もきこえた。ぼくにはみんなわかって来たのだよ。

『ネリ、もう少しだよ、しっかり僕につかまっておいで。』

ネリはだまってきれで包んだ小さな卵形の頭を振って、唇を噛んで走った。

二人がも一度、樺の木の生えた丘をまわったとき、いきなり眼の前に白いほこりのぼやぼや立った大きな道が、横になっているのを見た。その右の方から、さっきの音がはっきり聞こえ、左の方からもう一団り、白いほこりがこっちの方へやって来る。ほこりの中から、チラチラ馬の足が光った。

間もなくそれは近づいたのだ。ペムペルとネリとは、手をにぎり合って、息をこらしてそれを見た。

もちろん僕もそれを見た。

やって来たのは七人ばかりの馬乗りなのだ。

馬は汗をかいて黒く光り、鼻からふうふう息をつき、しずかにだくをやっていた。乗ってるものはみな赤シャツで、てかてか光る赤革の長靴をはき、帽子には鷺の毛やなにか、白いひらひらするものをつけていた。鬚をはやしたおとなも居れば、いちばんしまいにはペムペル位の頰のまっかな眼のまっ黒なかあいい子も居た。ほこりの為にお日さまはぼんやり赤くなった。おとなはみんなペムペルとネリなどは見ない風して行ったけれど、いちばんしまいのあのかあいい子は、ペムペルを見て一寸唇に指をあててキスを送ったんだ。

そしてみんなは通り過ぎたのだ。みんなの行った方から、あのいい音がいよいよはっきり聞こえて来た。まもなくみんなは向こうの丘をまわって見えなくなったが、左の方から又誰かゆっくりやって来るのだ。

それは小さな家ぐらいある白い四角の箱のようなもので、人が四五人ついて来た。だんだん近くになって見ると、ついて居るのはみんな黒ん坊で、眼ばかりぎらぎら光らして、ふんどしだけして裸足だろう。白い四角なものを囲んで来たのだけれど、その白いのは箱じゃなかった。実は白いきれを四方にさげた、日本の蚊帳のようなもんで、その下からは大きな灰いろの四本の脚が、ゆっくりゆっくり上ったり下ったりしていたのだ。

ペムペルとネリとは、黒人はほんとうに恐かったけれど又面白かった。四角なものも恐かったけれど、めずらしかった。そこでみんなが過ぎてから、二人は顔を見合わせた。そして

『ついて行こうか。』

『ええ、行きましょう。』と、まるでかすれた声で云ったのだ。そして二人はよほど遠くからついて行った。

黒人たちは、時々何かわからないことを叫んだり、空を見ながら跳ねたりした。四本の脚はゆっくりゆっくり、上ったり下ったりしていたし、時々ふう、ふうという呼吸の音も聞えた。

二人はいよいよ堅く手を握ってついて行った。

そのうちお日さまは、変に赤くどんよりなって、西の方の山に入ってしまい、残りの空は黄いろに光り、草はだんだん青から黒く見えて来た。

さっきからの音がいよいよ近くなり、すぐ向こうの丘のかげでは、さっきのらしい馬のひんひん嘶くのも鼻をぶるるっと鳴らすのも聞こえたんだ。

四角な家の生物が、脚を百ぺん上げたり下げたりしたら、ペムペルとネリとはびっくりして眼を擦った。向こうは大きな町なんだ。灯が一杯についている。それからすぐ眼の前は平らな草地になっていて、大きな天幕がかけてある。天幕は丸太で組んである。まだ少しあかるいのに、青いアセチレンや、油煙を長く引くカンテラがたくさんともって、その二階には奇麗な絵看板がたくさんかけてあったのだ。その看板のうしろから、さっきからのいい音が起こっていたのだ。看板の中には、さっきキスを投げた子が、二疋の馬に片っ方ずつ手をついて、逆立ちしてる処もある。さっきの馬はみなその前につながれて、その他にだって十五六疋ならんでいた。みんなオートを食べていた。

おとなや女や子供らが、その草はらにたくさん集まって看板を見上げていた。

看板のうしろからは、さっきの音が盛んに起こった。

けれどもあんまり近くで聞くと、そんなにすてきな音じゃない。

ただの楽隊だったんだい。

ただその音が、野原を通って行く途中、だんだん音がかすれるほど、花のにおいがついて行ったんだ。

白い四角な家も、ゆっくりゆっくり中へはいって行ってしまった。

中では何かが細い高い声でないた。

人はだんだん増えて来た。

楽隊はまるで馬鹿のように盛んにやった。

みんなは吸いこまれるように、三人五人ずつ中へはいって行ったのだ。

ペムペルとネリとは息をこらして、じっとそれを見た。

『僕たちも入ってこうか。』ペムペルが胸をどきどきさせながら云った。

『入りましょう』とネリも答えた。

けれども何だか二人とも、安心にならなかったのだ。どうもみんなが入口で何か番人に渡すらしいのだ。

ペムペルは少し近くへ寄って、じっとそれを見た。食い付くように見ていたよ。

そしたらそれはたしかに銀か黄金かのかけらなのだ。

黄金を出せば銀のかけらを返してよこす。

そしてその人は入って行く。

だからペムペルも黄金をポケットにさがしたのだ。

『ネリ、お前はここに待っといで。僕一寸うちまで行って来るからね。』

『わたしも行くわ。』ネリは云ったけれども、ペムペルはもうかけ出したので、ネリは心配そうに半分泣くようにして、又看板を見ていたよ。

それから僕は心配だから、ネリの処に番しようか、ペムペルについて行こうか、ずいぶんしばらく考えたけれども、いくらそこらを飛んで見ても、みんな看板ばかり見ていて、ネリをさらって行きそうな悪漢は一人も居ないんだ。

そこで安心して、ペムペルについて飛んで行った。

ペムペルはそれはひどく走ったよ。四日のお月さんが、西のそらにしずかにかかっていたけれど、そのぼんやりした青じろい光で、どんどんどんどんペムペルはかけた。僕は追いつくのがほんとうに辛かった。眼がぐるぐるして、風がぶうぶう鳴ったんだ。樺の木も楊の木も、みんなまっ黒、草もまっ黒、その中をどんどんどんどんペムペルはかけた。

それからとうとうあの果樹園にはいったのだ。

ガラスのお家が月のあかりで大へんなつかしく光っていた。ペムペルは一寸立ちどまってそれを見たけれども、又走ってもうまっ黒に見えているトマトの木から、あの黄いろの実のなるトマトの木から、黄いろのトマトの実を四つとった。それからまるで風のよう、あらしのように汗と動悸で燃えながら、さっきの草場にとって返した。僕も全く疲れていた。

ネリはちらちらこっちの方を見てばかりいた。

けれどもペムペルは、

『さあ、いいよ。入ろう。』

とネリに云った。

ネリは悦んで飛びあがり、二人は手をつないで木戸口に来たんだ。ペムペルはだまって二つのトマトを出したんだ。

番人は『ええ、いらっしゃい。』と言いながら、トマトを受けとり、それから変な顔をした。しばらくそれを見つめていた。

それから俄かに顔が歪んでどなり出した。

『何だ。この餓鬼め。人をばかにしやがるな。トマト二つで、この大入の中へ汝たちを押し込んでやってたまるか。失せやがれ、畜生。』

そしてトマトを投げつけた。あの黄のトマトをなげつけたんだ。その一つはひどくネリの耳にあたり、ネリはわっと泣き出し、みんなはどっと笑ったんだ。ペムペルはすばやくネリをさらうように抱いて、そこを遁げ出した。

みんなの笑い声が波のように聞こえた。

まっくらな丘の間まで遁げて来たとき、ペムペルも俄かに高く泣き出した。ああいうかなしいことを、お前はきっと知らないよ。

それから二人はだまってだまってときどきしくりあげながら、ひるの象について来たみちを戻った。

それからペムペルは、にぎりこぶしを握りながら、ネリは時々唾をのみながら、樺の木の生えたまっ黒な小山を越えて、二人はおうちに帰ったんだ。ああかあいそうだよ。ほんとうにかあいそうだ。わかったかい。じゃさよなら、私はもうはなせない。じいさんを呼んで来ちゃいけないよ。さよなら。」

斯う云ってしまうと蜂雀の細い嘴は、また尖ってじっと閉じてしまい、その眼は向こうの四十雀をだまって見ていたのです。

私も大へんかなしくなって

「じゃ蜂雀、さようなら。僕又来るよ。けれどお前が何か云いたかったら云ってお呉れ。さよなら、ありがとうよ。蜂雀、ありがとうよ。」

と云いながら、鞄をそっと取りあげて、その茶いろガラスのかけらの中のような室を、しずかに廊下へ出たのです。そして俄かにあんまりの明るさと、あの兄妹のかあいそうなのとに、眼がチクチクッと痛み、涙がぼろぼろこぼれたのです。

私のまだまるで小さかったときのことです。

# チュウリップの幻術

ちゅうりっぷのげんじゅつ

この農園のすもものかきねはいっぱいに青じろい花をつけています。

雲は光って立派な玉髄(ぎょくずい)の置物です。四方の空を繞(めぐ)ります。

すもものかきねのはずれから一人の洋傘直(かさなお)しが荷物をしょって、この月光をちりばめた緑の牆壁(しょうへき)に沿ってやって来ます。

てくてくあるいてくるその黒い細い脚(あし)はたしかに鹿(しか)に肖(に)ています。そして日が照っているために荷物の上にかざされた赤白だんだらの小さな洋傘(こうもりがさ)は有平糖(あるへいとう)でできてるように思われます。

(洋傘直し、洋傘直し、なぜそうちらちらかきねのすきから農園の中をのぞくのか。)

そしてでてくてくやって来ます。有平糖のその洋傘はいよいよひかり洋傘直しのその顔はいよいよ熱(ほて)って笑っています。

(洋傘直し、洋傘直し、なぜ農園の入口でおまえはきくっと曲るのか。農園の中などにおまえの仕事はあるまいよ。)

洋傘直しは農園の中へ入ります。しめった五月の黒つちにチュウリップは無雑作(むぞうさ)に並べて植えられ、一めんに咲(さ)き、かすかにかすかにゆらいでいます。

（洋傘（かさ）直し、洋傘直し。荷物をおろし、おまえは汗（あせ）を拭（ふ）いている。そこらに立ってしばらく花を見ようというのか。そうでないならそこらに立っていけないよ。）

園丁（えんてい）がこてをさげて青い上着の袖（そで）で額（ひたい）の汗を拭きながら向こうの黒い独乙唐檜（ドイツとうひ）の茂（しげ）みの中から出て来ます。

「何のご用ですか。」

「私は洋傘直しですが何かご用はありませんか。若（も）し又（また）何か鋏（はさみ）でも研（と）ぐのがありましたらそちらの方もいたします。」

「ああそうですか。一寸（ちょっと）お待ちなさい。主人に聞いてあげましょう。」

「どうかお願いいたします。」

青い上着の園丁は独乙唐檜の茂みをくぐって消えて行き、それからぽっと陽（ひ）も消えました。

よっぽど西にその太陽が傾いて、いま入ったばかりの雲の間から沢山（たくさん）の白い光の棒を投げそれは向こうの山脈のあちこちに落ちてさびしい群青（ぐんじょう）の泣き笑いをします。

有平糖の洋傘（こうもりがさ）もいまは普通の赤と白とのキャラコです。

それから今度は風が吹きたちまち太陽は雲を外（そ）れチュウリップの畑にも不意に明るく陽が射（さ）しました。まっ赤な花がぷらぷらゆれて光っています。

園丁がいつか俄（にわ）かにやって来てガチャッと持って来たものを置きました。

「これだけお願いするそうです。」

「へい。ええと。この剪定鋏（せんていばさみ）はひどく捩（ねじ）れて居（お）りますから鍛冶（かじ）に一ぺんおかけなさらないと直りません。こちらの方はみんな出来ます。はじめにお値段を決めて置いてよろしかったらお研ぎいたしましょう。」

「そうですか。どれだけですか。」

「こちらが八銭、こちらが十銭、こちらの鋏は二丁で十五銭にいたして置きましょう。」

「ようございます。じゃ願います。水がありますか。持って来てあげましょう。その芝の上がいいですか。どこでもあなたのすきな処でおやりなさい。」

「ええ、水は私が持って参ります。」

「そうですか。そこのかきねのこっち側を少し右へついておいでなさい。井戸があります。」

「へい。それではお研ぎいたしましょう。」

「ええ。」

園丁は又唐檜の中にはいり洋傘直しは荷物の底の道具のはいった引き出しをあけ缶を持って水を取りに行きます。

そのあとで陽が又ふっと消え、風が吹き、キャラコの洋傘はさびしくゆれます。

それから洋傘直しは缶の水をぱちゃぱちゃこぼしながら戻って来ます。

鋼砥の上で金剛砂がじゃりじゃり云いチュウリップはぷらぷらゆれ、陽が又降って赤い花は光ります。

そこで砥石に水が張られすっすと払われ、秋の香魚の腹にあるような青い紋がもう刃物の鋼にあらわれました。

ひばりはいつか空にのぼって行ってチーチクチーチクやり出します。高い処で風がどんどん吹きはじめ雲はだんだん融けて行っていつかすっかり明るくなり、太陽は少しの午睡のあとのようにどこか青くぼんやりかすんではいますがたしかにかがやく五月のひるすぎを拵えました。

青い上着の園丁が、唐檜の中から、またいそがしく出て来ます。

「お折角ですね、いい天気になりました。もう一つお願いしたいんですがね。」

「何ですか。」

「これですよ。」若い園丁は少し顔を赤くしながら上着のかくしから角柄の西洋剃刀を取り出します。

洋傘直しはそれを受け取って開いて刃をよく改めます。

「これはどこでお買いになりました。」

「貰ったんですよ。」

「研ぎますか。」

「ええ。」

「それじゃ研いで置きましょう。」

「すぐ来ますからね、じきに三時のやすみです。」園丁は笑って光って又唐檜の中にはいります。

太陽はいまはすっかり午睡のあとの光のもやを払いましたので山脈も青くかがやき、さっきまで雲にまぎれてわからなかった雪の死火山もはっきり土耳古玉のそらに浮きあがりました。

洋傘直しは引き出しから合せ砥を出し一寸水をかけ黒い滑らかな石でしずかに練りはじめます。

それからパチッと石をとります。
（おお、洋傘直し、洋傘直し、なぜその石をそんなに眼の近くまで持って行ってじっとながめているのだ。石に景色が描いてあるのか。あの、黒い山がむくむく重なり、その向こうには定めない雲が翔け、渓の水は風より軽く幾本の木は険しい崖からからだを曲げて空に向かう、あの景色が石の滑らかな面に描いてあるのか。）

洋傘直しは石を置き剃刀を取ります。剃刀は青ぞらをうつせば青くぎらっと光ります。

それは音なく砥石をすべり陽の光が強いので洋傘直しはポタポタ汗を落とします。今は全く五月のまひるです。

畑の黒土はわずかに息をはき風が吹いて花は強くゆれ、唐檜も動きます。

洋傘直しは剃刀をていねいに調べそれから茶いろの粗布の上にできあがった仕事をみんな載せほっと息して立ちあがります。

そして一足チュウリップの方に近づきます。

園丁が顔をまっ赤にほてらして飛んで来ました。

「もう出来たんですか。」

「ええ。」

「それでは代を持って来ました。そっちは三十三銭ですね。お取り下さい。それから私の分はいくらですか。」

洋傘直しは帽子をとり銀貨と銅貨とを受け取ります。

「ありがとうございます。剃刀の方は要(い)りません。」

「どうしてですか。」

「お負けいたして置きましょう。」

「まあ取って下さい。」

「いいえ、いただくほどじゃありません。」

「そうですか。ありがとうございました。そんなら一寸(ちょっと)向こうの番小屋までおいで下さい。お茶でもさしあげましょう。」

「いいえ、もう失礼いたします。」

「それではあんまりです。一寸お待ち下さい。ええと、仕方ない、そんならまあ私の作った花でも見て行って下さい。」

「ええ、ありがとう。拝見しましょう。」

「そうですか。では。」

その気紛(きまぐ)れの洋傘直しと園丁とはうっこんこうの畑の方へ五六歩寄ります。

主人らしい人の縞(しま)のシャツが唐檜の向こうでチラッとします。園丁はそっちを見かすかに笑い何か云(い)いかけようとします。

けれどもシャツは見えなくなり、園丁は花を指さします。

「ね、此(こ)の黄と橙(だいだい)の大きな斑(ぶち)はアメリカから直(じ)かに取りました。こちらの黄いろは見ていると額(ひたい)が痛くなるでしょう。」

「ええ。」

「この赤と白の斑は私はいつでも昔の海賊のチョッキのような気がするんですよ。ね。

それからこれはまっ赤な羽二重のコップでしょう。この花びらは半ぶんすきとおっているので大へん有名です。ですからこいつの球はずいぶんみんなで欲しがります。」

「ええ、全く立派です。赤い花は風で動いている時よりもじっとしている時の方がいいようですね。」

「そうです、そうです。そして一寸あいつをごらんなさい。ね。そら、その黄いろの隣りのあいつです。」

「あの小さな白いのですか。」

「そうです、あれは此処では一番大切なのです。まあしばらくじっと見詰めてごらんなさい。どうです、形のいいことは一等でしょう。」

洋傘直しはしばらくその花に見入ります。そしてだまってしまいます。

「ずいぶん寂かな緑の柄でしょう。風にゆらいで微かに光っているようです。いかにもその柄が風に靭っているようです。けれども実は少しも動いて居りません。それにあの白い小さな花は何か不思議な合図を空に送っているようにあなたには思われませんか。」

洋傘直しはいきなり高く叫びます。

「ああ、そうです、そうです、見えました。

けれども何だか空のひばりの羽の動かしようが、いや鳴きようが、さっきと調子をちがえて来たではありませんか。」

「そうでしょうとも、それですから、ごらんなさい。あの花の盃の中からぎらぎら光ってすきとおる蒸気が丁度水へ砂糖を溶かしたときのようにユラユラユラユラ空へ昇って行くでしょう。」

「ええ、ええ、そうです。」

「そして、そら、光が湧いているでしょう。おお、湧きあがる、湧きあがる、花の盃をあふれてひろがり湧きあがりひろがりひろがりもう青ぞらも光の波で一ぱいです。山脈の雪も光の中で機嫌よく空へ笑っています。湧きます、湧きます。ふう、チュウリップの光の酒。どうです。チュウリップの光の酒。ほめて下さい。」

「ええ、このエステルは上等です。とても合成できません。」

「おや、エステルだって、合成だって、そいつは素敵だ。あなたはどこかの化学大学校を出た方ですね。」

「いいえ、私はエステル工学校の卒業生です。」

「エステル工学校。ハッハッハ。素敵だ。さあどうです。一杯やりましょう。チュウリップの光の酒。さあ飲みませんか。」

「いや、やりましょう。よう、あなたの健康を祝します。」

「よう、ご健康を祝します。いい酒です。貧乏な僕のお酒は又一層に光っておまけに軽いのだ。」

「けれどもぜんたいこれでいいんですか。あんまり光が過ぎはしませんか。」

「いいえ心配ありません。酒があんなに湧きあがり波を立てたり渦になったり花弁をあふれて流れてもあのチュウリップの緑の花柄は一寸もゆらぎはしないのです。さあも一つおやりなさい。」

「ええ、ありがとう。あなたもどうです。奇麗な空じゃありませんか。」

「やりますとも、おっと沢山沢山。けれどもいくらこぼれた所でそこら一面チュウリップ酒の波だもの。」

「一面どころじゃありません。そらのはずれから地面の底まですっかり光の領分です。たしかに今は光のお酒が地面の腹の底までしみました。」

「ええ、ええ、そうです。おや、ごらんなさい、向こうの畑。ね。光の酒に漬かっては花椰菜でもアスパラガスでも実に立派なものではありませんか。」

「立派ですね。チュウリップ酒で漬けた瓶詰です。しかし一体ひばりはどこ迄逃げたでしょう。どこ迄逃げて行ったのかしら。自分で斯んな光の波を起して置いてあとはどこかへ逃げるとは気取ってやがる。あんまり気取ってやがる、畜生。」

「まったくそうです。こら、ひばりめ、降りて来い。ははぁ、やつ、溶けたな。こんなに雲もない空にかくれるなんてできない筈だ。溶けたのですよ。」

「いいえ、あいつの歌なら、あの甘ったるい歌なら、さっきから光の中に溶けていましたがひばりはまさか溶けますまい。溶けたとしたらその小さな骨を何かの網で掬い上げなくちゃなりません。そいつはあんまり手数です。」

「まあそうですね。しかしひばりのことなどはまあどうなろうと構わないではありませんか。全体ひばりというものは小さなもので、空をチーチクチーチク飛ぶだけのもんです。」

「まあ、そうですね、それでいいでしょう。ところが、おやおや、あんなでもやっぱりいいんですか。向こうの唐檜が何だかゆれて踊り出すらしいのですよ。」

「唐檜ですか。あいつはみんなで、一小隊はありましょう。みんな若いし擲弾兵です。」

「ゆれて踊っているようですが構いませんか。」

「なあに心配ありません。どうせチュウリップ酒の中の景色です。いくら跳ねてもいいじゃありませんか。」

「そいつは全くそうですね。まあ大目に見て置きましょう。」

「大目に見ないといけません。いい酒だ。ふう。」

「すもも踊り出しますよ。」

「すももは牆壁仕立です。ダイアモンドです。枝がななめに交叉します。一中隊はありますよ。義勇中隊です。」

「やっぱりあんなでいいんですか。」

「構いませんよ。それよりまああの梨の木どもをご覧なさい。枝が剪られたばかりなので身体が一向釣り合いません。まるで蛹の踊りです。」

「蛹踊とはそいつはあんまり可哀そうです。すっかり悄気て化石してしまったようじゃありませんか。」

「石になるとは。そいつはあんまりひどすぎる。おおい。梨の木。木のまんまでいいんだよ。けれども仲々人の命令をすなおに用いるやつらじゃないいんです。」

「それより向こうのくだものの木の踊りの環をごらんなさい。まん中に居てきゃんきゃん調子をとるのがあれが桜桃の木ですか。」

「どれですか。あああれですか。いいえ、あいつは油桃です。やっぱり巴丹杏やまるめろの歌は上手です。どうです。行って仲間にはいりましょうか。行きましょう。」

「行きましょう。おおい。おいらも仲間に入れろ。痛い、畜生。」

「どうかなさったのですか。」

「眼をやられました。どいつかにひどく引っ掻かれたのです。」

「そうでしょう。全体駄目です。どいつも満足の手のあるやつはありません。みんなガリガリ骨ばかり、おや、いけない、いけない、すっかり崩れて泣いたりわめいたりむしりあったりなぐったり一体あんまり冗談が過ぎたのです。」

「ええ、斯う世の中が乱れては全くどうも仕方ありません。」

「全くそうです。そうら。そら、火です、火です。火がつきました。チュウリップ酒に火がはいったのです。」

「いけない、いけない。はたけも空もみんなけむり、しろけむり、」

「パチパチパチパチやっている。」

「どうも素敵に強い酒だと思いましたよ。」

「そうそう、だからこれはあの白いチュウリップでしょう。」

「そうでしょうか。」

「そうです。そうですとも。ここで一番大事な花です。」

「ああ、もうよほど経ったでしょう。チュウリップの幻術にかかっているうちに。もう私は行かなければなりません。さようなら。」

「そうですか、ではさようなら。」

洋傘直しは荷物へよろよろ歩いて行き、有平糖の広告つきのその荷物を肩にし、もう一度あのあやしい花をちらっと見てそれからすももの垣根の入口にまっすぐに歩いて行きます。

園丁は何だか顔が青ざめてしばらくそれを見送りやがて唐檜の中へはいります。

太陽はいつか又雲の間にはいり太い白い光の棒の幾条を山と野原とに落とします。

# ビジテリアン大祭

びじてりあんたいさい

私は昨年九月四日、ニュウファウンドランド島の小さな山村、ヒルティで行われた、ビジテリアン大祭に、日本の信者一同を代表して列席して参りました。

全体、私たちビジテリアンというのは、ご存知の方も多いでしょうが、実は動物質のものを食べないという考えのものの団結でありまして、日本では菜食主義者と訳しますが主義者というよりは、も少し意味の強いことが多いのであります。菜食信者と訳したら、或は少し強すぎるかも知れませんが、主義者というよりは、よく実際に適っていると思います。もっともその中にもいろいろ派がありますが、まあその精神について大きくわけますと、同情派と予防派との二つになります。

この名前は横からひやかしにつけたのですが、大へんうまく要領を云いあらわしていますから、かまわず私どもも使うのです。

同情派と云いますのは、私たちもその方でありますが、恰度仏教の中でのように、あらゆる動物はみな生命を惜むこと、我々と少しも変りはない、それを一人が生きるために、ほかの動物の命を奪って食べるそれも一日に一つどころではなく百や千のこともある、これを何とも思わないでいるのは全く我々の考えが足らないのでよくよく喰べられる方になって考えて見ると、とてもかあいそうでそんなことはできないとこう云う思想のであります。ところが予防派の方は少しちがうのでありまして、これは実は病気予防のために、なるべく動物質をたべないというのであります。則ち、肉類や乳汁を、あんまりたくさんたべると、リウマチスや痛風や、悪性の腫脹や、いろいろいけない結果が起こるから、その病気のいやなもの、又その病気の傾向のあるものは、この団結の中に入るのであります。それですからこの派の人たちはバターやチーズも豆からこしらえたり、又菜食病院というものを建てたり、いろいろなことをしています。

以上は、まあ、ビジテリアンをその精神から大きく二つにわけたのでありますが、又一方これをその実行の方法から分類しますと、三つになります。第一に、動物質のものは全く喰べてはいけないと、則ち獣や魚やすべて肉類はもちろん、ミルクや、またそれからこしらえたチーズやバター、お菓子の中でも鶏卵の入ったカステーラなど、一切いけないという考えの人たち、日本ならばまあ、一寸鰹のだしの入ったものもいけないという考えのであります。この方法は同情派にも予防派にもありますけれども大部分は予防派の人たちがやります。第二のは、チーズやバターやミルク、それから卵などならば、まあものの命をとるというわけではないから、さし支えない、また大してからだに毒になるまいというので、割合穏健な考えであります。第三は私たちもこの中でありますが、いくら物の命をとらない、自分ばかりさっぱりしていると云ったところで、実際にほかの動物が辛くては、何にもならない、結局はほかの動物がかあいそうだからたべないのだ、小さな小さなことまで、一一吟味して大へんな手数をしたり、ほかの人にまで迷惑をかけたり、そんなにまでしなくてもいい、もしたくさんのいのちの為に、どうしても一つのいのちが入用なときは、仕方ないから泣きながらでも食べていい、そのかわりもしその一人が自分になった場合でも敢て避けないとこう云うのです。けれどもそんな非常の場合は、実に実に少ないから、ふだんはもちろん、なるべく植物をとり、動物を殺さないようにしなければならない、くれぐれも自分一人気持ちをさっぱりすることにばかりかかわって、大切の精神を忘れてはいけないと斯う云うのであります。

そこで、大体ビジテリアンというものの性質はおわかりでしょうから、これから昨年のその大祭のときのもようをお話いたします。

私がニュウファウンドランドの、トリニティの港に着きましたのは、恰度大祭の前々日でありました。事によると、間に合わないと思ったのが、うまい工合に参りましたので、大へんよろこびました。トルコからの六人の人たちと、船の中で知り合いになりました。その団長は、地学博士でした。大祭に参加後、すぐ六人ともカナダの北境を探険するという話でした。私たちは、船を下りると、すぐ旅装を調えて、ヒルティの村に出発したのであります。実は私は日本から出ました際には、ニュウファウンドランドへさえ着いたら、誰の眼もみなそのヒルティという村の方へ向いてるだろう、世界中から集まった旅人が、ぞろぞろそっちへ行くのだろうから、もうすぐ路なんかわかるだろうと思って居りました。ところが、船の中でこそ、偶然トルコ人六人とも知り合いになったようなもの、実際トリニティの町に下りて見ると、どこにもそんなビラが張ってあるでもなし、ヒルティという名を云う人も一人だってあるでなし、実は私も少し意外に感じた

ので〔以下原稿数枚なし〕

は町をはなれて、海岸の白い崖の上の小さなみちを行きました、そらが曇って居りましたので大西洋がうすくさびたブリキのように見え、秋風は白いなみがしらを起こし、小さな漁船はたくさんならんで、その中を行くのでした。落葉松の下枝は、もう褐色に変っていたのです。

　トルコ人たちは、みちに出ている岩にかなづちをあてたり、がやがや話し合ったりして行きました。私はそのあとからひとり空虚のトランクを持って歩きました。一時間半ばかり行ったとき、私たちは海に沿った一つの峠の頂上に来ました。

「もうヒルティの村が見える筈です。」団長の地学博士が私の前に来て、地図を見ながら英語で云いました。私たちは向こうを注意してながめました。ひのきの一杯にしげっている谷の底に、五つ六つ、白い壁が見えその谷には海が峡湾のような風にまっ蒼に入り込んでいました。

「あれがヒルティの村でしょうか。」私は団長にたずねました。団長は、しきりに地図と眼の前の地形とくらべていましたが、しばらくたって眼鏡をちょっと直しながら、

「そうです。あれがヒルティの村です。私たちの教会は、多分あの右から三番目に見える平屋根の家でしょう。旗か何か立っているようです。あすこにデビスさんが、住んでいられるんですね。」

　デビスというのは、ご存知の方もありましょうが、私たちの派のまあ長老です、ビジテリアン月報の主筆で、今度の大祭では祭司長になった人であります。そこで、私たちは、俄かに元気が

ついて、まるで一息にその峠をかけ下りました。トルコ人たちは脚が長いし、背嚢を背負って、まるで磁石に引かれた砂鉄とい〔以下原稿数枚なし〕

そうにあたりの風物をながめながら、三人や五人ずつ、ステッキをひいているのでした。婦人たちも大分ありました。又支那人かと思われる顔の黄いろな人とも会いました。私はじっとその顔を見ました。向こうでも立ちどまってしまいました。けれどもその日はとうとう話しかけるでもなく、別れてしまいましたが、その人がやはりビジテリアンで、大祭に来たものなことは疑いもありませんでした。私たちは教会に来ました。教会は粗末な漆喰造りで、ところどころ裂罅割れていました。多分はデビスさんの自分の家だったのでしょうが、ずいぶん大きいことは大きかったのです。旗や電燈が、ひのきの枝ややどり木などと、上手に取り合わせられて装飾され、まだ七八人の人が、せっせと明後日の仕度をして居りました。

私たちは教会の玄関に立って、ベルを押しました。

すぐ赭ら顔の白髪の元気のよさそうなおじいさんが、かなづちを持ってよこの室から顔〔以下原稿数枚なし〕

が、桃いろの紙に刷られた小さなパンフレットを、十枚ばかり持って入って来ました。

「お早うございます。なあに却って御愛嬌ですよ。」

「お早うございます。どうか一枚拝見。」

私はパンフレットを手にとりました。それは今ももっていますが斯う書いてあったのです。

「◎偏狭非文明的なるビジテリアンを排す。

マルサスの人口論は、今日定性的には誰も疑うものがない。その要領は人類の居住すべき世界の土地は一定である、又その食料品は等差級数的に増加するだけである、然るに人口は等比級数的に多くなる。則ち人類の食料はだんだん不足になる。人類の食料と云えば蓋し動物植物鉱物の三種を出でない。そのうち鉱物では水と食塩とだけである。残りは植物と動物とが約半々を占める。ところが、茲にごく偏狭な陰気な考えの人間の一群があって、動物は可哀そうだからたべてはならんといい、世界中にこれを強いようとする。これがビジテリアンである。この主張は、実に、人類の食物の半分を奪おうと企てるものである。換言すれば、この主張者たちは、世界人類の半分、則ち十億人を饑餓によって殺そうと計画するものではないか。今日いずれの国の法律を以てしても、殺人罪は一番重く罰せられる。間接ではあるけれども、ビジテリアンたちも又この罪を免れない。近き将来、各国から委員が集まって充分商議の上厳重に処罰されるのはわかり切ったことである。又この事実は、ビジテリアンたちの主張が、畢竟自家撞着に終わることを示す。則ちビジテリアンは動物を愛するが故に動物を食べないのであろう。何が故にその為に食物を得ないで死亡する、十億の人類を見殺しにするのであるか。人類も又動物ではないか。」

「こいつは面白い。実に名論だ。文章も実に珍無類だ。実に面白い。」トルコの地学博士はその肥った顔を、まるで張り裂けるようにして笑いました。みんなも笑いました。とにかくみんな寝巻をぬいで、下に降りて、口を漱いだり顔を洗ったりしました。

それから私たちは、簡単に朝飯を済まして、式が九時から始まるのでしたから、しばらくバルコンでやすんで待っていました。

不意に教会の近くから、のろしが一発昇りました。そらがまっ青に晴れて、一枚の瑠璃のように見えました。その冴みきったよく磨かれた青ぞらで、まっ白なけむりがパッとたち、それから黄いろな長いけむりがうねうね下がって来ました。それはたしかに、日本でやる下り竜の仕掛け花火です。そこで私ははっと気がつきました。こののろしは陳氏があげているのだ、陳氏が支那式黄竜の仕掛け花火をやったのだと気がつきましたので、大悦びでみんなにも説明しました。

その時又、今朝のすてきなラッパの声が遠くから響いて参りました。

「来た来た。さあどんな顔ぶれだか、一つ見てやろうじゃないか。」地学博士を先登に、私たちは、どやどや、玄関へ降りて行きました。たちまち一台の大きな赤い自働車がやって来ました。それには白い字でシカゴ畜産組合と書いてありました。六人の、髪をまるで逆立てた人たちが、シャツだけになって、顔をまっ赤にして、何か叫びながら鼠色や茶いろのビラを撒いて行きました。その鼠いろのを私は一枚手にとりました。それには赤い字で斯う書いてありました。

「◎偏狭 非学術的なるビジテリアンを排せ。

ビジテリアンの主張は全然誤謬である。今この陰気な非学術的思想を動物心理学的に批判して見よう。

ビジテリアンたちは動物が可哀そうだから食べないという。動物が可哀そうだということがどうしてわかるか。ただこっちが可哀そうだと思うだけである。全体豚などが死というような高等な観念を持っているものではない。あれはただ腹が空った、かぶらの茎、噛みつく、うまい、厭きた、ねむり、起きる、鼻がつまる、ぐうと鳴らす、腹がへった、麦糠、たべる、うまい、つかれた、ねむる、という工合に一つずつの小さな現在が続いて居るだけである。殺す前にキーキー叫ぶのは、それは引っぱられたり、たたかれたりするからだ、その証拠には、殺すつもりでなしに、何か鶏卵の三十も少し遠くの方でご馳走をするつもりで、豚の足に縄をつけて、ひっぱって見るがいいやっぱり豚はキーキー云う。こんな訳だから、ほんとうに豚を可哀そうと思うなら、そうっと怒らせないように、うまいものをたべさせて置いて、にわかに熱湯にでもたたき込んでしまうがいい、豚は大悦びだ、くるっと毛まで剝けてしまう。われわれの組合では、この方法によって、沢山の豚を悦ばせている。ビジテリアンたちは、それを知らない。自分が死ぬのがいやだから、ほかの動物もみんなそうだろうと思うのだ。あんまり子供らしい考えである。」

私は無理に笑おうと思いましたが何だか笑えませんでした。地学博士も黄いろなパンフレットを読んでしまって少し変な顔をしていました。私たちは目を見合わせました。それからだまってお互いのパンフレットをとりかえました。黄色なパンフレットには斯う書いてあったのです。

「◎偏狭非学術的なビジテリアンを排せ。

ビジテリアンの主張は全然誤謬である。今これを生物分類学的に簡単に批判して見よう。

ビジテリアンたちは、動物が可哀そうだという、一体どこ迄が動物であるか、どこからが植物であるか、牛やアミーバーは動物だからかあいそう、バクテリヤは植物だから大丈夫というのであるか。バクテリヤを植物だ、アミーバーを動物だとするのは、ただ研究の便宜上、勝手に名をつけたものである。動物には意識があって食うのは気の毒だが、植物にはないから差し支えないというのか。なるほど植物には意識がないようにも見える。けれどもないかどうかわからない、あるようだと思って見ると又実にあるようである。元来生物界は、一つの連続である、動物に考えがあれば、植物にもきっとそれがある。ビジテリアン諸君、植物をたべることもやめ給え。諸君は餓死する。又世界中にもそれを宣伝したまえ。二十億人がみんな死ぬ。大へんさっぱりして諸君の御希望に叶うだろう。そして、そのあとで動物や植物が、お互い同志食ったり食われたりしていたら、丁度いいではないか。」

私はなおさら変な気がしました。

もう一枚茶いろのもあったのです。

「ごらんになったらとりかえましょうか。」

私は隣りの人に云いました。

「ええ、」その人はあわただしく茶いろのパンフレットをよこしました。私も私のをやったのです。それには黒くこう書いてありました。

「◎偏狭非学術的なるビジテリアンを排せ。

ビジテリアンの主張は全然誤謬である、今これを比較解剖学の立場からごく通俗的に説明しよう。

人類は動物学上混食に適するようにできている。歯の形状から見てもわかる。草食獣にある臼歯もあれば肉食類の犬歯もある。混食をしているのが人類には一番自然である。そう出来てるのだから仕方ない。それをどう斯う云うのは恩恵深き自然に対して正しく叛旗をひるがえすものである。よしたまえ、ビジテリアン諸君、あんまり陰気なおまけに子供くさい考えは。」

「ふん。今度のパンフレットはどれもかなりしっかりしてるね。いかにも誰もやりそうな議論だ。しかしどっかやっぱり調子が変だね。」地学博士が少し顔色が青ざめて斯う云いました。

「調子が変なばかりじゃない、議論がみんな都合のいいようにばかり仕組んであるよ。どうせ畜産組合の宣伝書だ。」と一人のトルコ人が云いました。

そのとき又向こうからラッパが鳴って来ました。ガソリンの音も聞こえます。正直を云いますと私もこの時は少し胸がどきどきしました。さっそく又一台の赤自動車がやって来て小さな白い紙を撒いて行ったのです。

そのパンフレットを私たちはせわしく読みました。それには赤い字で斯う書いてあったのです。

「ビジテリアン諸氏に寄す。

諸君がどんなに頑張って、馬鈴薯とキャベジ、メリケン粉ぐらいを食っていようと、海岸ではあんまりたくさん魚がとれて困る。折角死んでも、それを食べて呉れる人もなし、可哀そうに、魚はみんなシャベルで釜になげ込まれ、煮えるとすくわれて、締木にかけて圧搾される。釜に残った油の分は魚油です。今は一缶十セントです。鰯なら一缶がまあざっと七百疋分ですねえ、締木にかけた方は魚粕です、一キログラム六セントです、一キログラムは鰯ならまあ五百足ですねえ、みなさん海岸へ行ってめまいをしてはいけません。また農場へ行ってめまいをしてもいけません、なぜなら、その魚粕をつかうとキャベジでも麦でもずいぶんよく穫れます。おまけにキャベジ一つこさえるには、百足からの青虫を除らなければならないのですぜ。それからみなさんこの町で何か煮たものをめしあがったり、お湯をお使いになるときに、めまいを起こさないように願います。この町のガスはご存知の通り、石炭でなしに、魚油を乾溜してつくっているのですから。いずれ又お目にかかって詳しく申しあげましょう。」

この宣伝書を読んでしまったときは、白状しますが、私たちはしばらくしんとしてしまったのです。どうも理論上この反対者の主張が勝っているように思われたのであります。それとて、私も、又トルコから来たその六人の信者たちも、ビジテリアンをやめようとか、全く向こうの主張に賛成だとかいうのでもなく、ただ何となくこの大祭のはじまりに、けちをつけられたのが不愉快だったのであります。余興として笑ってしまうには、あんまり意地が悪かったのであります。

ところが、又もやのろしが教会の方であがりました。まっ青なそらで、白いけむりがパッと開き、それからトントンと音が聞こえました。けむりの中から出て来たのは、今度こそ全く支那風の五色の蓮華の花でした。なるほどやっぱり陳氏だ、お経にある青色青光、黄色黄光、赤色赤光、白色白光をやったんだなと、私はつくづく感心してそれを見上げました。全くその蓮華のはなびらは、ニュウファウンドランド島、ヒルティ村ビジテリアン大祭の、新鮮な朝のそらを、かすかに光って舞い降りて来るのでした。

それから教会の方で、賑やかなバンドが始まりました。それが風下でしたから、手にとるように聞こえました。それがいかにも本式なのです。私たちは、はじめはこれはよほど費用をかけて大陸から頼(たの)んで来たんだなと思いましたが、あとで聞きましたら、あの有名なスナイダーが私たちの仲間だったんです。スナイダーは、自分のバンド（尤(もっと)もその半数は、みんなビジテリアンだったのです。）を、そっくりつれてやはり一昨日(おととい)、ここへ着いたのだそうです。とにかく、式の始まるまでは、まだ一時間もありましたけれども、斯(こ)うにぎやかにやられては、とてもじっとして居(い)られません、私たちは、大急ぎで二階に帰って、礼装(れいそう)をしたのです。土耳古(トルコ)人たちは、みんなまっ赤なターバンと帯(おび)とをかけ、殊(こと)に地学博士はあちこちからの勲章(くんしょう)やメタルを、その漆黒(しっこく)の上着にかけましたので全くまばゆい位でした。私は三越(みつこし)でこさえた白い麻(あさ)のフロックコートを着ましたが、これは勿論(もちろん)、私の好みで作法ではありません。けれども元来きものというものは、東洋風に寒さをしのぐという考えも勿論ですが、一方また、カーライルの云(い)う通り、装飾(そうしょく)が第一なので結局その人にあった相当のものをきちんとつけているのが一等ですから、私は一向(いっこう)何とも思いませんでした。実際きものは自分のためでなく他人の為(ため)です。自分には自分の着ているものが全体見えはしませんからほかの人がそれを見て、さっぱりした気持ちがすればいいのであります。

　さて私たちは宿を出ました。すると式の時間を待ち兼(か)ねたのは、あながち私たちだけではありませんでした。教会へ行く途中(とちゅう)、あっちの小路からも、こっちの広場からも、三人四人ずついろいろな礼装をした人たちに、私たちは会いました。燕尾服(えんびふく)もあれば厚い粗羅紗(そらしゃ)を着た農夫もあり、綬(じゅ)をかけた人もあれば、スラッと瘦(や)せた若い軍医もありました。すべてこれらは、私たちの兄弟でありましたから、もう私たちは国と階級、職業とその名とをとわず、ただ一つの大きなビジテリアンの同朋として、「お早う、」と挨拶し「おめでとう、」と答えたのです。そして私たちは、いつかぞろぞろ列になっていました。列になって教会の門を入ったのです。一昨日別段気にもとめなかった、小さなその門は、赤いいろの藻類と、暗緑の栂とで飾られて、すっかり立派に変わっていました。門をはいると、すぐ受付があって私たちはみんな求められて会員証を示しました。これはいかにも偏狭なやり方のようにどなたもお考えでしょうが、実際今朝の反対宣伝のような訳で、どんなものがまぎれ込んで来て、何をするかもわからなかったのですから、全く仕方なかったのでありましょう。

式場は、教会の広庭に、大きな曲馬用の天幕を張って、テニスコートなどもそのまま中に取り込んでいたようでした。とてもその人数の入るような広間は、恐らくニュウファウンドランド全島にもなかったでしょう。

もう気の早い信徒たちが二百人ぐらい席について待っていました。笑い声が波のように聞こえました。やっぱり今朝のパンフレットの話などが多かったのでしょう。

その式場を覆う灰色の帆布は、黒い樅の枝で縦横に区切られ、所々には黄や橙の石楠花の花をはさんでありました。何せそう云ういい天気で、帆布が半透明に光っているのですから、実にその調和のいいこと、もうここそやがて完成さるべき、世界ビジテリアン大会堂の、陶製の大天井かと思われたのであります。向こうには勿論花で飾られた高い祭壇が設けられていました。そのとき、私は又、あの狼煙の音を聞きました。はっと気がついて、私は急いでその音の方教会の裏手へ出て行って見ました。やっぱり陳氏でした。陳氏は小さな支那の子供の狼煙の助手も二人も連れて来ているのでした。そして三人とも、今日はすっかり支那服でした。私は支那服の立派さを、この朝ぐらい感じたことはありません。陳氏はすっかり黒の支度をして、袖口と沓だけ、まばゆいくらいまっ白に、髪は昨日の通りでしたが、支那の勲章を一つつけていました。

それから助手の子供らは、まるで絵にある唐児です。あたまをまん中だけ残して、くりくり剃って、恭しく両手を拱いて、陳氏のうしろに立っていました。陳氏は私の行ったのを見ると本当に嬉しかったと見えて、いきなり手を出して、

「おめでとう。お早う。いいお天気です。天の幸、君にあらんことを。」とつづけざまにべらべら挨拶しました。

「お早う。」私たちは手を握りました。二人の子供の助手も、両手を拱いたまま私に一揖しました。私も全く嬉しかったんです。ニュウファウンドランド島の青ぞらの下で、この叮重な東洋風の礼を受けたのです。

陳氏は云いました。

「さあ、もう一発やりますよ。あとは式がすんでからです。今度のは、私の郷国の名前では、柳雲飛鳥といいます。柳はサリックス、バビロニカ、です。飛鳥は燕です。日本でも、柳と燕を云いますか。」

「云います。そしてよく覚えませんが、たしか私の方にも、その狼煙はあった筈ですよ。いや花火だったかな。それとも柳にけまりだったかな。」

「日本の花火の名所は、東京両国橋ですね。」

「ええそのほか岩国とか石の巻とか、あちこちにもあります。」

「なるほど。さあ、支度。」陳氏は二人の子供に向きました。一人の子は恭しくバスケットから、狼煙玉を持ち出しました。陳氏はそれを受けとってよく調べてから、

「よろしい。口火。」と云いました。はじめの子は、もう手に口火を持って待っていました。陳氏はそれを受けとりました。も一人の子は、シュッとマッチをすりました。陳氏はそれに口火をあてて、急いでのろし筒に投げ込みました。しばらくたって、「ドーン」けむりと一緒に、さっきの玉は、汽車ぐらいの速さで青ぞらにのぼって行きました。二人の子供も、恭しく腕を拱いて、それを見上げていました。たちまち空で白いけむりが起こり、ポンポンと音が下がって来それから青い柳のけむりが垂れ、その間を燕の形の黒いものが、ぐるぐる縫って進みました。

「さあ式場へ参りましょう。お前たち此処で番をしておいで。」陳氏は英語で云って、それから私らは、その二人の子供らの敬礼をうしろに式場の天幕へ帰りました。

　もう式の始まるに、六分しかありませんでした。天幕の入口で、私たちはプログラムを受け取りました。それには表に

　　ビジテリアン大祭次第
　挙祭挨拶
　論難反駁
　祭歌合唱
　祈禱

閉式挨拶
会食
会員招介
余興　　以上

と刷ってあり私たちがそれを受け取った時丁度九時五分前でした。

式場の中はぎっしりでした。それに人数もよく調べてあったと見えて、空いた椅子とてもあんまりなく、勿論腰かけないで立っている人などは一人もありませんでした。みんなで五百人はあったでしょう。その中には婦人たちも三分の一はあったでしょう。いろいろな服装や色彩が、処々に配置された橙や青の盛花と入りまじり、秋の空気はすきとおって水のよう、信者たちも又さっきとは打って変わって、しいんとして式の始まるのを待っていました。

アーチになった祭壇のすぐ下には、スナイダーを楽長とするオーケストラバンドが、半円陣を採り、その左には唱歌隊の席がありました。唱歌隊の中にはカナダのグロッコも居たそうですが、どの人かわかりませんでした。

ところが祭壇の下オーケストラバンドの右側に、「異教徒席」「異派席」という二つの陶製の標札が出て、どちらにも二十人ばかりの礼装をした人たちが座って居りました。中には今朝の自働車で見たような人も大分ありました。

私もそこで陳氏と並んで一番うしろに席をとりました。陳氏はしきりに向こうの異教徒席や異派席とプログラムとを比較しながらよほど気にかかる模様でした。とうとう、そっと私にささやきました。

「このプログラムの論難というのは向こうのあの連中がやるのですね。」

「きっとそうでしょうね。」

「どうです、異派席の連中は、私たちの仲間にくらべては少し風采(ふうさい)でも何でも見劣(みおと)りするようですね。」

私も笑いました。

「どうもそうのようですよ。」

陳氏が又云(またい)いました。

「けれども又異教席のやつらと、異派席の連中とくらべて見たんじゃ又ずっと違(ちが)ってますね。異教席のやつらときたら、実際どうも醜悪(しゅうあく)ですね。」

「全くです。」私はとうとう吹(ふ)き出しました。実際異教席の連中ときたらどれもみんな醜悪だったのです。

俄(にわ)かに澄(す)み切った電鈴(でんれい)の音が式場一杯(いっぱい)鳴りわたりました。

拍手(はくしゅ)が嵐(あらし)のように起りました。

白髯赭顔(はくぜんしゃがん)のデビス長老が、質素な黒のガウンを着て、祭壇(さいだん)に立ったのです。そして何か云おうとしたようでしたが、あんまり嬉(うれ)しかったと見えて、もうなんにも云えず、ただおろおろと泣いてしまいました。信者たちはまるで熱狂(ねっきょう)して、歓呼(かんこ)拍手しました。デビス長老は、手を大きく振(ふ)って又何か云おうとしましたが、今度も声が咽喉(のど)につまって、まるで変な音になってしまい、とうとう又泣いてしまったのです。

　みんなは又熱狂的に拍手しました。長老はやっと気を取り直したらしく、大きく手を三度ふって、何か叫びかけましたけれども、今度だってやっぱりその通り、崩れるように泣いてしまったのです。祭司次長、ウィリアム・タッピングという人で、爪哇の宣教師なそうですが、せいの高い立派なじいさんでした、が見兼ねて出て行って、祭司長にならんで立ちました。式場はしいんと静まりました。

「諸君、祭司長は、只今既に、無言を以て百千万言を披瀝した。是れ、げにも尊き祭始の宣言である。然しながら、未だ祭司長の云わざる処もある。これ実に祭司長が述べんと欲するものの中の糟粕である。これをしも、祭司次長が諸君に告げんと欲して、敢て咎めらるべきでない。諸君、吾人は内外多数の迫害に耐えて、今日迄ビジテリアン同情派の主張を維持して来た。然もこれ未だ社会的に無力なる、各個人個人に於いてである。然るに今日は既にビジテリアン同情派の堅き結束を見、その光輝ある八面体の結晶とも云うべきビジテリアン大祭を、この清澄なるニュウファウンドランド島、九月の気圏の底に於いて析出した。殊にこの大祭に於いて、多少の愉快なる刺戟を吾人が所有するということは、最　天意のある所である。多少の愉快なる刺戟とは何であるか、これプログラム中にある異教及び異派の諸氏の論難である。是等諸氏はみな信者諸氏と同じく、各自の主義主張の為に、世界各地より集まり来った真理の友である。恐らく諸氏の論難は、最痛烈辛辣なものであろう。その癒々鋭利なるほど、癒々公明に我等は之に答えんと欲する。これ大祭開式の辞、最後糟粕の部分である。祭司次長ウィリアム・タッピング祭司長ヘンリー・デビスに代わってこれを述べる。」

拍手は天幕もひるがえるばかり、この間デビスはただよろよろと感激して頭をふるばかりでありました。

その拍手の中でデビス長老は祭司次長に連れられて壇を下り透明な電鈴が式場一杯に鳴りました。祭司次長が又祭壇に上って壇の隅の椅子にかけ、それから一寸立って異教徒席の方を軽くさし招きました。

異教徒席の中からせいの高い肥ったフロックの人が出て卓子の前に立ち一寸会釈してそれからきぱきぱした口調で斯う述べました。

「私はビジテリアン諸氏の主張に対して二個条の疑問がある。

第一植物性食品の消化率が動物性食品に比して著しく小さいこと。尤も動物性食品には含水炭素が殆んどないからこれは当然植物から採らなければならない。然しながらもし蛋白質と脂肪とについて考えるならば何といっても植物性のものは消化が悪い。単に分析表を見て牛肉と落花生と営養価が同じだと云って牛肉の代わりにそっくり豆を喰べるというわけにはいかない。人によっては植物蛋白を殆んど消化しないじゃないかと思われることもあるのだ。ビジテリアン諸氏は之等のことは充分ご承知であろうが尚これを以て多くの病弱者や老衰者並びに嬰児にまで及ぼそうとするのはどう云うものであろうか。

第二は植物性食品はどう考えても動物性食品より美味しくない。これは何としても否定することができない。元来食事はただ営養をとる為のものでなく又一種の享楽である。享楽と云うよりは欠くべからざる精神爽快剤である。労働に疲れ種々の患難に包まれて意気銷沈した時には或いは小さな歌謡を口吟む、談笑する音楽を聴く観劇や小遠足にも出ることが大へん効果あるように食事も又一の心身回復剤である。この快楽を菜食ならば著しく減ずると思う。殊に愉快に食べたものならば実際消化もいいのだ。これをビジテリアン諸氏はどうお考えであるか伺いたい。」

大へん温和しい論旨でしたので私たちは実際本気に拍手しました。すると私たちの席から三人ばかり祭司次長の方へ手をあげて立った人がありましたが祭司次長は一番前の老人を招きました。その人は白髯でやはり牧師らしい黒い服装をしていましたが壇に昇って重い調子で答えたのでした。

「只今の御質疑に答えたいと存じます。

植物性の脂肪や蛋白質の消化があまりよくないことは明らかであります。さればといって甚不良なのではなく、ただ動物質の食品に比して幾分劣るというのであります。全然植物性蛋白や脂肪を消化しないという人はまああありますまい、あるとすればその人は又動物性の蛋白や脂肪も消化しないのです。さてどう云うわけで植物性のものが消化がよくないかと云えば蛋白質の方はどうもやっぱりその蛋白質分子の構造によるようでありますが脂肪の消化率の少ないのはそれが多く繊維素の細胞壁に包まれている関係のようであります。どちらも次第に菜食になれて参りますと消化もだんだん良くなるのであります。色々実験の成績もございますから後でご覧を願います。又病弱者老衰者嬰児等の中には全く菜食ではいけない人もありましょう、私どもの派ではそれらに対してまで菜食を強いようと致すのではありません。ただなるべく動物互いに相喰むのは決して当然のことでない何とかしてそうでなくしたいという位の意味であります。尤も老人病弱者にても若し肉食を嫌うものがあればこれに適するような消化のいい食品をつくる事に就ては私共只今充分努力を致して居るのであります。仮令ば蛋白質をば少しく分解して割合簡単な形の消化し易いものを作る等であります。

第二に食事は一つの享楽である菜食によってその多分は奪われるとこれはやはり肉食者よりのお考えであります。なるほど普通混食をしているときは野菜は肉類より美味しくないのですが、けれどももし肉類を食べるときその動物の苦痛を考えるならば到底美味しくはなくなるのであります。従って無理に食べても消化も悪いのであります。勿論菜食を一年以上もしますなれば仲々肉類は不愉快な臭や何かありまして好ましくないのであります。元来食物の味というものはこれは他の感覚と同じく対象よりはその感官自身の精粗によるものでありまして、精粗というよりは善悪によるものでありまして、よい感官はよいものを感じ悪い感官はいいものも悪く感ずるのであります。同じ水を呑んでも徳のある人とない人とでは大へんにちがって感じます。パンと塩と水とをたべている修道院の聖者たちにはパンの中の糊精や蛋白質酵素単糖類脂肪などみな微妙な味覚となって感ぜられるのであります。もしパンがライ麦のならばライ麦のいい所を感じて喜びます。これらは感官が静寂になっているからです。水を呑んでも石灰の多い水、炭酸の入った水、冷たい水、又川の柔らかな水みなしずかにそれを享楽することができるのであります。これらは感官が澄んで静まっているからです。ところが感官が荒さんで来るとどこ迄でも限りなく粗く悪くなって行きます。まあ大抵パンの本当の味などはわからなくなって非常に多くの調味料を用いたりします。則ち享楽は必らず肉食にばかりあるのではない。蓋ろ清らかな透明な限りのない愉快と安静とが菜食にあるということを申しあげるのであります。」老人は会釈して壇を下り拍手は天幕もひるがえるようでした。祭司次長は立って異教席の方を見ました。異教席から瘠せた顔色の悪いドイツ刈りの男が立ちました。祭司次長は軽く会釈しました。その人も答礼して壇に上ったのです。その人は大へん皮肉な目付きをして式場全体をきろきろ見下ろしてから云いました。

「今朝私どもがみなさんにさしあげて置いた五六枚のパンフレットはどなたも大抵お読み下すった事と思う。私はたしかに評判の通りシカゴ畜産組合の理事で又屠畜会社の技師です。ところが正直のところシカゴ畜産組合がこのビジテリアン大祭を決して苦にするわけはない。何となれば只今前論者の云われたようなトラピスト風の人間というものは今日全人類の一万分一もあるもんじゃない。やっぱりあたり前の人間には肉類は食料として滋養も多く美味である。ビジテリアン諸氏が折角菜食を実行し又宣伝するのを見た処で感服はしても容易に真似はしない。則ち肉類の需要が減ずるものでもなし又私たちの組合がこわれたり会社が破産したりするものではない。だから一向反対宣伝も要らなければこの軽業テントの中に入って異教席というこの光栄ある場所に私が数時間窮屈をする必要もない。然しながら実は私は六月からこちらへ避暑に来て居りました。そしてこの大祭にぶっつかったのですから職業柄私の方ではほんの余興のつもりでしたが少し邪魔を入れて見ようかと本社へ云ってやりましたら社長や何かみな大へん面白がって賛成して運動費などもよこし慰労旁々技師も五人寄越しました。そこで私たちは大急ぎで銘々一つずつパンフレットも作り自働車などまで雇ってそれを撒きちらしましたが実は、なあに、一向あなた方が菜っ葉や何かばかりお上がりになろうと痛くもかゆくもないのです。然しまあやりかけた事ですからこれからも一度あのパンフレットを銘々一人ずつご説明して苦しいご返答を伺おうと思います。実は私の方でもあの通り速記者もたのんであります、ご答弁は私の方の機関雑誌畜産之友に載せますからご承知を願います。で私のおたずね致したいことはパンフレットにもありました通り動物がかあいそうだからたべないとあなた方は仰っしゃるが動物というものは一種の器械です。消化吸収呼吸排泄循環生殖と斯う云うことをやる器械です。死ぬのが恐いとか明日病気になって困るとか誰それと絶交しようとかそんな面倒なことを考えては居りません。動物の神経だなんというものはただ本能と衝動のためにあるです。神経なんというのはほんの少ししか働きません。その証拠にはご覧なさい鶏では強制肥育ということをやる、鶏の咽喉にゴム管をあてて食物をぐんぐん押し込んでやる。ふだんの五倍も十倍も押し込む、それでちゃんと肥るのです、面白い位肥るのです。又犬の胃液の分泌や何かの工合を見るには犬の胸を切って胃の後部を露出して幽門の所を腸と離してゴム管に結ぶそして食物をやる、どうです犬は食べると思いますか食べないと思いますか。あっ、どうかしましたか。」

　実際どうかしたのでした。あんまり話がひどかった為に婦人の中で四五人卒倒者があり他の婦人たちも大抵歯を食いしばって泣いたり耳をふさいで縮まったりしていたのです。式場は俄かに大騒ぎになりシカゴの畜産技師も祭壇の上で困って立っていました。正気を失った人たちはみんなの手で私たちのそばを通って外に担ぎ出され職業の医者な人たちは十二三人も立って出て行きました。しばらくたって式場はしいんとなりました。婦人たちはみんなひどく激昂していましたが何分相手が異教の論難者でしたので卑怯に思われない為に誰も異議を述べませんでした。シカゴの技師ははんけちで叮寧に口を拭ってから又云いました。

「なるほど実にビジテリアン諸氏の動物に対する同情は大きなものであります。も少し言辞に気をつけて申し上げます。ええ、犬はそれを食べます。ぐんぐん喰べます。お判りですか。又家畜を去勢します。則ち生殖に対する焦燥や何かの為に費される勢力を保存するようにします。さあ、家畜は肥りますよ、全く動物は一つの器械でその脚を疾くするには走らせる、肥らせるには食べさせる、卵をとるにはつるませる、乳汁をとるには子を近くに置いて子に呑ませないようにする、どうでも勝手次第なもんです。決して心配はありません。まだまだ述べたいのですが又卒倒されると困りますからここまでに致して置きます。」

その人は壇を下りました。拍手と一処に六七人の人が私どもの方から立ちましたが祭司次長が割合前の方のモオニングの若い人をさしまねきました。その人は落ち着いた風で少し微笑いながら演説しました。

「只今のご質問はいかにもご尤であります。多少御実験などもお話になりましたが実は遺憾乍らそれはみな実験になって居りません。

動物は衝動と本能ばかりだと仰っしゃいましたがまあそうして置きます。その本能や衝動が生きたいということで一杯です。それを殺すのはいけないとこれだけでお答には充分であります。然しながら更に詳しいことは動物心理学の沢山の実験がこれを提供致すだろうと思います。又実は動物は本能と衝動ばかりではないのであります。今朝のパンフレットで見ましても生物は一つの大きな連続であると申されました。人間の心もちがだんだん人間に近いものから遠いものに行われて居ります。人間の苦しいことは感覚のあるものはやっぱりみんな苦しい、人間の悲しいことは強い弱いの区別はあってもやっぱりどの動物も悲しいのです。仲々あのパンフレットにある豚のように愉快には行かないのであります。飼犬が主人の少年の病死の時その墓を離れず食物もとらずとうとう餓死した有名な例、鹿や猿の子が殺されたときそれを慕って親もわざと殺されることなど誰でも知っています。馬が何年もその主人を覚えていて偶に会ったとき涙を流したりするのです。前論者の、ビジテリアンは人間の感情を以て強いて動物を律しようとするというのに対して、私は実に反対者たちは動物が人間と少しばかり形が違っているのに眼を欺むかれてその本心から起こって来る哀憐の感情をなくしているとご忠告申し上げたいのであります。誰だって自分の都合のいいように物事を考えたいものではありますがどこ迄もそれで通るものではありません。元来私どもの感情はそう無茶苦茶に間違っているものではないのでありましてどうしても本心から起こって来る心持は全く客観的に見てその通りなのであります。動物は全く可哀そうなもんです。人もほんとうに哀れなものです。私は全論士にも少し深く上調子でなしに世界をごらんになることを望みます。」

　拍手が強く起りました。拍手の中から髪を長くしたせいの低い男がいきなり異教席を立って壇に登りました。

「私はやはりシカゴ畜産組合の技師です。諸君、今朝のマルサス人口論を基とした議論は読んで下すったでしょう。どうですそれにちがいありますまい。地球上の人類の食物の半分は動物で半分は植物です。そのうち動物を喰(た)べないじゃ食物が半分になる。たださえ食物が足りなくて戦争だのいろいろ騒動(そうどう)が起ってるのに更(さら)にそれを半分に縮減しようというのはどんなほかに立派な理くつがあっても正気の沙汰(さた)と思われない。人間の半分十億人が食物がなくて死んでしまう、死ぬ前にはいろいろ大騒ぎが起こるその時ビジテリアンたちはどうします。自分たちの起こした戦争の中へはいってわれらの敵国を打ち亡(ほろ)ぼせと云(い)って鉄砲(てっぽう)や剣を持って突貫(とっかん)しますか。それともあこんな筈(はず)じゃなかった神よと云ってみんな一緒(いっしょ)にナイヤガラかどこかへ飛び込みますか。そんなことをしたって追い付きません。いや、それよりもこんなことになるのはどこの国の政治家でもすぐわかる、これはいかんと云うわけでお気の毒ながら諸君をみんな終身徴役(ちょうえき)にしちまいます。まさか死刑(しけい)にはなりますまいが終身徴役だってそんないいもんじゃありませんよ。どうです。今のうち懺悔(ざんげ)してやめてしまっては。」

拍手も笑声も起こりました。私たちの方から若い背広の青年が立って行きました。

「あの人は私は知ってますよ。ニュウヨウクで二三遍(べん)話したんです。大学生です。」

その青年は少し激昂(げきこう)した風で演説し始めました。

「ご質問に対してできる丈(だ)け簡単にお答えしようと思います。

人類の食料は動物と植物と約半々だ。そのうち動物を食べないじゃ食料が半分に減る。いかにもご尤(もっと)もなお考えではありますが大分(だいぶ)乱暴な処(ところ)もある様であります。動物と植物と半々だ、これがまずいけません。半々というのは何が半々ですか。多分は目方でお測りになるおつもりか知れませんが目方で比較(ひかく)なさるのは大へんご損です。食物の中で消化される分の熱量でもご比較になったら割合正確だろうと存じます。そう云うにしますと一般に動物質の方が消化率も大きいのでありますからよほどお得になります。お得にはなりますがとてもとても半々なんというわけには参りますまい。こんな珍らしい議論の必要が従来あんまりありませんでしたので恐らくこの計算はまだ誰も致しますまいが計算法だけ申し上げて置きましょう。どうぞシカゴ畜産組合の事務所でゆっくり御計算を願います。即ち世界中の小麦と大麦、米や燕麦、蕪菁や甘藍あらゆる食品の産額を発見して先ず第一にその中から各々家畜の喰べる分をさし引きます。その際あんまりびっくりなさいませんように。次にその残りの各々から蛋白質脂肪含水炭素の可消化量を計算してそれから各の発する熱量を計算して合計します。四千三百兆大カロリーとか何とか大体出て参りましょう。今度は牛、羊、豚、馬、鶏、鯨という工合に今の通りやります。合計二千三百兆大カロリーとか何とか出て来ましょう。両方合わせてそれをざっと二十億で割って三百六十五で割って営養研究所の方にでも見てお貰いなさい。計算がちがっているかどうか多分ご返事なさるでしょう。

　さて、ところが只今までの議論は一向私には何でもないのでありまして第一のご質問の答弁の要点はこの次です。則ち論難者は、そのうち動物を食べないじゃ食料が半分に減ずるというこいつです。冗談じゃありませんぜ。一体その動物は何を食って生きていますか。空気や岩石や水を食べているのじゃないのです。牛や馬や羊は燕麦や牧草をたべる。その為に作った南瓜や蕪菁もたべる。ごらんなさい。人間が自分のたべる穀物や野菜の代わりに家畜の喰べるものを作っているのです。牛一頭を養うには八エーカーの牧草地が要ります。そこに一番計算の早い小麦を作って見ましょうか。十人の人の一年の食糧が毎年とれます。牛ならどうです。一年の間に肥る分左様百六十キログラムの牛肉で十人の人が一年生きていられますか。一人一日五十グラムですよ。親指三本の大さですよ。腹が空りはしませんか。

よくおわかりにならないようですがもっと手短かに云いますともし人間が自然と相談して牛肉や豚肉の代わりに何か損にならないものをよこして呉れと云えば今よりもっとたくさんの人間が生きて行かれる位多くの喰べものを向こうではよこすと斯う云うことです。但しこれは海産物と廃物によって養う分の家畜は論外であります。然しながらそれを計算に入れても又大丈夫です。家畜だってみんな喰べるものばかりでなく羊のように毛を貰うもの馬や牛のように労働をして貰うものいろいろあります。

次に食料が半分になっちゃ人間も半分になる、いかにも面白いですが仲々その食料が半分にならない。減る処か事によると少し増えるかも知れません。ですから大丈夫戦争も起らなければ無期徒刑をご心配して下さらなくても大丈夫です。却って菜食はみんなの心を平和にし互いに正しく愛し合うことができるのです。多くの宗教で肉食を禁ずることが大切の儀式にはつきものになっているのでもわかりましょう。戦争どこじゃない菜食はあなた方にも永遠の平和を齎してせっかく避暑に来ていながら自働車まで雇って変な宣伝をやったり大祭へ踏み込んで来ていやな事を云って婦人たちを卒倒させたりしなくてもいいようになります。又我々だって無期徒刑じゃない、人類の仲間からと哺乳動物組合、鳥類連盟、魚類事務所などからまで勲章や感謝状を沢山贈られる訳です。どうです。おわかりになったらあなたもビジテリアンにおなりなさい。」

すると前の論士が立ちあがりました。大へん悔悟したような顔はしていましたが何だかどこか噴き出したいのを堪えていたようにも見えました。しょんぼり壇に登って来て

「悔悟します。今日から私もビジテリアンになります。」と云って今の青年の手をとったのでした。みんなは実にひどく拍手しました。二人は連れ立って私たちの方へ下り技師もその空いた席へ腰かけて肩ですうすう息をしていました。ところが勿論この事の為に異教席の憤懣はひどいものでした。一人のやっぱり技師らしい男がずいぶん粗暴な態度で壇に昇りました。

「諸君、私の疑問に答えたまえ。

動物と植物との間には確たる境界がない。パンフレットにも書いて置いた通りそれは人類の勝手に設けた分類に過ぎない。動物がかあいそうならいつの間にか植物もかあいそうになる筈だ。動物の中の原生動物と植物の中の細菌類とは殆んど相密接せるものである。又動物の中にだってヒドラや珊瑚類のように植物に似たやつもあれば植物の中にだって食虫植物もある、睡眠を摂る植物もある、睡る植物などは毎晩邪魔して睡らせないと枯れてしまう、食虫植物には小鳥を捕るのもあり人間を殺すやつさえあるぞ。殊にバクテリヤなどは先頃まで度々分類学者が動物の中へ入れたんだ。今はまあ植物の中へ入れてあるがそれはほんのはずみなのだ。そんな曖昧な動物かも知れないものは勿論仁慈に富めるビジテリアン諸氏は食べたり殺したりしないだろう。ところがどうだ諸君諸君が一寸菜っ葉へ酢をかけてたべる、そのとき諸君の胃袋に入って死んでしまうバクテリアの数は百億や二百億じゃ利けゃしない。諸君が一寸葡萄をたべるその一房にいくらの細菌や酵母がついているか、もっと早いとこ諸君が町の空気を吸う一回に多いときなら一万ぐら

いの細菌が殺される。そんな工合で毎日生きていながら私はビジテリアンですから牛肉はたべません、なんて、牛肉はいくら喰べたって一つの命の百分の一にもならないのだ、偽善と云おうか無智と云おうかとても話にならない。本当に動物が可あいそうなら植物を喰べたり殺したりするのも廃し給え。動物と植物とを殺すのをやめるためにまず水と食塩だけ呑み給え。水はごくいい湧水にかぎる、それも新鮮な処にかぎる、すこし置いたんじゃもうバクテリアが入るからね、空気は高山や森のだけ吸い給え、町のはだめだ。さあ諸君みんなどこかしんとした山の中へ行っていい空気といい水と岩塩でもたべながらこのビジテリアン大祭をやるようにし給え。ここの空気は吸っちゃいけないよ。吸っちゃいけないよ。」

　拍手は起こり、笑声も起こりましたが多くの人はだまって考えていました。その男はもう大得意でチラッとさっき懺悔してビジテリアンになった友人の方を見て自分の席へ帰りました。すると私の愕いたことはこの時まで腕を拱いてじっと座っていた陳氏がいきなり立って行ったことでした。支那服で祭壇に立ってはじめて私の顔を見て一寸かすかに会釈しました。それから落ち着いて流暢な英語で反駁演説をはじめたのです。

「只今のご論旨は大へん面白いので私も早速空気を吸うのをやめたいと思いましたがその前に一寸一言ご返事をしたいと存じます。どうぞその間空気を吸うことをお許し下さい。

　さて只今のご論旨ではビジテリアンたるものすべからく無菌の水と岩石ぐらいを喰べて海抜二千尺以上ぐらいの高い処に生活すべしというのでありましたが、なるほど私共の中には一酸化炭素と水とから砂糖を合成する事をしきりに研究している人もあります。けれども茲ではまず生物連続が面白かったようですからそれを色々応用して見ます。則ち人類から他の哺乳類鳥類爬虫類魚類それから節足動物とか軟体動物とか乃至原生動物それから一転して植物、の細菌類、それから多細胞の羊歯類顕花植物と斯う連続しているからもし動物がかあいそうなら生物みんな可哀そうになれ、顕花植物なども食べても切ってもいかんというのですが、連続をしているものはまだいろいろあります。仮令ば人間の一生は連続している、嬰児期幼児期少年少女期青年処女期壮年期老年期とまあ斯うでしょう、処が実はこれは便宜上勝手に分類したので実は連続しているはっきりした堺はない、ですから、若し四十になる人が代議士に出るならば必ず生れたばかりの嬰児も代議士を志願してフロックコートを着て政見を発表したり燕尾服を着て交際したりしなければいけない、又小学校の一年生にエービースィーを教えるなら大学校でもなぜ文学より見たる理論化学とか、相対性学説の難点とかそんなことばかりやってエービースィーを教えないか、と斯う云うことになります。或いは他の例を以てするならば元来変態心理と正常な心理とは連続的でありますから人類は須く瘋癲病院を解放するか或いはみんな瘋癲病院に入らなければいけないと斯うなるのであります。この変てこな議論が一見菜食にだけ適用するように思われるのはそれは思う人がまだこの問題を真剣に考え真実に実行しなかった証拠であります。斯んなことはよくあるのです。

　いくら連続していてもその両端では大分ちがっています。太陽スペクトルの七色をごらんなさい。これなどは両端に赤と菫とがありまん中に黄があります。ちがっていますからどうも仕方ないのです。植物に対してだってそれをあわれみいたましく思うことは勿論です。印度の聖者たちは実際故なく草を伐り花をふむことも戒めました。然しながらこれは牛を殺すのと大へんな距離がある。それは常識でわかります。人間から身体の構造が遠ざかるに従ってだんだん意識が薄くなるかどうかそれは少しもわかりませんがとにかくわれわれは植物を食べるときそんなにひどく煩悶しません。そこはそれ相応にうまくできているのであります。バクテリヤの事が大へんやかましいようでしたが一体バクテリヤがそこにあるのを殺すというようなことは馬を殺すというようなのと非常なちがいです。バクテリヤは次から次と分裂し死滅しまるで速やかに速やかに変化してるのです。それを殺すと云った処で馬を殺すというようのとは大分ちがいます。又バクテリヤの意識だってよくはわかりませんがとにかく私共が生れつきバクテリヤについては殺すとかかあいそうだとかあんまりひどく考えない。それでいいのです。又仕方ないのです。但しこれも人類の文化が進み人類の感情が進んだときどう変わるかそれはわかりません。印度の聖者たちは濾さない水は呑みません。普通の布の水濾しでは原生動物は通りますまいがバクテリヤは通りましよう。まあこれらについてはいくら理論上何と云われても私たちにそう思えないとお答え致すより仕方ありません。やがて理論的にも又その通り証明されるにちがいありません。私の国の孟子と云う人は徳の高い人は家畜の殺される処又料理される処を見ないと云いました。ごく穏健な考えであります。自然はそんなおとしあなみたいなことはしませんから。私共は私共に具わった感官の状態、私共をめぐった条件に於いて菜食をしたいと斯う云うのであります。ここに於いて私は敢て高山に遁げません。」陳氏は嵐のような拍手と一緒に私の処へ帰って来ました。私が陳氏に立って敬意を示してる間に演壇にはもう次の論士が立っていました。

「諸君、しずかにし給え。まだそんなによろこぶには早い。なぜならビジテリアン諸君の主張は比較解剖学の見地からして正に根底から顚覆するからである。見給え諸君の歯は何枚あります。三十二枚、そうです。でその中四枚が門歯四枚が犬歯それから残りが臼歯と智歯です。でそんなら門歯は何のため、門歯は食物を嚙み取る為臼歯は何のため植物を擦り砕くため、犬歯はそんなら何のためこれは肉を裂くためです。これでお判りでしょう。臼歯は草食動物にあり犬歯は肉食類にある。人類に混食が一番適当なことはこれで見てもわかるのです。則ち人類は混食しているのが一番自然なのです。ですから我々は肉食をやめるなんて考えてはいけません。」

ずいぶんみんな堪えたのでしたがあんまりその人の身振りが滑稽でおまけにいかにも小学校の二年生に教えるように云うもんですからとうとうみんなどっと吹き出しました。私共の席から一人がすぐ出て行きました。

「只今の比較解剖学からのご説はどうも腑に落ちないのであります。まず第一に人類の歯に混食が丁度適当だというのにいろいろ議論も起りましょうがまあこれは大体その通りとしていかがです、その次に、人類に混食が一番自然だから菜食してはいかんというのは。

自然だからその通りでいいということはよく云いますがこれは実はいいことも悪いこともあります。たとえば我々は畑をつくります。そしてある目的の作物を育てるのでありますがこの際一番自然なことは畑一杯草が生えて作物が負けてしまうことです。これは一番自然です。前論士がもし農場を経営なすった際には参観さして戴きたい。又人間には盗むというような考えがあります。これは極めて自然のことであります。そんならそのままでいいではないか。と斯うなります。

又異教派の方にも大分諸方から鉄道などでお出でになった方もあるようでありますが鉄道で一番自然なこと則ちなるべく人力を加えないようにしまするならば衝突や脱線や人を轢いたりするなどがいいようであります。そんならそれでいいではないかポイントマンだのタブレットだの面倒臭いことやめてしまえと斯う云うことになりますがどなたもご異議はありませんか。」斯う云ってその人はさっさっと席に戻ってしまいました。すると異教席からすぐ又一人立ちました。

「私は実は宣伝書にも云って置いた通り充分詳しく論じようと思ったがさっきからのくしゃくしゃしたつまらない議論で頭が痛くなったからほんの一言申し上げる、魚などは諸君が喰べないたって死ぬ、鰯なら人間に食われるか鯨に呑まれるかどっちかだ。つぐみなら人に食べられるか鷹にとられるかどっちかだ。そのときと鰯もつぐみもまっ黒な鯨やくちばしの尖ったキスも出来ないような鷹に食べられるよりも仁慈あるビジテリアン諸氏に泪をほろほろそそがれて喰べられた方がいいと云わないだろうか。それから今度は菜食だからって一向安心にならない。農業の方では害虫の学問があって薬をかけたり焼いたり潰したりして虫を殺すことを考えている。百姓はみんなそれをやる。鯨を食べるならば一疋を一万人でも食べられ、又その為に百万疋の鰯を助けることになるのだが甘藍を一つたべるとその為に青虫を百疋も殺していることになる。まるで諸君の考えと反対のことばかり行われているのです。いかがです。」

すぐ又一人立ちました。

「私はただ一分でお答えする。第一に魚がどんなに死ぬからってそれが私たちの必ずそれを喰べる理由にはならない。又私たちが魚をたべたからって魚が喜ぶかどうかそんなこともわからない。

どうせ何かに殺されるだろうからってこっちが殺してやろうと云う訳には参りません。人間が魚をとらなければ海が魚で埋まってしまうという勘定さえあるがそんなめのこ勘定で往くもんじゃない。結局こんな間接のことまで論じていたんじゃきりがない、ただわれわれはまっすぐにどうもいけないと思うことをしないだけだ。野菜も又犠牲を払うというがそれはわれわれはよく知っている。だから物を浪費しないことは大切なことなのだ。但し穀作や何かならばそんなにひどく虫を殺したりもしないのだ。極端な例でだけ比較をすればいくらでもこんな変な議論は立つのです。結局我々はどうしても正しいと思うことをするだけなのだ。」

拍手が起りました。その人は壇を下りました。

異教徒席の中から赭い髪を立てた肥った丈の高い人が東洋風に形容しましたら正に怒髪天を衝くという風で大股に祭壇に上って行きました。私たちは寛大に拍手しました。

祭司が一人出てその人と並んで招介しました。

「このお方は神学博士ヘルシウス・マットン博士でありましてカナダ大学の教授であります。この度はシカゴ畜産組合の顧問として本大祭に御出席を得只今より我々の主張の不備の点を御指摘下さる次第であります。一寸招介申しあげます。」とこう云うのでありました。私たちは寛大に拍手しました。

マットン博士はしずかにフラスコから水を呑み肩をぶるぶるっとゆすり腹を抱えそれから極めて徐ろに述べ始めました。

「ビジテリアン同情派諸君。本日はこの光彩ある大祭に出席の栄を得ましたことは私の真実光栄とする処であります。

就てはこれより約五分間私の奉ずる神学の立場より諸氏の信条を厳正に批判して見たいと思うのであります。然るに私の奉ずる神学とは然く狭隘なるものではない。私の奉ずる神学はただ二言にして尽す。ただ一なるまことの神はいまし給う、それから神の摂理ははかるべからずと斯うである。これに賛せざる諸君よ、諸君は尚かの中世の煩瑣哲学の残骸を以てこの明るく楽しく流動止まざる一千九百二十年代の人心に臨まんとするのであるか。今日宗教の最大要件は簡潔である。吾人の哲学はこの二語を以て既に千六百万人の世界各地に散在する信徒を得た。否、凡そ神を信ずる者にしてこの二語を奉ぜざるものありや、細部の諍論は暫らく措け、凡そ何人か神を信ずるものにしてこの二語を否定するものありや。」咆哮し終ってマットン博士は卓を打ち式場を見廻しました。満場森として声もなかったのです。博士は続けました。

「讃うべきかな神よ。神はまことにして変わり給わない、神はすべてを創り給うた。美しき自然よ。風は不断のオルガンを弾じ雲はトマトの如く又馬鈴薯の如くである。路のかたわらなる草花は或は赤く或は白い。金剛石は硬く滑石は軟らかである、牧場は緑に海は青い。その牧場にはうるわしき牛佇立し羊群馳ける。その海には青く装える鰯も泳ぎ大いなる鯨も浮かぶ。いみじくも造られたる天地よ、自然よ。どうです諸君ご異議がありますか。」

式場はしいんとして返事がありませんでした。博士は実に得意になってかかとで一つのびあがり手で円くぐるっと環を描きました。

「その中の出来事はみな神の摂理である。総ては総てはみこころである。誠に畏き極みである。

主の恵み讃うべく主のみこころは測るべからざる哉。われらこの美しき世界の中にパンを食み羊毛と麻と木綿とを着、セルリイと蕪菁とを食み又豚と鮭とをたべる。すべてこれ摂理である。み恵みである。善である。どうです諸君。ご異議がありますか。」

博士は今度は少し心配そうに顔色を悪くしてそっと式場を見まわしました。それから、まるで脱兎のような勢いで結論にはいりました。

「私はシカゴ畜産組合の顧問でも何でもない。ただ神の正義を伝えんが為に茲に来た。諸君、諸君は神を信ずる。何が故に神に従がわないか。何故に神の恩恵を拒むのであるか。速にこれを悔悟して従順なる神の僕となれ。」

博士は最後に大咆哮を一つやって電光のように自分の席に戻りそこから横目でじっと式場を見まわしました。拍手が起こりましたが同時に大笑いも起こりました。というのは私たちは式場の神聖を乱すまいと思ってできる丈けこらえていたのでしたがあんまり博士の議論が面白いのでしまいにはとうとうこらえ切れなくなったのでした。一番前列に居た小さな信者が立ちあがって祭司次長に何か云いました。次長は大きくうなずきました。

その人はこの村の小学校の先生なようでした。落ちついて祭壇に立ってそれから叮寧にさっきのマットン博士に会釈しました。博士はたしかに青くなってぶるぶる顫えていました。その信者は次に式場全体に挨拶しました。拍手は強く起こりました。その人は少しニュウファウンドランドのなまりを入れて演説をはじめました。

「異教論難に対し私はプログラムに許されてある通り宗教演説を以て答えようと思うのでありま

す。

ヘルシウス・マットン博士の御所説は実に三段論法の典型であります。まず博士の神学を挙げて二度之を満場に承認せしめこれを以て大前提とし次にビジテリアンがこれに背くことを述べて小前提とし最後にビジテリアンが故に神に背くことを断定し菜食なる小善の故に神に背くの大罪を犯すことを暗示致されました。実に簡潔明瞭なる所論であります。

然るにこの典型的論理に私が多少疑問あることは最遺憾に存ずる次第であります。

第一に博士の一九二〇年代に適するようにクリスト教旧神学中より抽出されました簡潔の神学はただこの語だけで見ますればこれいかにも適当であります。今日此処に集まりました人人はあながちクリスト教徒ばかりではありません、されどいずれの宗教に於いてもこれを云わんと欲するものであります。但しこれ敢て博士の神学でもありません。これ最も普通のことであります。

第二にその神学の解釈に至っては私の最も疑義を有する所であります。殊にも摂理の解釈に至っては到底博士は信者とは云われませぬ。摂理なる観念は敢てキリスト教に限らずこれ一般宗教通有のものでありますがその解釈を誤ること我が神学博士のごときもの孰れの宗教に於いても又実に多々あるのであります。今一度博士の所説を繰り返すならば私は筆記して置きましたが、読んで見ます、その中の出来事はみな神の摂理である。総ては総てはみこころである。誠に畏き極みである。主の恵み讃うべく主のみこころは測るべからざる哉、すべてこれ摂理である。み恵みである。善である。と斯うです。これを更に約言するときは斯うなります。現象は総て神の摂理中なるが故に善なりと、まあよろしいようでありますが又ごくあぶないのであります。ここの善というのは神より見たる善であります。絶対善であります。それをもし私たちから見た善と解釈するとき始めて先刻のマットン博士の所説を生じます。現象はみな善である、私が牛を食う、摂理で善である、私が怒ってマットン博士をなぐる、摂理で善である、なぜならこれは現象で摂理の中のでき事で神のみ旨は測るべからざる哉と、斯うなる、私が諸君にピストルを向けて諸君の帰国の旅費をみんな巻きあげる、大へんよろしい、私が誰かにおどされて旅費を巻きあげ損ねそうになる、一発やる、その人が死ぬ、摂理で善である。もっと面白いのはここにビジテリアンという一類が動物をたべないと云っている。神の摂理である善である然るに何故にマットン博士は東洋流に形容するならば怒髪天を衝いてこれを駁撃するか。ここに至って畢竟マットン博士の所説は自家撞着に終わるものなることを示す。この結論は実にいい語であります。これ然しながら不肖私の語ではない、実にシカゴ畜産組合の肉食宣伝のパンフレット中に今朝拝見したものである。終に臨んで勇敢なるマットン博士に深甚なる敬意を寄せます。」

　拍手は天幕をひるがえしさうでありました。

「大分露骨ですね、あんまり教育家らしくもないビジテリアンですね。」と陳さんが大笑いをしながら申しました。

　ところがその拍手のまだ鳴りやまないうちにもう異教徒席の中から瘠せぎすの神経質らしい人が祭壇にかけ上がりました。その人は手をぶるぶる顫わせ眼もひきつっているように見えました。それでもコップの水を呑んで少し落ち着いたらしく一足進んで演説をはじめました。

「マットン博士の神学はクリスト教神学である。且つその摂理の解釈に於いて少しく遺憾の点のあったことは全く前論士の如くである。然しながら茲に集まられたビジテリアン諸氏中約一割の仏教徒のあることを私は知っている。私も又実は仏教徒である。クリスト教国に生れて仏教を信ずる所以はどうしても仏教が深遠だからである。自分は阿弥陀仏の化身親鸞僧正によって啓示されたる本願寺派の信徒である。則ち私は一仏教徒として我が同朋たるビジテリアンの仏教徒諸氏に一語を寄せたい。この世界は苦である、この世界に行わるるものにして一として苦ならざるものない、ここはこれみな矛盾である。みな罪悪である。吾等の心象中微塵ばかりも善の痕跡を発見することができない。この世界に行わるる吾等の善なるものは畢竟根のない木である。吾等の感ずる正義なるものは結局自分に気持がいいという丈の事である。これは斯うでなければいけないとかこれは斯うなればよろしいとかみんなそんなものは何にもならない。動物がかあいそうだから喰べないなんということは吾等には云えたことではない。実にそれどころではないのである。ただ遥かにかの西方の覚者救済者阿弥陀仏に帰してこの矛盾の世界を離るべきである。それ然る後に於いて菜食主義もよろしいのである。この事柄は敢て議論ではない、吾等の大教師にして仏の化身たる親鸞僧正がまのあたり肉食を行い爾来わが本願寺は代々これを行っている。日本信者の形容を以てすれば一つの壺の水を他の一つの水に移すが如くに肉食を継承しているのである。次にまた仏教の創設者釈迦牟尼を見よ。釈迦は出離の道を求めんが為に壇特山と名くる林中に於いて六年精進苦行した。一日米の実一粒亜麻の実一粒を食したのである。されども遂にその苦行の無益を悟り山を下りて川に身を洗い村女の捧げたるクリームをとりて食し遂に法悦を得たのである。今日牛乳や鶏卵チーズバターをさえとらざるビジテリアンがある。これらは若し仏教徒ならば論を俟たず、仏教徒ならざるも又大いに参考に資すべきである。更に釈迦は集まり来れる多数の信者に対して決して肉食を禁じなかった。五種浄肉となづけてあまり残忍なる行為によらずして得たる動物の肉は之を食することを許したのである。今日のビジテリアンは実に印度の古の聖者たちよりも食物のある点に就て厳格である。されどこれ畢竟不具である畸形である、食物のみ厳格なるも釈迦の制定したる他の律法に一も従っていない。特にビジテリアン諸氏よくこれを銘記せよ。釈迦はその晩年、その思想いよいよ円熟するに従って全く菜食主義者ではなかったようである。見よ、釈迦は最後に鍛工チェンダというものの捧げたる食物を受けた。その食物は豚肉を主としている、釈迦はこの豚肉の為に予め害したる胃腸を全く救うべからざるものにしたらしい。その為にとうとう八十一歳にしてクシナガラという処に寂滅したのである。仏教徒諸君、釈迦を見ならえ、釈迦の行為を模範とせよ。釈迦の相似形となれ、釈迦の諸徳をみなその二万分一、五万分一、或は二十万分一の縮尺に於いてこれを習修せよ。然る後に菜食主義もよろしかろう。諸君の如き畸形の信者は恐らく地下の釈迦も迷惑であろう。」

拍手はテントもひるがえるばかりでした。

私はこの時あんまりひどい今の語に頭がフラッとしました。そしてまるでよろよろ出て行きました。

何を云うんだったと思ったときはもう演壇に立ってみんなを見下ろしていました。

陳氏が一番向こうでしきりに拍手していました。みんなはまるで野原の花のように見えたのです。私は云いました。

「前論士は仏教徒として菜食主義を否定し肉食論を唱えたのでありますが遺憾乍ら私は又敬虔なる釈尊の弟子として前論士の所説の誤謬を指摘せざるを得ないのであります。先ず予め茲で述べなければならないことは前論士は要するに仏教特に腐敗せる日本教権に対して一種骨董的好奇心を有するだけで決して仏弟子でもなく仏教徒でもないということであります。これその演説中数多如来正偏知に対してあるべからざる言辞を弄したるによって明らかである。特にその最後の言を見よ、地下の釈迦も定めし迷惑であろうと、これ何たる言であるか、何人か如来を信ずるものにしてこれを地下にありというものありや、我等は決して斯の如き仏弟子の外皮を被り貢高邪曲の内心を有する悪魔の使徒を許すことはできないのである。見よ、彼は自らの芥子の種子ほどの智識を以てかの無上士を測ろうとする、その論を更に今私は繰り返すだも恥ずる処であるが実証の為にこれを指摘するならば彼は斯う云っている。クリスト教国に生れて仏教を信ずる所以はどうしても仏教が深遠だからであると。クリスト教信者諸氏、処を換えて次の如き命題を諸氏は許容するか、仏教国に生れてクリスト教を信ずる所以はどうしてもクリスト教が深遠だからであると。諸君はその軽薄に不快を禁じ得ないだろう。私から云うならば前論士の如きにいずれの教理が深遠なるや見当も何もつくものではないのである。次に前論士は吾等の世界に於ける善について述べられた。この世界に行わるる吾等の善なるものは畢竟根のない木であると、これは恐らくは如来のみ力を受けずして善はあることないという意味であろう私もそう信ずる。その次にこれは斯うなればよろしいとかこれはこうでなければいけないとかそんなものは何にもならない、とこれも私は如来のみ旨によらずして我等のみの計らいにてはそうであると思う。前論士も又その意味で云われたようである。但しただ速かにかの西方の覚者に帰せよと、これは仏教の中に於いて色々諍論のある処である。今はこれを避ける。ただ我等仏教徒はまず釈尊の所説の記録仏経に従うということだけを覚悟しよう。仏経に従うならば五種浄肉は修業未熟のものにのみ許されたこと楞迦経に明らかである。これとても最後涅槃経中には今より以後汝等仏弟子の肉を食うことを許さずとされている。その五種浄肉とても前論士の云われた如き余り残忍なる行為によらずしてというごとき簡単なるものではない。仏教中の様々の食制に関する考えは他に誰か述べられる予定があったようであるから茲にはこれを略する。但し最後に前論士は釈尊の終わりに受けられた供養が豚肉であるという、何という間違いであるか豚肉ではない蕈の一種である。サンスクリットの両音相類似する所から軽卒にもあのような誤りを見たのである。茲に於いてか私は前論士の結論を以て前論士に酬える。仏教徒諸君、釈迦を見ならえ、釈迦の相似形となれ、釈迦の諸徳をみなその二万分一、五万分一、或は二十万分一の縮尺に於いてこれを習修せよ。ああこの語気の軽薄なることよ。私はこれを自ら言いて更にそを口にした事を恥じる。

　私は次に宗教の精神より肉食しないことの当然を論じようと思う。キリスト教の精神は一言にして云わば神の愛であろう。神天地をつくり給うたとのつくるというような語は要するにわれわれに対する一つの譬論である、表現である。マットン博士のように誤った摂理論を出さなくてもよろしい。畢竟は愛である。あらゆる生物に対する愛である。どうしてそれを殺して食べることが当然のことであろう。

　仏教の精神によるならば慈悲である、如来の慈悲である完全なる智慧を具えたる愛である、仏教の出発点は一切の生物がこのように苦しくこのようにかなしい我等とこれら一切の生物と諸共にこの苦の状態を離れたいと斯う云うのである。その生物とは何であるか、そのことあまりに深刻にして諸氏の胸を傷つけるであろうがこれ真理であるから避け得ない、率直に述べようと思う。総ての生物はみな無量の劫の昔から流転に流転を重ねて来た。流転の階段は大きく分けて九つある。われらはまのあたりその二つを見る。一つのたましいはある時は人を感ずる。ある時は畜生、則ち我等が呼ぶ所の動物中に生れる。ある時は天上にも生れる。その間にはいろいろの他のたましいと近づいたり離れたりする。則ち友人や恋人や兄弟や親子やである。それらが互いにはなれ又生を隔ててはもうお互いに見知らない。無限の間には無限の組合わせが可能である。だから我々のまわりの生物はみな永い間の親子兄弟である。異教の諸氏はこの考えをあまり真剣で恐ろしいと思うだろう。恐ろしいまでこの世界は真剣な世界なのだ。私はこれだけを述べようと思ったのである。」

　私は会釈して壇を下り拍手もかなり起りました。異教徒席の神学博士たちももうこれ以上論じたいような景色も見えませんでした。けれども異教徒席の中にだってみんな神学博士ばかりではありませんでした。丁度ヘッケルのような風をした眉間に大きな傷あとのある人が俄かに椅子を立ちました。私は今朝のパンフレットから考えてきっとあれは動物学者だろうと考えたのです。

　その人はまるで顔をまっ赤にしてせかせかと祭壇にのぼりました。我々は寛大に拍手しました。その人はぶるぶるふるえる手でコップに水をついでのみました。コップの外へも水がすこしこぼれました。そのふるえようがあんまりひどいので私は少し神経病の疑いさえもちました。ところが水をのむとその人は俄かにピタッと落ち着きました。それからごくしずかに何か云いそうに口をしましたがその語はなかなか出て来ませんでした。みんなはしんとなりました。その人は突然爆発するように叫びました。二三度どもりました。

「な、な、な何が故に、何が故に、君たちはど、ど、動物を食わないと云いながら、ひ、ひ、ひ、羊、羊の毛のシャッポをかぶるか。」その人は興奮の為にガタガタふるえてそれからやけに水をのみました。さあ大へんです。テントの中は割けるばかりの笑い声です。

陳氏ももう手を叩いてころげまわってから云いました。

「まるでジョン・ヒルガードそっくりだ。」

「ジョン・ヒルガードって何です。」私は訊ねました。

「喜劇役者ですよ。ニュウヨーク座の。けれどもヒルガードには眉間にあんな傷痕がありません。」

「なるほど。」

そのあとはもう異教徒席も異派席もしいんとしてしまって誰も演壇に立つものがありませんでした。祭司次長がしばらく式場を見まわして今のざわめきが静まってから落ちついて異教徒席へ行きました。ほかにお立ちの方はありませんかとでも云ったようでしたが誰もしんとして答えるものがありませんでしたので次長は一寸礼をして引き下がりました。

「すっかり参ったようですね。」陳氏が私に云いました。私も実際嬉しかったのです。あんなに頑強に見えたシカゴ軍があんまりもろく粉砕されたからです。斯う云ってはなんだか野球のようですが全くそうでした。そこで電鈴がずいぶん永く鳴りました。そのすきとおった音に私の興奮した心はもう一ぺん透明なニュウファウンドランドの九月というような気分に戻りました。みんなもそうらしかったのです。陳氏は
「私はもう一発やって来ますから。」と云いながら立ちあがって出て行きました。

その時です。神学博士がまたしおしおと壇に立ちました。そしてしょんぼりと礼をして云ったのです。

「諸君、今日私は神の思召のいよいよ大きく深いことを知りました。はじめ私は混食のキリスト信者としてこの式場に臨んだのでありましたが今や神は私に敬虔なるビジテリアンの信者たることを命じたまいました。ねがわくは先輩諸氏愚昧小生の如きをも清き諸氏の集会の中に諸氏の同朋として許したまえ。」

そして壇を下って頭を垂れて立ちました。

祭司次長がすぐ進んで握手しました。みんなは歓呼の声をあげ熱心に拍手してこの新らしい信者を迎えたのです。

すると異教席はもうめちゃめちゃでした。まっ黒になって一ぺんに立ちあがり一ぺんに壇にのぼって
「悔い改めます。許して下さい。私どももみんなビジテリアンになります。」と声をそろえて云ったのです。

祭司次長がすぐ進んで一人ずつ握手しました。そして一人ずつ壇を下ってこっちの椅子に座り

ました。歓呼と拍手とで一杯でした。椅子が丁度うまい工合にあったのです。何だかあんまりみんなうまい工合でした。そのとき外ではどうんと又一発陳氏ののろしがあがりました。その陳氏がもう入って来て私に軽く会釈してまだ立ちながら向こうを見て云いました。

「おやおやみんな改宗しましたね、あんまりあっけない、おや椅子も丁度いい、はてな一つあいてる、そうだ、さっきのヒルガードに似た人だけまだ頑張ってる。」

なるほどさっきのおしまいの喜劇役者に肖た人はたった一人異教徒席に座って腕を組んだり髪を掻きむしったりいかにも仰山なのでみんなはとうとうひどく笑いました。

「あの男の煩悶なら一体何だかわからないですな。」陳氏が云いました。

ところがとうとうその人は立ちあがりました。そして壇にのぼりました。

「諸君、私は誤っていた。私は迷っていたのです。私は今日からビジテリアンになります。いや私は前からビジテリアンだったような気がします。どうもさっきまちがえて異教徒席に座りそのためにあんな反対演説をしたらしいのです。諸君許したまえ。且つ私考えるに本日異教徒席に座った方はみんな私のように席をちがえたのだろうと思う。どうもそうらしい。その証拠には今はみんな信者席に座っている。どうです、前異教徒諸氏そうでしょう。」

私の愕いたことは神学博士をはじめみんな一ぺんに立ちあがって

「そうです。」と答えたことです。

「そうでしょう。して見ると私はいよいよ本心に立ち帰らなければならない。私は或いはご承知でしょう、ニュウヨウク座のヒルガードです。今日は私はこのお祭を賑やかにする為に祭司次長から頼まれて一つしばいをやったのです。このわれわれのやった大しばいについて不愉快なお方はどうか祭司次長にその攻撃の矢を向けて下さい。私はごく気の弱い一信者ですから。」

ヒルガードは一礼して脱兎のように壇を下りただ一つあいた席にぴたっと座ってしまいました。

「やられたな、すっかりやられた。」陳氏は笑いころげ哄笑歓呼拍手は祭場も破れるばかりでした。けれども私はあんまりこのあっけなさにぼんやりしてしまいました。あんまりぼんやりしましたので愉快なビジテリアン大祭の幻想はもうこわれました。どうかあとの所はみなさんで活動写真のおしまいのありふれた舞踏か何かを使ってご勝手にご完成をねがうしだいであります。

# 土神ときつね

つちがみときつね

## （一）

一本木の野原の、北のはずれに、少し小高く盛りあがった所がありました。いのころぐさがいっぱいに生え、そのまん中には一本の奇麗な女の樺の木がありました。

それはそんなに大きくはありませんでしたが幹はてかてか黒く光り、枝は美しく伸びて、五月には白い花を雲のようにつけ、秋は黄金や紅やいろいろの葉を降らせました。

ですから渡り鳥のかっこうや百舌も、又小さなみそさざいや目白もみんなこの木に停まりました。ただもしも若い鷹などが来ているときは小さな鳥は遠くからそれを見付けて決して近くへ寄りませんでした。

この木に二人の友達がありました。一人は丁度五百歩ばかり離れたぐちゃぐちゃの谷地の中に住んでいる土神で、一人はいつも野原の南の方からやって来る茶いろの狐だったのです。

樺の木はどちらかと云えば狐の方がすきでした。なぜなら土神の方は神という名こそついてはいましたがごく乱暴で髪もぼろぼろの木綿糸の束のよう、眼も赤くきものだってまるでわかめに似、いつもはだしで爪も黒く長いのでした。ところが狐の方は大へんに上品な風で滅多に人を怒らせたり気にさわるようなことをしなかったのです。

ただもしよくよくこの二人をくらべて見たら土神の方は正直で狐は少し不正直だったかも知れません。

## (二)

夏のはじめのある晩でした。樺には新らしい柔らかな葉がいっぱいについていいかおりがそこら中いっぱい、空にはもう天の川がしらしらと渡り、星はいちめんふるえたりゆれたり灯ったり消えたりしていました。

その下を狐が詩集をもって遊びに行ったのでした。仕立おろしの紺の背広を着、赤革の靴もキッキッと鳴ったのです。

「実にしずかな晩ですねえ。」

「ええ。」樺の木はそっと返事をしました。

「蝎ぼしが向こうを這っていますね。あの赤い大きなやつを昔は支那では火と云ったんですよ。」

「火星とはちがうんでしょうか。」

「火星とはちがいますよ。火星は惑星ですね、ところがあいつは立派な恒星なんです。」

「惑星（わくせい）、恒星（こうせい）ってどういうんですの。」

「惑星というのはですね、自分で光らないやつです。つまりほかから光を受けてやっと光るように見えるんです。恒星の方は自分で光るやつなんです。お日さまなんかは勿論（もちろん）恒星ですね。あんなに大きくてまぶしいんですがもし途方（とほう）もない遠くから見たらやっぱり小さな星に見えるんでしょうね。」

「まあ、お日さまも星のうちだったんですわね。そうして見ると空にはずいぶん沢山（たくさん）のお日さまが、あら、お星さまが、あらやっぱり変だわ、お日さまがあるんですね。」

狐（きつね）は鷹揚（おうよう）に笑いました。

「まあそうです。」

「お星さまにはどうしてああ赤いのや黄のや緑のやあるんでしょうね。」

狐は又鷹揚に笑って腕（うで）を高く組みました。詩集はぷらぷらしましたがなかなかそれで落ちませんでした。

「星に橙（だいだい）や青やいろいろある訳（わけ）ですか。それは斯（こ）うです。全体星というものははじめはぼんやりした雲のようなもんだったんです。いまの空にも沢山あります。たとえばアンドロメダにもオリオンにも猟犬座（りょうけんざ）にもみんなあります。猟犬座のは渦巻（うずま）きです。それから環状星雲（リングネビュラ）というのもあります。魚の口の形ですから魚口星雲（フィッシュマウスネビュラ）とも云（い）いますね。そんなのが今の空にも沢山あるんです。」

「まあ、あたしいつか見たいわ。魚の口の形の星だなんてまあどんなに立派でしょう。」

「それは立派ですよ。僕(ぼく)水沢の天文台で見ましたがね、」

「まあ、あたしも見たいわ。」

「見せてあげましょう。僕実は望遠鏡を独乙(ドイツ)のツァイスに注文してあるんです。来年の春までには来ますから来たらすぐ見せてあげましょう。」狐は思わず斯(こ)う云ってしまいました。そしてすぐ考えたのです。ああ僕はたった一人のお友達にまたつい偽(うそ)を云ってしまった。ああ僕はほんとうにだめなやつだ。けれども決して悪い気で云ったんじゃない。よろこばせようと思って云ったんだ。あとですっかり本当のことを云ってしまおう、狐はしばらくしんとしながら斯う考えていたのでした。樺(かば)の木はそんなことも知らないでよろこんで言いました。

「まあうれしい。あなた本当にいつでも親切だわ。」

狐は少し悄気(しょげ)ながら答えました。

「ええ、そして僕はあなたの為(ため)ならばほかのどんなことでもやりますよ。この詩集、ごらんなさいませんか。ハイネという人のですよ。翻訳(ほんやく)ですけれども仲々よくできてるんです。」

「まあ、お借りしていいんでしょうかしら。」

「構(かま)いませんとも。どうかゆっくりごらんなすって。じゃ僕もう失礼します。はてな、何か云い残したことがあるようだ。」

「お星さまのいろのことですわ。」

「ああそうそう、だけどそれは今度(こんど)にしましょう。僕あんまり永くお邪魔(じゃま)しちゃいけないから。」

「あら、いいんですよ。」

「僕又来ますから、じゃさよなら。本はあげときます。じゃ、さよなら。」狐はいそがしく帰って行きました。そして樺の木はその時吹いて来た南風にざわざわ葉を鳴らしながら狐の置いて行った詩集をとりあげて天の川やそらいちめんの星から来る微かなあかりにすかして頁を繰りました。そのハイネの詩集にはロウレライやさまざま美しい歌がいっぱいにあったのです。そして樺の木は一晩中よみ続けました。ただその野原の三時すぎ東から金牛宮ののぼるころ少しとろとろしただけでした。

夜があけました。太陽がのぼりました。

草には露がきらめき花はみな力いっぱい咲きました。

その東北の方から熔けた銅の汁をからだ中に被ったように朝日をいっぱいに浴びて土神がゆっくりゆっくりやって来ました。いかにも分別くさそうに腕を拱きながらゆっくりゆっくりやって来たのでした。

樺の木は何だか少し困ったように思いながらそれでも青い葉をきらきらと動かして土神の来る方を向きました。その影は草に落ちてちらちらちらちらゆれました。土神はしずかにやって来て樺の木の前に立ちました。

「樺の木さん。お早う。」

「お早うございます。」

「わしはね、どうも考えて見るとわからんことが沢山ある、なかなかわからんことが多いもんだね。」

「まあ、どんなことでございますの。」

「たとえばだね、草というものは黒い土から出るのだがなぜこう青いもんだろう。黄や白の花さえ咲くんだ。どうもわからんねえ。」

「それは草の種子が青や白をもっているためではないでございましょうか。」

「そうだ。まあそう云えばそうだがそれでもやっぱりわからんな。たとえば秋のきのこのようなものは種子もなし全く土の中からばかり出て行くもんだ、それにもやっぱり赤や黄いろやいろいろある、わからんねえ。」

「狐さんにでも聞いて見ましたらいかがでございましょう。」

樺の木はうっとり昨夜の星のはなしをおもっていましたのでつい斯う云ってしまいました。

この語を聞いて土神は俄かに顔いろを変えました。そしてこぶしを握りました。

「何だ。狐？　狐が何を云い居った。」

樺の木はおろおろ声になりました。

「何も仰っしゃったんではございませんがひょっとしたらご存知かと思いましたので。」

「狐なんぞに神が物を教わるとは一体何たることだ。えい。」

樺の木はもうすっかり恐くなってぷりぷりぷりぷりゆれました。土神は歯をきしきし噛みながら高く腕を組んでそこらをあるきまわりました。その影はまっ黒に草に落ち草も恐れて顫えたのです。

「狐の如きは実に世の害悪だ。ただ一言もまことはなく卑怯で臆病でそれに非常に妬み深いのだ。

うぬ、畜生の分際として。」

樺の木はやっと気をとり直して云いました。

「もうあなたの方のお祭も近づきましたね。」

土神は少し顔色を和げました。

「そうじゃ。今日は五月三日、あと六日だ。」

土神はしばらく考えていましたが俄かに又声を暴らげました。

「しかしながら人間どもは不届だ。近頃はわしの祭にも供物一つ持って来ん、おのれ、今度わしの領分に最初に足を入れたものはきっと泥の底に引き擦り込んでやろう。」土神はまたきりきり歯噛みしました。

樺の木は折角なだめようと思って云ったことが又もや却ってこんなことになったのでもうどうしたらいいかわからなくなり、ただちらちらとその葉を風にゆすっていました。土神は日光を受けてまるで燃えるようになりながら高く腕を組みキリキリ歯噛みをしてその辺をうろうろしていましたが考えれば考えるほど何もかもしゃくにさわって来るらしいのでした。そしてとうとうこらえ切れなくなって　吠えるようになって荒々しく自分の谷地に帰って行ったのでした。

## （三）

土神の棲んでいる所は小さな競馬場ぐらいある、冷たい湿地で苔やからくさやみじかい蘆などが生えていましたが又所々にはあざみやせいの低いひどくねじれた楊などもありました。

水がじめじめしてその表面にはあちこち赤い鉄の渋が湧きあがり見るからどろどろで気味も悪いのでした。

そのまん中の小さな島のようになった所に丸太で拵えた高さ一間ばかりの土神の祠があったのです。

土神はその島に帰って来て祠の横に長々と寝そべりました。そして黒い瘠せた脚をがりがり掻きました。土神は一羽の鳥が自分の頭の上をまっすぐに翔けて行くのを見ました。すぐ土神は起き直って「しっ」と叫びました。鳥はびっくりしてよろよろっと落ちそうになりそれからまるではねも何もしびれたようにだんだん低く落ちながら向こうへ遁げて行きました。

土神は少し笑って起きあがりました。けれども又すぐ向こうの樺の木の立っている高みの方を見るとはっと顔色を変えて棒立ちになりました。それからいかにもむしゃくしゃするという風にそのぼろぼろの髪毛を両手で掻きむしっていました。

その時谷地の南の方から一人の木樵がやって来ました。三つ森山の方へ稼ぎに出るらしく谷地のふちに沿った細い路を大股に行くのでしたがやっぱり土神のことは知っていたと見えて時々気づかわしそうに土神の祠の方を見ていました。けれども木樵には土神の形は見えなかったのです。

土神はそれを見るとよろこんでぱっと顔を熱らせました。それから右手をそっちへ突き出して左手でその右手の手首をつかみこっちへ引き寄せるようにしました。すると奇体なことは木樵はみちを歩いていると思いながらだんだん谷地の中に踏み込んで来るようでした。それからびっくりしたように足が早くなり顔も青ざめて口をあいて息をしました。土神は右手のこぶしをゆっくりぐるっとまわしました。すると木樵はだんだんぐるっと円くまわって歩いていましたがいよいよひどく周章てだしてまるではあはあはあはあしながら何べんも同じ所をまわり出しました。何でも早く谷地から遁げて出ようとするらしいのでしたがあせってもあせっても同じ処を廻っているばかりなのです。とうとう木樵はおろおろ泣き出しました。そして両手をあげて走り出したのです。土神はいかにも嬉しそうににやにやにやにや笑って寝そべったままそれを見ていましたが間もなく木樵がすっかり逆上せて疲れてばたっと水の中に倒れてしまいますと、ゆっくりと立ちあがりました。そしてぐちゃぐちゃ大股にそっちへ歩いて行って倒れている木樵のからだを向こうの草はらの方へぽんと投げ出しました。木樵は草の中にどしりと落ちてううんと云いながら少し動いたようでしたがまだ気がつきませんでした。

土神は大声に笑いました。その声はあやしい波になって空の方へ行きました。

空へ行った声はまもなくそっちからはねかえってガサリと樺の木の処にも落ちて行きました。樺の木ははっと顔いろを変えて日光に青くすきとおりせわしくせわしくふるえました。

土神はたまらなそうに両手で髪を掻きむしりながらひとりで考えました。おれのこんなに面白くないというのは第一は狐のためだ。狐のためよりは樺の木のためだ。狐と樺の木とのためだ。けれども樺の木の方はおれは怒ってはいないのだ。樺の木を怒らないためにおれはこんなにつらいのだ。樺の木さえどうでもよければ狐などはなおさらどうでもいいのだ。おれはいやしいけれどもとにかく神の分際だ。それなのに狐のことなどを気にかけなければならないというのは情ない。それでも気にかかるから仕方ない。樺の木のことなどは忘れてしまえ。ところがどうしても忘れられない。今朝は青ざめて顫えたぞ。あの立派だったこと、どうしても忘られない。おれはむしゃくしゃまぎれにあんなあわれな人間などをいじめたのだ。けれども仕方ない。誰だってむしゃくしゃしたときは何をするかわからないのだ。

土神はひとりで切ながってばたばたしました。空を又一疋の鷹が翔けて行きましたが土神はこんどは何とも云わずだまってそれを見ました。

ずうっとずうっと遠くで騎兵の演習らしいパチパチパチパチパチ塩のはぜるような鉄砲の音が聞こえました。そらから青びかりがどくどくと野原に流れて来ました。それを呑んだためかさっきの草の中に投げ出された木樵はやっと気がついておずおずと起きあがりしきりにあたりを見廻しました。

それから俄かに立って一目散に遁げ出しました。三つ森山の方へまるで一目散に遁げました。

土神はそれを見て又大きな声で笑いました。その声は又青ぞらの方まで行き途中から、バサリと樺の木の方へ落ちました。

樺の木は又はっと葉の色をかえ見えない位こまかくふるえました。

土神は自分のほこらのまわりをうろうろうろうろ何べんも歩きまわってからやっと気がしずまったと見えてすっと形を消し融けるようにほこらの中へ入って行きました。

## （四）

八月のある霧のふかい晩でした。土神は何とも云えずさびしくてそれにむしゃくしゃして仕方ないのでふらっと自分の祠を出ました。足はいつの間にかあの樺の木の方へ向かっていたのです。本当に土神は樺の木のことを考えるとなぜか胸がどきっとするのでした。そして大へんに切なかったのです。このごろは大へんに心持が変わってよくなっていたのです。ですからなるべく狐のことなど樺の木のことなど考えたくないと思ったのでしたがどうしてもそれがおもえて仕方ありませんでした。おれはいやしくも神じゃないか、一本の樺の木がおれに何のあたいがあると毎日毎日土神は繰り返して自分で自分に教えました。それでもどうしてもかなしくて仕方なかったのです。殊にちょっとでもあの狐のことを思い出したらまるでからだが灼けるくらい辛かったのです。

土神はいろいろ深く考え込みながらだんだん樺の木の近くに参りました。そのうちとうとうはっきり自分が樺の木のとこへ行こうとしているのだということに気が付きました。すると俄かに心持がおどるようになりました。ずいぶんしばらく行かなかったのだからことによったら樺の木は自分を待っているのかも知れない、どうもそうらしい、そうだとすれば大へんに気の毒だというような考えが強く土神に起こって来ました。土神は草をどしどし踏み胸を踊らせながら大股にあるいて行きました。ところがその強い足なみもいつかよろよろしてしまい土神はまるで頭から青い色のかなしみを浴びてつっ立たなければなりませんでした。それは狐が来ていたのです。もうすっかり夜でしたが、ぼんやり月のあかりに澱（よど）んだ霧（きり）の向こうから狐の声が聞こえて来るのでした。

「ええ、もちろんそうなんです。器械的に対称（シインメトリー）の法則にばかり叶（かな）っているからってそれで美しいというわけにはいかないんです。それは死んだ美です。」

「全くそうですわ。」しずかな樺の木の声がしました。

「ほんとうの美はそんな固定した化石した模型（もけい）のようなもんじゃないんです。対称の法則に叶うって云（い）ったって実は対称の精神を有（も）っているというぐらいのことが望ましいのです。」

「ほんとうにそうだと思いますわ。」樺の木のやさしい声が又（また）しました。土神は今度はまるでべらべらした桃（もも）いろの火でからだ中（じゅう）燃されているようにおもいました。息がせかせかしてほんとうにたまらなくなりました。なにがそんなにおまえを切なくするのか、高（たか）が樺の木と狐との野原の中でのみじかい会話ではないか、そんなものに心を乱されてそれでもお前は神と云えるか、土神は自分で自分を責（せ）めました。狐が又云いました。

「ですから、どの美学の本にもこれくらいのことは論じてあるんです。」

「美学の方の本沢山（たくさん）おもちですの。」樺の木はたずねました。

「ええ、よけいもありませんがまあ日本語と英語と独乙（ドイツ）語のなら大抵（たいてい）ありますね、伊太利（イタリー）のは新らしいんですがまだ来ないんです。」

「あなたのお書斎（しょさい）、まあどんなに立派でしょうね。」

「いいえ、まるでちらばってますよ、それに研究室兼用ですからね、あっちの隅には顕微鏡こっちにはロンドンタイムス、大理石のシィザアがころがったりまるっきりごったごたです。」

「まあ、立派だわねえ、ほんとうに立派だわ。」

ふんと狐の謙遜のような自慢のような息の音がしてしばらくしいんとなりました。

土神はもう居ても立ってても居られませんでした。狐の言っているのを聞くと全く狐の方が自分よりはえらいのでした。いやしくも神ではないかと今まで自分で自分に教えていたのが今度はできなくなったのです。ああつらいつらい、もう飛び出して行って狐を一裂きに裂いてやろうか、けれどもそんなことは夢にもおれの考えるべきことじゃない、けれどもそのおれというものは何だ結局狐にも劣ったもんじゃないか、一体おれはどうすればいいのだ、土神は胸をかきむしるようにしてもだえました。

「いつかの望遠鏡まだ来ないんですの。」樺の木がまた言いました。

「ええ、いつかの望遠鏡ですか。まだ来ないんです。なかなか来ないです。欧州航路は大分混乱してますからね。来たらすぐ持って来てお目にかけますよ。土星の環なんかそりゃあ美しいんですからね。」

土神は俄かに両手で耳を押さえて一目散に北の方へ走りました。だまっていたら自分が何をするかわからないのが恐ろしくなったのです。

まるで一目散に走って行きました。息がつづかなくなってばったり倒れたところは三つ森山の麓でした。

土神は頭の毛をかきむしりながら草をころげまわりました。それから大声で泣きました。その声は時でもない雷のように空へ行って野原中へ聞こえたのです。土神は泣いて泣いて疲れてあけ方ぼんやり自分の祠に戻りました。

## （五）

そのうちとうとう秋になりました。樺の木はまだまっ青でしたがその辺のいのころぐさはもうすっかり黄金いろの穂を出して風に光り、ところどころすずらんの実も赤く熟しました。

あるすきとおるように黄金いろの秋の日土神は大へん上機嫌でした。今年の夏からのいろいろなつらい思いが何だかぼうっとみんな立派なもやのようなものに変わって頭の上に環になってかかったように思いました。そしてもうあの不思議に意地の悪い性質もどこかへ行ってしまって樺の木なども狐と話したいなら話すがいい、両方ともうれしくてはなすのならほんとうにいいことなんだ、今日はそのことを樺の木に云ってやろうと思いながら土神は心も軽く樺の木の方へ歩いて行きました。

樺の木は遠くからそれを見ていました。

そしてやっぱり心配そうにぶるぶるふるえて待ちました。

土神は進んで行って気軽に挨拶しました。

「樺の木さん。お早う。実にいい天気だな。」

「お早うございます。いいお天気でございます。」

「天道というものはありがたいもんだ。春は赤く夏は白く秋は黄いろく、秋が黄いろになると葡萄は紫になる。実にありがたいもんだ。」

「全くでございます。」

「わしはな、今日は大へんに気ぶんがいいんだ。今年の夏から実にいろいろつらい目にあったのだがやっと今朝からにわかに心持ちが軽くなった。」

樺の木は返事しようとしましたがなぜかそれが非常に重苦しいことのように思われて返事しかねました。

「わしはいまなら誰のためにでも命をやる。みみずが死ななきゃならんならそれにもわしはかわってやっていいのだ。」土神は遠くの青いそらを見て云いました。その眼も黒く立派でした。

樺の木は又何とか返事しようとしましたがやっぱり何か大へん重苦しくてわずか吐息をつくばかりでした。

そのときです。狐がやって来たのです。

狐は土神の居るのを見るとはっと顔いろを変えました。けれども戻るわけにも行かず少しふるえながら樺の木の前に進んで来ました。

「樺の木さん、お早う、そちらに居られるのは土神ですね。」狐は赤革の靴をはき茶いろのレーンコートを着てまだ夏帽子をかぶりながら斯う云いました。

「わしは土神だ。いい天気だ。な。」土神はほんとうに明るい心持で斯う言いました。狐は嫉ましさに顔を青くしながら樺の木に言いました。

「お客さまのお出での所にあがって失礼いたしました。これはこの間お約束した本です。それから望遠鏡はいつかはれた晩にお目にかけます。さよなら。」

「まあ、ありがとうございます。」と樺の木が言っているうちに狐はもう土神に挨拶もしないでさっさと戻りはじめました。樺の木はさっと青くなってまた小さくぷりぷり顫えました。

土神はしばらくの間ただぼんやりと狐を見送って立っていましたがふと狐の赤革の靴のキラッと草に光るのにびっくりして我に返ったと思いましたら俄かに頭がぐらっとしました。狐がいかにも意地をはったように肩をいからせてぐんぐん向こうへ歩いているのです。土神はむらむらっと怒りました。顔も物凄くまっ黒に変わったのです。美学の本だの望遠鏡だのと、畜生、さあ、どうするか見ろ、といきなり狐のあとを追いかけました。樺の木はあわてて枝が一ぺんにがたがたふるえ、狐もそのけはいにどうかしたのかと思って何気なくうしろを見ましたら土神がまるで黒くなって嵐のように追って来るのでした。さあ狐はさっと顔いろを変え口もまがり風のように走って遁げ出しました。

土神はまるでそこら中の草がまっ白な火になって燃えているように思いました。青く光っていたそらさえ俄かにガランとまっ暗な穴になってその底では赤い焔がどうどう音を立てて燃えると思ったのです。

二人はごうごう鳴って汽車のように走りました。

「もうおしまいだ、もうおしまいだ、望遠鏡、望遠鏡、望遠鏡」と狐は一心に頭の隅のとこで考えながら夢のように走っていました。

向こうに小さな赤剝げの丘がありました。狐はその下の円い穴にはいろうとしてくるっと一つまわりました。それから首を低くしていきなり中へ飛び込もうとして後あしをちらっとあげたときもう土神はうしろからばっと飛びかかっていました。と思うと狐はもう土神にからだをねじられて口を尖らして少し笑ったようになったままぐんにゃりと土神の手の上に首を垂れていたのです。

土神はいきなり狐を地べたに投げつけてぐちゃぐちゃ四五へん踏みつけました。

それからいきなり狐の穴の中にとび込んで行きました。中はがらんとして暗くただ赤土が奇麗に堅められているばかりでした。土神は大きく口をまげてあけながら少し変な気がして外へ出て来ました。

それからぐったり横になっている狐の屍骸のレーンコートのかくしの中に手を入れて見ました。そのかくしの中には茶いろなかもがやの穂が二本はいって居ました。土神はさっきからあいていた口をそのまままるで途方もない声で泣き出しました。

その泪は雨のように狐に降り狐はいよいよ首をぐんにゃりとしてうすら笑ったようになって死んで居たのです。

# 林の底

はやしのそこ

「わたしらの先祖やなんか、
鳥がはじめて、天から降って来たときは、
どいつもこいつも、みないち様に白でした。」

「黄金の鎌」が西のそらにかかって、風もないしずかな晩に、一ぴきのとしよりの梟が、林の中の低い松の枝から、斯う私に話しかけました。

ところが私は梟などを、あんまり信用しませんでした。ちょっと見ると梟は、いつでも頬をふくらせて、滅多にしゃべらず、たまたま云えば声もどっしりしてますし、眼も話す間ははっきり大きく開いています、又木の陰の青ぐろいとこなどで、尤もらしく肥った首をまげたりなんかするとこは、いかにもこころもまっすぐらしく、誰も一ぺんは欺されそうです。私はけれども仲々信用しませんでした。しかし又そんな用のない晩に、銀いろの月光を吸いながら、そんな大きな梟が、どんなことを云い出すか、事によるといまの話のもようでは名高いとんびの染屋のことを私に聞かせようとしているらしいのでした、そんなはなしをよく辻褄のあうように、ぼろを出さないように云えるかどうか、ゆっくり聴いてみることも、決して悪くはないと思いましたから、私はなるべくまじめな顔で云いました。

「ふん。鳥が天から降って来たのかい。そのときはみんな、足をちぢめて降って来たろうね。そしてみないちように白かったのかい。どうしてそんならいまのように、三毛だの赤だの煤けたのだの、斯ういろいろになったんだい。」

梟ははじめ私が返事をしだしたとき、こいつはうまく思う壺にはまったぞというように、眼をすばやくぱちっとしましたが、私が三毛と云いましたら、俄かに機嫌を悪くしました。

「そいつは無理でさ。三毛というのは猫の方です。鳥に三毛なんてありません。」

私もすっかり向こうが思う壺にはまったとよろこびました。

「そんなら鳥の中には猫が居なかったかね。」

すると梟が、少しきまり悪そうにもじもじしました。この時だと私は思ったのです。

「どうも私は鳥の中に、猫がはいっているように聴いたよ。たしか夜鷹もそう云ったし、烏も云っていたようだよ。」

梟はにが笑いをしてごまかそうとしました。

「仲々ご交際が広うごわすな。」

私はごまかさせませんでした。

「とにかくほんとうにそうだろうかね。それとも君の友達の、夜鷹がうそを云ったろうか。」

梟は、しばらくもじもじしていましたが、やっと一言、

「そいつはあだ名でさ。」とぶっ切ら棒に云って横を向きました。

「おや、あだ名かい。誰の、誰の、え、おい。猫ってのは誰のあだ名だい。」

梟はもう足を一寸枝からはずして、あげてお月さまにすかして見たり、大へんこまったようでしたが、おしまい仕方なしにあらん限り変な顔をしながら、

「わたしのでさ。」と白状しました。

「そうか、君のあだ名か。君のあだ名を猫といったのかい。ちっとも猫に似てないやな。」

なあにまるっきり猫そっくりなんだと思いながら、私はつくづく梟の顔を見ました。

梟はいかにもまぶしそうに、眼をぱちぱちして横を向いて居りましたが、とうとう泣き出しそうになりました。私もすっかりあわてました。下手にからかって、梟に泣かれたんでは、全く気の毒でしたし、第一折角あんなに機嫌よく、私にはなしかけたものを、ひやかしてやめさせてしまうなんて、あんまり私も心持ちがよくありませんでした。

「じっさい鳥はさまざまだねえ。

はじめは形や声だけさまざまでも、はねのいろはみんな同じで白かったんだねえ。それがどうして今のように、みんな変わってしまったろう。尤も鷺や鵠は、今でもからだ中まっ白だけれど、それは変わらなかったのだろうねえ。」

梟は私が斯う云う間に、だんだん顔をこっちへ直して、おしまいごろはもう頭をすこしうごかしてうなずきながら、私の云うのに調子をとっていたのです。

「それはもう立派な訳がございます。

ぜんたいみんなまっ白では、

ずいぶん間ちがいなども多ございました。

たとえばよく雉子や山鳥などが、うしろから
『四十雀さん、こんにちは。』とやりますと、変な顔をしながらだまって振り向くのがひわだったり、小さな鳥どもが木の上にいて、

『ひわさん、いらっしゃいよ。』なんて遠くから呼びますのに、それが頬白で自分よりもひわのことをよく思っていると考えて、憤ってぷいっと横へ外れたりするのでした。

実際感情を害することもあれば、用事がひどくこんがらかって、おしまいはいくら禿鷲コルドンさまのご裁判でも、解けないようになるのだったと申します。」

「いかにも、そうだね、ずいぶん不便だね。でそれからどうなったの。」

（ああ、あの楢の木の葉が光ってゆれた。ただ一枚だけどうしてゆれたろう。）私はまるで別のことを考えながら斯うふくろうに聴きました。ところが梟はよろこんでぽつぽつ話をつづけました。

「そこでもうどの鳥も、なんとか工夫をしなくてはとてもいけない、こんな工合じゃ鳥の文明は大ていここらでとまってしまうと、口に出しては云いませんでしたが、心の中では身にしみる位そう思いつづけていたのでございます。」

「うんそうだろう。そうなくちゃならないよ。僕らの方でもね、少し話はちがうけれども、語について似たようなことがあるよ。で、どうなったろう。」

「ところが早くも鳥類のこのもようを見てとんびが染屋を出しました。」

私はやっぱりとんびの染屋のことだったと思わず笑ってしまいました。それが少うし梟に意外なようでしたから、急いでそのあとへつけたしました。

「とんびが染屋を出したかねえ。あいつはなるほど手が長くて染ものをつかんで壺に漬けるには持って来いだろう。」

「そうです。そしていったいとんびは大へん機敏なやつで勿論その染屋だって全くのそろばん勘定からはじめましたにちがいありません。いったい鳶は手が長いので鳥を染壺に入れるには大へん都合がようございました。」

あっ、私が染ものといったのは鳥のからだだった、あぶないことを云ったもんだ、よくそれで梟が怒り出さなかったと私はひやひやしました。ところが梟はずんずん話をつづけました。それというのもその晩は林の中に風がなくて淵のようにひそまり西のそらには古びた黄金の鎌がかかり楢の木や松の木やみなしんとして立っていてそれも睡っていないものはじっと話を聴いてるよう大へんに梟の機嫌がよかったからです。

「いや、もう鳥どものよろこびようと云ったらございません。殊にも雀ややまがらやみそさざい、めじろ、ほおじろ、ひたき、うぐいすなんという、いつまでたっても誰にも見まちがわれるてあいなどは、きゃっきゃっ叫んだり、手をつないだりしてはねまわり、さっそくとんびの染屋へ出掛けて行きました。」

私も全くこいつは面白いと思いました。

「いや、そうですか。なるほど。そうかねえ。鳥はみんな染めて貰いに行ったかねえ。」

「ええ、行きましたとも。鷲や駝鳥など大きな方も、みんなのしのし出掛けました。『わしはね、ごくあっさりとやって貰いたいじゃ。』とか、『とにかくね、あんまり悪どい色でなく、まあせいぜい鼠いろぐらいで、ごく手ぎわよくやって呉れ』とかいろいろ注文がちがって居ました。鳶ははじめは自分も油が乗ってましたから、頼まれたのはもう片っぱしから、どんどんどんどん染めました。

川岸の赤土の崖の下の粘土を、五とこ円くほりまして、その中に染料をとかし込み、たのまれた鳥をしっかりくわえて、大股に足をひらき、その中にとっぷりと漬けるのでした。どうもいちばん染めにくく、また見ていてもつらそうなのは、頭と顔を染めることでした。頭はどうにか逆まにして染めるのでしたが、顔を染めるときはくちばしを水の中に入れるのでしたから、どの鳥もよっぽど苦しいようでした。

うっかり息を吸い込もうもんなら、胃から腸からすっかりまっ黒になったり、まっ赤になったりするのでしたから、それはそれは気をつけて、顔を入れる前には深呼吸のときのように、息をいっぱいに吸い込んで、染まったあとではもうとても胸いっぱいにたまった悪い瓦斯をはき出すというあんばいだったそうです。それでも小さい鳥は、肺もちいさく、永くこらえて居れませんでしたから、あわてて死にそうな声を出して顔をあげたもんだと申します。こんなのはもちろん顔が染まりません。たとえばめじろは眼のまわりが染まらず、頬じろは両方の頬が染まって居りません。」

私はここらで一つ野次ってやろうと思いました。

「ほう、そうだろうか。そうだろうか。そうだろうかねえ。私はめじろや頬じろは、自分からたのんであの白いとこは染めなかったのだろうと思うよ。」

梟は少しあわてましたが、ちょっとうしろの林の奥の、くらいところをすかして見てから言いました。

「いいえ、そいつはお考えちがいです。たしかに肺の小さなためです。」

ここだと私は思いました。

「そうするとどうしてあんなにめじろも頬白も、きちんと両方おんなじ形で、おんなじ場所に白いかたが残っているだろうね。あんまり工合がよすぎるよ。息がつづかないでやめたもんなら、片っ方は眼のまわり、あとはひたいの上とかいう工合に行きそうなもんだねえ。」

梟はしばらく眼をつむりました。月光は鉛のように重くまた青かったのです。それからやっと眼をあいて、少し声を低くして云いました。

「多分両方べつべつに染めましたでしょう。」

私は笑いました。

「両方別々なら尚更おかしいじゃないかねえ。」

梟はもうけろっと澄まして答えました。

「おかしいことはありません。肺の大さははじめもあとも同じですから、丁度同じころに息が切れるのです。」

「ふん、そうだろう。」私は理くつは尤もだ、うまく畜生遁げたなと心のうちで思いました。

「こんな工合で。」梟は云いかけてぴたっとやめました。どうも私にいまやられたのが、しゃくにさわってあともう言いたくないようでした。すると今度は又私が、梟にすまないような気になりました。そこで言いました。

「そんな工合でだんだんやって行ったんだねえ。そして鶴だの鷺だのは、結局染めなかったんだねえ。」

「いいえ。鶴のはちゃんと注文で、自分の好みの注文で、しっぽのはじだけぽっちょり黒く染めて呉れと云うのです。そしてその通り染めました。」

梟はにやにや笑いました。私は、さっきひとの云ったことを、うまく使いやがったなとは思いましたが、元来それは梟をよろこばせようと思って云ったことですから、私もだまってうなずきました。

「ところがとんびはだんだんいい気になりました。金もできたし気ぐらいもひどく高くなって来て、おれこそ鳥の仲間では第一等の功労者というような顔をして、なかなか仕事もしなくなりました。尤も自分は青と黄いろで、とても立派な縞に染めて大威張りでした。

それでもいやいや日に二つ三つはやってましたが、そのやり方もごく大ざっぱになって来て、茶いろと白と黒とで、細いぶちぶちにして呉れと頼んでも、黒は抜いてしまったり、赤と黒とで縞にして呉れと頼んでも、燕のようにごく雑作なく染めてしまったり、実際なまけ出したのでした。尤もそのときは残ったものもわずかでした。烏と鷺とはくちょうとこの三疋だけだったのです。

烏は毎日でかけて行って、今日こそ染めて貰いたい今日こそ染めて貰いたいとしきりにうるさくせつきました。

明日にしろよ、明日にしろよ　と鳶がいつでも云いました。それがいつまでも延びるのです。

烏が怒って、とうとうある日、本気に談判をしたのです。

『一体どう云う考えだい。染屋と看板がかけてあるからやって来るんだ。染屋をよすならきちんとやめてしまうがいい。何日たっても明日来い明日来いじゃもう承知ができない。染めるんならもうきっと今すぐやって呉れ。どっちもいやならおれも覚悟があるから。』

鳶はその日も眼を据えて朝から油を呑んでいましたが斯う開き直られては少し考えました。染屋をやめても、金には少しも困らんが、ただその名前がいたましい。やめたくもない。けれどもいまごろから稼ぎたくもないしと考えながらとにかく斯う云いました。

『ふん、そうだな。一体どう云うに染めてほしいのだ。』

烏は少し怒りをしずめました。

『黒と紫で大きなぶちぶちにしてお呉れ。友禅模様のごくいきなのにしてお呉れ。』

とんびがぐっとしゃくにさわりました。そしてすぐ立ちあがって云いました。

『よし、染めてやろう。よく息を吸いな。』

烏もよろこんで立ちあがり、胸をはって深く深く息を吸いました。

『さあいいか。眼をつぶって。』とんびはしっかり烏をくわえて、墨壺の中にざぶんと入れました。からだ一ぱい入れました。烏はこれでは紫のぶちができないと思ってばたばたばたばたしましたがとんびは決してはなしませんでした。そこで烏は泣きました。泣いてわめいてやっとのことで壺からあがりはしましたがもうそのときはまっ黒です。烏は怒ってまっくろのまま染物小屋をとび出して、仲間の鳥のところをかけまわり、とんびのひどいことを云いつけました。ところがそのころは鳥も大ていはとんびをしゃくにさわってましたから、みな一ぺんにやって来て、今度はとんびを墨つぼに漬けました。鳶はあんまり永くつけられたのでとうとう気絶をしたのです。鳥どもは気絶のとんびを墨のつぼから引きあげて、どっと笑ってそれから染物屋の看板をくしゃくしゃに砕いて引き揚げました。

とんびはあとでやっとのことで、息はふき返しましたが、もうからだ中まっ黒でした。

そして鷺とはくちょうは、染めないままで残りました。」

　梟は話してしまって、しんと向こうのお月さまをふり向きました。

「そうかねえ、それでよくわかったよ。そうして見ると、おまえなんかはまあ割合に早く染めて貰ってよかったねえ、なかなか細く染まっているし。」

　私は斯う言いながらもう立ちあがりその水銀いろの重い月光と、黒い木立のかげの中を、ふくろうとわかれて帰りました。

# マグノリアの木

まぐのりあのき

霧がじめじめ降っていた。

諒安は、その霧の底をひとり、険しい山谷の、刻みを渉って行きました。

沓の底を半分踏み抜いてしまいながらそのいちばん高い処からいちばん暗い深いところへまたその谷の底から霧に吸いこまれた次の峯へと一生けんめい伝って行きました。

もしもほんの少しのはり合いで霧を泳いで行くことができたら一つの峯から次の巌へずいぶん雑作もなく行けるのだが私はやっぱりこの意地悪い大きな彫刻の表面に沿ってけわしい処ではからだが燃えるようになり少しの平らなところではほっと息をつきながら地面を這わなければならないと諒安は思いました。

全く峯にはまっ黒のガツガツした巌が冷たい霧を吹いてそらうそぶき折角いっしんに登って行ってもまるでよるべもなくさびしいのでした。

それから谷の深い処には細かなうすぐろい灌木がぎっしり生えて光を通すことさえも慳貪そうに見えました。

それでも諒安は次から次とそのひどい刻みをひとりわたって行きました。

何べんも何べんも霧がふっと明るくなりまたうすくらくなりました。

けれども光は淡(あわ)く白く痛く、いつまでたっても夜にならないようでした。

つやつや光る竜(りゅう)の髯(ひげ)のいちめん生えた少しのなだらに来たとき諒安はからだを投げるようにしてとろとろ睡(ねむ)ってしまいました。

（これがお前の世界なのだよ、お前に丁度(ちょうど)あたり前の世界なのだよ。それよりもっとほんとうはこれがお前の中の景色(けしき)なのだよ。）

誰(たれ)かが、或(ある)いは諒安自身が、耳の近くで何べんも斯(こ)う叫(さけ)んでいました。

（そうです。そうです。そうですとも。いかにも私の景色です。私なのです。だから仕方がないのです。）諒安はうとうと斯う返事しました。

（これはこれ
惑(まど)う木立(こだち)の
中ならず
しのびをならう
春の道場）

どこからかこんな声がはっきり聞こえて来ました。諒安は眼(め)をひらきました。霧がからだにつめたく浸(し)み込(こ)むのでした。

全く霧は白く痛く竜の髯の青い傾斜はその中にぼんやりかすんで行きました。諒安はとっとっとかけ下りました。

そしてたちまち一本の灌木に足をつかまれて投げ出すように倒れました。

諒安はにが笑いをしながら起きあがりました。

いきなり険しい灌木の崖が目の前に出ました。

諒安はそのくろもじの枝にとりついてのぼりました。くろもじはかすかな匂を霧に送り霧は俄かに乳いろの柔らかなやさしいものを諒安によこしました。

諒安はよじのぼりながら笑いました。

その時霧は大へん陰気になりました。そこで諒安は霧にそのかすかな笑いを投げました。そこで霧はさっと明るくなりました。

そして諒安はとうとう一つの平らな枯草の頂上に立ちました。

そこは少し黄金いろでほっとあたたかなような気がしました。

諒安は自分のからだから少しの汗の匂いが細い糸のようになって霧の中へ騰って行くのを思いました。その汗という考えから一疋の立派な黒い馬がひらっと躍り出して霧の中へ消えて行きました。

霧が俄かにゆれました。そして諒安はそらいっぱいにきんきん光って漂う琥珀の分子のようなものを見ました。それはさっと琥珀から黄金に変り又新鮮な緑に遷ってまるで雨よりも滋く降って来るのでした。

いつか諒安の影がうすくかれ草の上に落ちて居ました。一きれのいいかおりがきらっと光って霧とその琥珀との浮遊の中を過ぎて行きました。

と思うと俄かにぱっとあたりが黄金に変わりました。霧が融けたのでした。太陽は磨きたての藍銅鉱のそらに液体のようにゆらめいてかかり融けのこりの霧はまぶしく蠟のように谷のあちこちに澱みます。

（ああこんなけわしいひどいところを私は渡って来たのだな。けれども何というこの立派さだろう。そしてはてな、あれは）

諒安は眼を疑いました。そのいちめんの山谷の刻みにいちめんまっ白にマグノリアの木の花が咲いているのでした。その日のあたるところは銀と見え陰になるところは雪のきれと思われたのです。

（けわしくも刻むこころの峯々に　いま咲きそむるマグノリアかも。）斯う云う声がどこからかはっきり聞えて来ました。諒安は心も明るくあたりを見まわしました。

すぐ向こうに一本の大きなほおの木がありました。その下に二人の子供が幹を間にして立っているのでした。

（ああさっきから歌っていたのはあの子供らだ。けれどもあれはどうもただの子供らではないぞ。）諒安はよくそっちを見ました。

その子供らは羅をつけ瓔珞をかざり日光に光り、すべて断食のあけがたの夢のようでした。ところがさっきの歌はその子供らでもないようでした。それは一人の子供がさっきよりずうっと細い声でマグノリアの木の梢を見あげながら歌い出したからです。

「サンタ、マグノリア、

　枝にいっぱいひかるはなんぞ。」

向こう側の子が答えました。

「天に飛びたつ銀の鳩。」

こちらの子が又うたいました。

「セント、マグノリア
　枝にいっぱいひかるはなんぞ。」

「天からおりた天の鳩。」

諒安はしずかに進んで行きました。

「マグノリアの木は寂静印です。ここはどこですか。」

「私たちにはわかりません。」一人の子がつつましく賢こそうな眼をあげながら答えました。

「そうです、マグノリアの木は寂静印です。」

　強いはっきりした声が諒安のうしろでしました。諒安は急いでふり向きました。子供らと同じなりをした丁度諒安と同じくらいの人がまっすぐに立ってわらっていました。

「あなたですか、さっきから霧の中やらでお歌いになった方は。」

「ええ、私です。又あなたです。なぜなら私というものも又あなたが感じているのですから。」

「そうです、ありがとう、私です、又あなたです。なぜなら私というものも又あなたの中にあるのですから。」

　その人は笑いました。諒安と二人ははじめて軽く礼をしました。

「ほんとうにここは平らですね。」諒安はうしろの方のうつくしい黄金の草の高原を見ながら云いました。その人は笑いました。

「ええ、平らです、けれどもここの平らかさはけわしさに対する平らさです。ほんとうの平らさではありません。」

「そうです。それは私がけわしい山谷を渡ったから平らなのです。」

「ごらんなさい、そのけわしい山谷にいまいちめんにマグノリアが咲いています。」

「ええ、ありがとう、ですからマグノリアの木は寂静です。あの花びらは天の山羊の乳よりしめやかです。あのかおりは覚者たちの尊い偈を人に送ります。」

「それはみんな善です。」

「誰の善ですか。」諒安は も一度その美しい黄金の高原とけわしい山谷の刻みの中のマグノリアとを見ながらたずねました。

「覚者の善です。」その人の影は紫いろで透明に草に落ちていました。

「そうです、そして又私どもの善です。覚者の善は絶対です。それはマグノリアの木にもあらわれ、けわしい峯のつめたい巌にもあらわれ、谷の暗い密林もこの河がずうっと流れて行って氾濫をするあたりの度々の革命や饑饉や疫病やみんな覚者の善です。けれどもここではマグノリアの木が覚者の善で又私どもの善です。」

諒安とその人と二人は又恭しく礼をしました。

# インドラの網

いんどらのあみ

そのとき私は大へんひどく疲(つか)れていてたしか風と草穂(くさぼ)との底に倒(たお)れていたのだとおもいます。

その秋風の昏倒(こんとう)の中で私は私の錫(すず)いろの影法師(かげぼうし)にずいぶん馬鹿(ばか)ていねいな別れの挨拶(あいさつ)をやっていました。

そしてただひとり暗いこけももの敷物(カアペット)を踏(ふ)んでツェラ高原をあるいて行きました。

こけももには赤い実もついていたのです。

白いそらが高原の上いっぱいに張って高陵(カオリン)産の磁器(じき)よりもっと冷たく白いのでした。

稀薄(きはく)な空気がみんみん鳴っていましたがそれは多分は白磁器の雲の向こうをさびしく渡(わた)った日輪がもう高原の西を劃(かぎ)る黒い尖尖(とげとげ)の山稜(さんりょう)の向こうに落ちて薄明(はくめい)が来たためにそんなに軋(きし)んでいたのだろうとおもいます。

私は魚のようにあえぎながら何べんもあたりを見まわしました。

ただ一かけの鳥も居(い)ず、どこにもやさしい獣(けだもの)のかすかなけはいさえなかったのです。

(私は全体何をたずねてこんな気圏(きけん)の上の方、きんきん痛む空気の中をあるいているのか。)

私はひとりで自分にたずねました。

こけももがいつかなくなって地面は乾いた灰いろの苔で覆われところどころには赤い苔の花もさいていました。けれどもそれはいよいよつめたい高原の悲痛を増すばかりでした。

そしていつか薄明は黄昏に入りかわられ、苔の花も赤ぐろく見え西の山稜の上のそらばかりかすかに黄いろに濁りました。

そのとき私ははるかの向こうにまっ白な湖を見たのです。

（水ではないぞ、又曹達や何かの結晶だぞ。いまのうちひどく悦んで欺されたとき力を落としちゃいかないぞ。）私は自分で自分に言いました。

それでもやっぱり私は急ぎました。

湖はだんだん近く光って来ました。間もなく私はまっ白な石英の砂とその向こうに音なく湛えるほんとうの水とを見ました。

砂がきしきし鳴りました。私はそれを一つまみとって空の微光にしらべました。すきとおる複六方錐の粒だったのです。

（石英安山岩か流紋岩から来た。）

私はつぶやくように又考えるようにしながら水際に立ちました。

（こいつは過冷却の水だ。氷相当官なのだ。）私はも一度こころの中でつぶやきました。

全く私のてのひらは水の中で青じろく燐光を出していました。

あたりが俄かにきいんとなり、

（風だよ、草の穂だよ。ごうごうごうごう。）こんな語が私の頭の中で鳴りました。まっくらで

した。まっくらで少しうす赤かったのです。

　私は又眼を開きました。

　いつの間にかすっかり夜になってそらはまるですきとおっていました。素敵に灼きをかけられてよく研かれた鋼鉄製の天の野原に銀河の水は音なく流れ、鋼玉の小砂利も光り岸の砂も一つぶずつ数えられたのです。

　又その桔梗いろの冷たい天盤には金剛石の劈開片や青宝玉の尖った粒やあるいはまるでけむりの草のたねほどの黄水晶のかけらまでごく精巧のピンセットできちんとひろわれきれいにちりばめられそれはめいめい勝手に呼吸し勝手にぷりぷりふるえました。

　私は又足もとの砂を見ましたらその砂粒の中にも黄いろや青や小さな火がちらちらまたたいているのでした。恐らくはそのツェラ高原の過冷却湖畔も天の銀河の一部と思われました。

　けれどもこの時は早くも高原の夜は明けるらしかったのです。

　それは空気の中に何かしらそらぞらしい硝子の分子のようなものが浮かんで来たのでもわかりましたが第一東の九つの小さな青い星で囲まれたそらの泉水のようなものが大へん光が弱くなりそこの空は早くも鋼青から天河石の板に変わっていたことから実にあきらかだったのです。

　その冷たい桔梗色の底光りする空間を一人の天人が翔けているのを私は見ました。

（とうとうまぎれ込んだ、人の世界のツェラ高原の空間から天の空間へふっとまぎれこんだのだ。）私は胸を躍らせながら斯う思いました。

　天人はまっすぐに翔けているのでした。

（一瞬百由旬を飛んでいるぞ。けれども見ろ、少しも動いていない。少しも動かずに移らずに変らずにたしかに一瞬百由旬ずつ翔けている。実にうまい。）私は斯うつぶやくように考えました。

天人の衣はけむりのようにうすくその瓔珞は昧爽の天盤からかすかな光を受けました。

（ははあ、ここは空気の稀薄が殆んど真空に均しいのだ。だからあの繊細な衣のひだをちらっと乱す風もない。）私は又思いました。

天人は紺いろの瞳を大きく張ってまたたき一つしませんでした。その唇は微かに哂いまっすぐにまっすぐに翔けていました。けれども少しも動かず移らずまた変りませんでした。

（ここではあらゆる望みがみんな浄められている。願いの数はみな寂められている。重力は互いに打ち消され冷たいまるめろの匂いが浮動するばかりだ。だからあの天衣の紐も波立たず又鉛直に垂れないのだ。）

けれどもそのとき空は天河石からあやしい葡萄瑪瑙の板に変りその天人の翔ける姿をもう私は見ませんでした。

（やっぱりツェラの高原だ。ほんの一時のまぎれ込みなどは結局あてにならないのだ。）斯う私は自分で自分に誨えるようにしました。けれどもどうもおかしいことはあの天盤のつめたいまるめろに似たかおりがまだその辺に漂っているのでした。そして私は又ちらっとさっきのあやしい天の世界の空間を夢のように感じたのです。

（こいつはやっぱりおかしいぞ。天の空間は私の感覚のすぐ隣りに居るらしい。みちをあるいて黄金いろの雲母のかけらがだんだんたくさん出て来ればだんだん花崗岩に近づいたなと思うのだ。

ほんのまぐれあたりでもあんまり度々になるととうとうそれがほんとになる。きっと私はもう一度この高原で天の世界を感ずることができる。）私はひとりで斯う思いながらそのまま立って居りました。

そして空から瞳を高原に転じました。全く砂はもうまっ白に見えていました。湖は緑青よりももっと古びその青さは私の心臓まで冷たくしました。

ふと私は私の前に三人の天の子供らを見ました。それはみな霜を織ったような羅をつけすきとおる沓をはき私の前の水際に立ってしきりに東の空をのぞみ太陽の昇るのを待っているようでした。その東の空はもう白く燃えていました。私は天の子供らのひだのつけようからそのガンダーラ系統なのを知りました。又そのたしかに于闐大寺の廃趾から発掘された壁画の中の三人なことを知りました。私はしずかにそっちへ進み愕かさないようにごく声低く挨拶しました。

「お早う、于闐大寺の壁画の中の子供さんたち。」

三人一緒にこっちを向きました。その瓔珞のかがやきと黒い厳めしい瞳。

私は進みながら又云いました。

「お早う。于闐大寺の壁画の中の子供さんたち。」

「お前は誰だい。」

右はじの子供がまっすぐに瞬もなく私を見て訊ねました。

「私は于闐大寺を沙の中から掘り出した青木晃というものです。」

「何しに来たんだい。」少しの顔色もうごかさずじっと私の瞳を見ながらその子は又こう云いました。

「あなたたちと一緒にお日さまをおがみたいと思ってです。」

「そうですか。もうじきです。」三人は向こうを向きました。瓔珞は黄や橙や緑の針のようなみじかい光を射、羅は虹のようにひるがえりました。

そして早くもその燃え立った白金のそら　湖の向こうの鶯いろの原のはてから熔けたようなもの、なまめかしいもの、古びた黄金、反射炉の中の朱、一きれの光るものが現われました。

天の子供らはまっすぐに立ってそっちへ合掌しました。

それは太陽でした。厳かにそのあやしい円い熔けたようなからだをゆすり、間もなく正しく空に昇った天の世界の太陽でした。光は針や束になってそそぎそこらいちめんかちかち鳴りました。

天の子供らは夢中になってはねあがりまっ青な静寂印の湖の岸、硅砂の上をかけまわりました。そしていきなり私にぶっつかりびっくりして飛びのきながら一人が空を指して叫びました。

「ごらん、そら、インドラの網を。」

私は空を見ました。いまはすっかり青ぞらに変わったその天頂から四方の青白い天末までいちめんはられたインドラのスペクトル製の網、その繊維は蜘蛛のより細く、その組織は菌糸より緻密に、透明清澄で黄金で又青く幾億互いに交錯し光って顫えて燃えました。

「ごらん、そら、風の太鼓。」も一人がぶっつかってあわてて遁げながら斯う云いました。ほんとうに空のところどころマイナスの太陽ともいうように暗く藍や黄金や緑や灰いろに光り空から陥ちこんだようになり誰も敲かないのにちからいっぱい鳴っている、百千のその天の太鼓は鳴っていながらそれで少しも鳴っていなかったのです。私はそれをあんまり永く見て眼も眩くなりよろよろしました。

「ごらん、蒼孔雀を。」さっきの右はじの子供が私と行きすぎるときしずかに斯う云いました。まことに空のインドラの網のむこう、数しらず鳴りわたる天鼓のかなたに空一ぱいの不思議な大きな蒼い孔雀が宝石製の尾ばねをひろげかすかにクウクウ鳴きました。その孔雀はたしかに空には居りました。けれども少しも見えなかったのです。たしかに鳴いて居りました。けれども少しも聞こえなかったのです。

そして私は本当にもうその三人の天の子供らを見ませんでした。

却って私は草穂と風の中に白く倒れている私のかたちをぼんやり思い出しました。

# 雁の童子

かりのどうじ

流沙(るさ)の南の、楊(やなぎ)で囲まれた小さな泉で、私は、いった麦粉(むぎこ)を水にといて、昼の食事をして居(お)りました。

そのとき、一人の巡礼(じゅんれい)のおじいさんが、やっぱり食事のために、そこへやって来ました。私たちはだまって軽く礼をしました。

けれども、半日まるっきり人にも出会わないそんな旅でしたから、私は食事がすんでも、すぐに泉とその年老(としと)った巡礼とから、別れてしまいたくはありませんでした。

私はしばらくその老人の、高い咽喉仏(のどぼとけ)のぎくぎく動くのを、見るともなしに見ていました。何か話し掛(か)けたいと思いましたが、どうもあんまり向こうが寂(しず)かなので、私は少しきゅうくつにも思いました。

けれども、ふと私は泉のうしろに、小さな祠(ほこら)のあるのを見付けました。それは大へん小さくて、地理学者や探険家ならばちょっと標本に持って行けそうなものではありましたが、まだ全くあたらしく黄いろと赤のペンキさえ塗(ぬ)られていかにも異様に思われ、その前には、粗末(そまつ)ながら一本の幡(はた)も立っていました。

私は老人が、もう食事も終わりそうなのを見てたずねました。

「失礼ですがあのお堂はどなたをおまつりしたのですか。」

その老人も、たしかに何か、私に話しかけたくていたのです。だまって二三度うなずきながら、そのたべものをのみ下して、低く言いました。

「……童子（どうじ）のです。」

「童子ってどう云（い）う方ですか。」

「雁（かり）の童子と仰（お）っしゃるのは。」老人は食器をしまい、屈（かが）んで泉の水をすくい、きれいに口をそそいでから又（また）云いました。

「雁の童子と仰っしゃるのは、まるでこの頃（ごろ）あった昔（むかし）ばなしのようなのです。この地方にこのごろ降りられました天童子（てんどうじ）だというのです。このお堂はこのごろ流沙（るさ）の向こう側にも、あちこち建って居（お）ります。」

「天のこどもが、降りたのですか。罪があって天から流されたのですか。」

「さあ、よくわかりませんが、よくこの辺でそう申します。多分そうでございましょう。」

「いかがでしょう、聞かせて下さいませんか。お急ぎでさえなかったら。」

「いいえ、急ぎはいたしません。私の聴（き）いただけお話しいたしましょう。

沙車（さしゃ）に、須利耶圭（すりやけい）という人がございました。名門ではございましたそうですが、おちぶれて奥（おく）さまと二人、ご自分は昔からの写経（しゃきょう）をなさり、奥さまは機（はた）を織って、しずかにくらしていられました。

ある明方、須利耶さまが鉄砲をもったご自分の従弟の方とご一緒に、野原を歩いていられました。地面はごく麗わしい青い石で、空がぼおっと白く見え、雪もま近でございました。

須利耶さまがお従弟さまに仰っしゃるには、お前もさような慰みの殺生を、もういい加減やめたらどうだと、斯うでございました。

ところが従弟の方が、まるですげなく、やめられないと、ご返事です。

（お前はずいぶんむごいやつだ、お前の傷めたり殺したりするものが、一体どんなものだかわかっているか、どんなものでもいのちは悲しいものなのだぞ）と、須利耶さまは重ねておさとしになりました。

（そうかもしれないよ。けれどもそうでないかもしれない。そうだとすればおれは一層おもしろいのだ、まあそんな下らない話はやめろ、そんなことは昔の坊主どもの言うこった、見ろ、向こうを雁が行くだろう、おれは仕止めて見せる。）と従弟の方は鉄砲を構えて、走って見えなくなりました。

須利耶さまは、その大きな黒い雁の列を、じっと眺めて立たれました。

そのとき俄かに向こうから、黒い尖った弾丸が昇って、まっ先きの雁の胸を射ました。

雁は二三べん揺らぎました。見る見るからだに火が燃え出し、世にも悲しく叫びながら、落ちて参ったのでございます。

弾丸が又昇って次の雁の胸をつらぬきました。それでもどの雁も、遁げはいたしませんでした。

却って泣き叫びながらも、落ちて来る雁に随いました。

第三の弾丸が昇り、
第四の弾丸が又昇りました。

六発の弾丸が六疋の雁を傷つけまして、一ばんしまいの小さな一疋だけが、傷つかずに残っていたのでございます。燃え叫ぶ六疋は、悶えながら空を沈み、しまいの一疋は泣いて随い、それでも雁の正しい列は、決して乱れはいたしません。

そのとき須利耶さまの愕ろきには、いつか雁がみな空を飛ぶ人の形に変わって居りました。

赤い焔に包まれて、歎き叫んで手足をもだえ、落ちて参る五人、それからしまいに只一人、完いものは可愛らしい天の子供でございました。

そして須利耶さまは、たしかにその子供に見覚えがございました。最初のものは、もはや地面に達しまする。それは白い鬚の老人で、倒れて燃えながら、骨立った両手を合わせ、須利耶さまを拝むようにして、切なく叫びますのには、

（須利耶さま、須利耶さま、おねがいでございます。どうか私の孫をお連れ下さいませ。）

もちろん須利耶さまは、馳せ寄って申されました。（いいとも、いいとも、確かにおれが引き取ってやろう。しかし一体お前らは、どうしたのだ。）

そのとき次々に雁が地面に落ちて来て燃えました。大人もあれば美しい瓔珞をかけた女子もございました。その女子はまっかな焔に燃えながら、手をあのおしまいの子にのばし、子供は泣いてそのまわりをはせめぐったと申しまする。雁の老人が重ねて申しますには、

（私共は天の眷属でございます。罪があってただいままで雁の形を受けて居りました。只今報い

を果たしました。私共は天に帰ります。ただ私の一人の孫はまだ帰れません。これはあなたとは縁のあるものでございます。どうぞあなたの子にしてお育てを願います。おねがいでございます。）と斯うでございます。

須利耶さまが申されました。

（いいとも。すっかり判った。引き受けた。安心して呉れ。）

すると老人は手を擦って地面に頭を垂れたと思うと、もう燃えつきて、影もかたちもございませんでした。須利耶さまも従弟さまも鉄砲をもったままぼんやりと立っていられましたそうでいったい二人いっしょに夢を見たのかとも思われましたそうですがあとで従弟さまの申されますにはその鉄砲はまだ熱く弾丸は減って居りそのみんなのひざまずいた所の草はたしかに倒れて居ったそうでございます。

そしてもちろんそこにはその童子が立っていられましたのです。須利耶さまはわれにかえって童子に向かって云われました。

（お前は今日からおれの子供だ。もう泣かないでいい。お前の前のお母さんや兄さんたちは、立派な国に昇って行かれた。さあおいで。）

須利耶さまはごじぶんのうちへ戻られました。途中の野原は青い石でしんとして子供は泣きながら随いて参りました。

須利耶さまは奥さまとご相談で、何と名前をつけようか、三四日お考えでございましたが、そのうち、話はもう沙車全体にひろがり、みんなは子供を雁の童子と呼びましたので、須利耶さまも仕方なくそう呼んでおいででございました。」

老人はちょっと息を切りました。私は足もとの小さな苔を見ながら、この怪しい空から落ちて赤い焔につつまれ、かなしく燃えて行く人たちの姿を、はっきりと思い浮べました。老人はしばらく私を見ていましたが、又語りつづけました。

「沙車の春の終りには、野原いちめん楊の花が光って飛びます。遠くの氷の山からは、白い何とも云えず瞳を痛くするような光が、日光の中を這ってまいります。それから果樹がちらちらゆすれ、ひばりはそらですきとおった波をたてまする。童子は早くも六つになられました。春のある夕方のこと、須利耶さまは雁から来たお子さまをつれて、町を通って参られました。葡萄いろの重い雲の下を、影法師の蝙蝠がひらひらと飛んで過ぎました。

子供らが長い棒に紐をつけて、それを追いました。

(雁の童子だ。雁の童子だ。)

子供らは棒を棄て手をつなぎ合って大きな環になり須利耶さま親子を囲みました。

須利耶さまは笑っておいででございました。

子供らは声を揃えていつものようにはやしまする。

(雁の子、雁の子雁童子、
　空から須利耶におりて来た。)

と斯うでございます。けれども一人の子供が冗談に申しまするには、

(雁のすてご　雁のすてご

春になってもまだ居るか。）

みんなはどっと笑いましてそれからどう云うわけか小さな石が一つ飛んで来て童子の頬を打ちました。須利耶さまは童子をかばってみんなに申されますのには

（おまえたちは何をするんだ、この子供は何か悪いことをしたか、冗談にも石を投げるなんていけないぞ。）

子供らが叫んでばらばら走って来て童子に詫びたり慰めたりいたしました。或る子は前掛けの衣嚢から干した無花果を出して遣ろうといたしました。

童子は初めからお了いまでにこにこ笑って居られました。須利耶さまもお笑いになりみんなを赦して童子を連れて其処をはなれなさいました。

そして浅黄の瑪瑙の、しずかな夕もやの中で云われました。

（よくお前はさっき泣かなかったな。）

その時童子はお父さまにすがりながら、

（お父さんわたしの前のおじいさんはね、からだに弾丸を七つ持っていたよ。）と斯う申されたと伝えます。」

巡礼の老人は私の顔を見ました。

私もじっと老人のうるんだ眼を見あげて居りました。老人は又語りつづけました。

「又或る晩のこと童子は寝付けないでいつ迄も床の上でもがきなさいました。

（おっかさんねむられないよう）と仰っしゃりまする、須利耶の奥さまは立って行って静かに頭

を撫でておやりなさいました。童子さまの脳はもうすっかり疲れて、白い網のようになって、ぶるぶるゆれ、その中に赤い大きな三日月が浮かんだり、そのへん一杯にぜんまいの芽のようなものが見えたり、また四角な変に柔らかな白いものが、だんだん拡がって恐ろしい大きな箱になったりするのでございました。母さまはその額が余り熱いといって心配なさいました。須利耶さまは写しかけの経文に、掌を合わせて立ちあがられ、それから童子さまを立たせて、紅革の帯を結んでやり表へ連れてお出になりました。駅のどの家ももう戸を閉めてしまって、一面の星の下に、棟々が黒く列びました。その時童子はふと水の流れる音を聞かれました。そしてしばらく考えてから
（お父さん、水は夜でも流れるのですか）とお尋ねです。須利耶さまは沙漠の向こうから昇って来た大きな青い星を眺めながらお答えなされます。

（水は夜でも流れるよ。水は夜でも昼でも、平らな所でさえなかったら、いつ迄もいつ迄も流れるのだ。）

　童子の脳は急にすっかり静まって、そして今度は早く母さまの処にお帰りなりとうなりまする。

（お父さん。もう帰ろうよ。）と申されながら須利耶さまの袂を引っ張りなさいます。お二人は家に入り、母さまが迎えなされて戸の環を嵌めて居られますうちに、童子はいつかご自分の床に登って、着換えもせずにぐっすり眠ってしまわれました。

　又次のようなことも申します。

　ある日須利耶さまは童子と食卓にお座りなさいました。食品の中に、蜜で煮た二つの鮒がございました。須利耶の奥さまは、一つを須利耶さまの前に置かれ、一つを童子にお与えなされまし

た。

（喰べたくないよおっかさん。）童子が申されました。

（おいしいのだよ。どれ、箸をお貸し。）

須利耶の奥さまは童子の箸をとって、魚を小さく砕きながら、

（さあおあがり、おいしいよ）と勧められます。童子は母さまの魚を砕く間、じっとその横顔を見ていられましたが、俄かに胸が変な工合に迫って来て気の毒なような悲しいような何とも堪らなくなりました。くるっと立って鉄砲玉のように外へ走って出られました。そしてまっ白な雲の一杯に充ちた空に向かって、大きな声で泣き出しました。まあどうしたのでしょう、と須利耶の奥さまが愕ろかれます。どうしたのだろう行って見ろ、と須利耶さまも気づかわれます。そこで須利耶の奥さまは戸口にお立ちになりましたら童子はもう泣きやんで笑っていられましたとそんなことも申し伝えます。


又ある時、須利耶さまは童子をつれて、馬市の中を通られましたら、一疋の仔馬が乳を呑んで居ったと申します。黒い粗布を着た馬商人が来て、仔馬を引きはなしもう一疋の仔馬に結びつけ、そして黙ってそれを引いて行こうと致しまする。母親の馬はびっくりして高く鳴きました。なれども仔馬はぐんぐん連れて行かれまする。向こうの角を曲ろうとして、仔馬は急いで後肢を一方あげて、腹の蠅を叩きました。

童子は母馬の茶いろな瞳を、ちらっと横眼で見られましたが、俄かに須利耶さまにすがりついて泣き出されました。けれども須利耶さまはお叱りなさいませんでした。ご自分の袖で童子の頭

をつつむようにして、馬市を通りすぎてから河岸の青い草の上に童子を座(すわ)らせて杏(あんず)の実を出しておやりになりながら、しずかにおたずねなさいました。

（お前はさっきどうして泣いたの。）

（だってお父さん。みんなが仔馬(こうま)をむりに連れて行くんだもの。）

（馬は仕方ない。もう大きくなったからこれから独(ひと)りで働らくんだ。）

（あの馬はまだ乳を呑(の)んでいたよ。）

（それはそばに置いてはいつまでも甘(あま)えるから仕方ない。）

（だってお父さん。みんながあのお母さんの馬にも子供の馬にもあとで荷物を一杯(いっぱい)つけてひどい山を連れて行くんだ。それから食べ物がなくなると殺して食べてしまうんだろう。）

須利耶さまは何気(なにげ)ないふうで、そんな成人(おとな)のようなことを云(い)うもんじゃないとは仰(お)っしゃいましたが、本当は少しその天の子供が恐(おそ)ろしくもお思いでしたと、まあそう申し伝えます。

須利耶さまは童子を十二のとき、少し離(はな)れた首都のある外道(げどう)の塾(じゅく)にお入れなさいました。

童子の母さまは、一生けん命機(はた)を織って、塾料や小遣(こづか)いやらを拵(こし)らえてお送りなさいました。

冬が近くて、天山はもうまっ白になり、桑(くわ)の葉が黄いろに枯(か)れてカサカサ落ちました頃(ころ)、ある日のこと、童子が俄(にわ)かに帰っておいでです。母さまが窓から目敏(めざと)く見付けて出て行かれました。

須利耶さまは知らないふりで写経(しゃきょう)を続けておいでです。

（まあお前は今ごろどうしたのです。）

（私、もうお母さんと一緒(いっしょ)に働らこうと思います。勉強している暇(ひま)はないんです。）

母さまは、須利耶さまの方に気兼ねしながら申されました。
（お前は又そんなおとなのようなことを云って、仕方ないではありませんか。早く帰って勉強して、立派になって、みんなの為にならないとなりません。）
（だっておっかさん。おっかさんの手はそんなにガサガサしているのでしょう。それだのに私の手はこんななんでしょう。）
（そんなことをお前が云わなくてもいいのです。誰でも年を老れば手は荒れます。そんな事より、早く帰って勉強をなさい。お前の立派になる事ばかり私には楽しみなんだから。お父さんがお聞きになると叱られますよ。ね。さあ、おいで。）と斯う申されます。

　童子はしょんぼり庭から道に出られました。それでも、また立ち停ってしまわれましたので、母さまも出て行かれてもっと向こうまでお連れになりました。そこは沼地でございました。母さまは戻ろうとして又（さあ、おいで早く）と仰っしゃったのでしたが童子はやっぱり停まったまま、家の方をぼんやり見て居られますので、母さまも仕方なく又振り返って、蘆を一本抜いて小さな笛をつくり、それをお持たせになりました。

　童子はやっと歩き出されました。そして、遥かに冷たい縞をつくる雲のこちらに、蘆がそよいで、やがて童子の姿が、小さく小さくなってしまわれました。俄かに空を羽音がして、雁の一列が通りました時、須利耶さまは窓からそれを見て、思わずどきっとなされました。

　そうして冬に入りましたのでございます。その厳しい冬が過ぎますと、まず楊の芽が温和しく光り、沙漠には砂糖水のような陽炎が徘徊いたしまする。杏やすももの白い花が咲き、次では木立も草地もまっ青になり、もはや玉髄の雲の峯が、四方の空を繞る頃となりました。
ちょうどそのころ沙車の町はずれの砂の中から、古い沙車大寺のあとが掘り出されたとのことでございました。一つの壁がまだそのままで見附けられ、そこには三人の天童子が描かれ、ことにその一人はまるで生きたようだとみんなが評判しましたそうです。或るよく晴れた日、須利耶さまは都に出られ、童子の師匠を訪ねて色々礼を述べ、又三巻の粗布を贈り、それから半日、童子を連れて歩きたいと申されました。

　お二人は雑沓の通りを過ぎて行かれました。

　須利耶さまが歩きながら、何気なく云われますには、

（どうだ、今日の空の碧いことは、お前がたの年は、丁度今あのそらへ飛びあがろうとして羽をばたばた云わせているようなものだ。）

童子が大へんに沈んで答えられました。

（お父さん。私はお父さんとはなれてどこへも行きたくありません。）

須利耶さまはお笑いになりました。

（勿論だ。この人の大きな旅では、自分だけひとり遠い光の空へ飛び去ることはいけないのだ。）

（いいえ、お父さん。私はどこへも行きたくありません。そして誰もどこへも行かないでいいのでしょうか。）とこう云う不思議なお尋ねでございます。

（誰もどこへも行かないでいいかってどう云うことだ。）

（誰もね、ひとりで離れてどこへも行かないでいいのでしょうか。）

（うん。それは行かないでいいだろう。）と須利耶さまは何の気もなくぼんやりと斯うお答えでした。

そしてお二人は町の広場を通り抜けて、だんだん郊外に来られました。沙がずうっとひろがって居りました。その砂が一ところ深く掘られて、沢山の人がその中に立ってございました。お二人も下りて行かれたのです。そこに古い一つの壁がありました。色はあせてはいましたが、三人の天の童子たちがかいてございました。須利耶さまは思わずどきっとなりました。何か大きな重いものが、遠くの空からばったりかぶさったように思われましたのです。それでも何気なく申されますには、

（なる程立派なもんだ。あまりよく出来てなんだか恐いようだ。この天童はどこかお前に肖ているよ。）

須利耶さまは童子をふりかえりました。そしたら童子はなんだかわらったまま、倒れかかっていられました。須利耶さまは愕ろいて急いで抱き留められました。童子はお父さんの腕の中で夢のようにつぶやかれました。

（おじいさんがお迎いをよこしたのです。）

須利耶さまは急いで叫ばれました。

（お前どうしたのだ。どこへも行ってはいけないよ。）

童子が微かに云われました。

（お父さん。お許し下さい。私はあなたの子です。この壁は前にお父さんが書いたのです。その

とき私は王の……だったのですがこの絵ができてから王さまは殺されわたくしどもはいっしょに出家したのでしたが敵王がきて寺を焼くとき二日ほど俗服を着てかくれているうちわたくしは恋人があってこのまま出家にかえるのをやめようかと思ったのです。）

人々が集まって口口に叫びました。

（雁の童子だ。雁の童子だ。）

童子はも一度、少し唇をうごかして、何かつぶやいたようでございましたが、須利耶さまはもうそれをお聞きとりなさらなかったと申します。

私の知って居りますのはただこれだけでございます。」

老人はもう行かなければならないようでした。私はほんとうに名残り惜しく思い、まっすぐに立って合掌して申しました。

「尊いお物語をありがとうございました。まことにお互い、ちょっと沙漠のへりの泉で、お眼にかかって、ただ一時を、一緒に過ごしただけではございますが、これもかりそめの事ではないと存じます。ほんの通りかかりの二人の旅人とは見えますが、実はお互いがどんなものかもよくわからないのでございます。いずれはもろともに、善逝の示された光の道を進み、かの無上菩提に至ることでございます。それではお別れいたします。さようなら。」

老人は、黙って礼を返しました。何か云いたいようでしたが黙って俄かに向こうを向き、今まで私の来た方の荒地にとぼとぼ歩き出しました。私も又、丁度その反対の方の、さびしい石原を合掌したまま進みました。

# 学者アラムハラドの見た着物

がくしゃあらむはらどの
みたきもの

学者のアラムハラドはある年十一人の子を教えて居りました。

みんな立派なうちの子どもらばかりでした。

王さまのすぐ下の裁判官の子もありましたし農商の大臣の子も居ました。また毎年じぶんの土地から十石の香油さえ穫る長者のいちばん目の子も居たのです。

けれども学者のアラムハラドは小さなセララバアドという子がすきでした。この子が何か答えるときは学者のアラムハラドはどこか非常に遠くの方の凍ったように寂かな蒼黒い空を感ずるのでした。それでもアラムハラドはそんなに偉い学者でしたからえこひいきなどはしませんでした。

アラムハラドの塾は街のはずれの楊の林の中にありました。

みんなは毎日その石で畳んだ鼠いろの床に座って古くからの聖歌を諳誦したり兆よりももっと大きな数まで数えたりまた数を互いに加えたり掛け合わせたりするのでした。それからいちばんおしまいには鳥や木や石やいろいろのことを習うのでした。

アラムハラドは長い白い着物を着て学者のしるしの垂れ布のついた帽子をかぶり低い椅子に腰掛け右手には長い鞭をもち左手には本を支えながらゆっくりと教えて行くのでした。

そして空気のしめりの丁度いい日又むずかしい諳誦でひどくつかれた次の日などはよくアラムハラドはみんなをつれて山へ行きました。

このおはなしは結局学者のアラムハラドがある日自分の塾でまたある日山の雨の中でちらっと感じた不思議な着物についてであります。

## (一)

アラムハラドが言いました。

「火が燃えるときは焔をつくる。焔というものはよく見ていると奇体なものだ。それはいつでも動いている。動いているがやっぱり形もきまっている。その色はずいぶんさまざまだ。普通の焚火の焔なら橙いろをしている。けれども木により又その場処によっては変に赤いこともあれば大へん黄いろなこともある。硫黄を燃せばちょっと眼のくるっとするような紫いろの焔をあげる。それから銅を灼くときは孔雀石のような明るい青い火をつくる。こんなにいろはさまざまだがそれはみんなある同じ性質をもっている。さっき云ったいつでも動いているということもそうだ。それは火というものは軽いものでいつでも騰ろう騰ろうとしている。それからそれは明るいものだ。硫黄のようなお日さまの光の中ではよくわからない焔でもまっくらな処に持って行けば立派にそこらを明るくする。火というものはいつでも照らそう照らそうとしているものだ。それからも一つは熱いということだ。火ならばなんでも熱いものだ。それはいつでも乾かそう乾かそうとしている。斯(こ)う云(い)う工合(ぐあい)に火には二つの性質がある。なぜそうなのか。それは火の性質だから仕方ない。そう云う、熱いもの、乾(かわ)かそうとするもの、光るもの、照らそうとするもの軽いもの騰(のぼ)ろうとするものそれを焔(ほのお)と呼ぶのだから仕方ない。

それからまたみんなは水をよく知っている。水もやっぱり火のようにちゃんときまった性質がある。それは物をつめたくする。どんなものでも水にあってはつめたくなる。からだをあつい湯でふいても却(かえ)ってあとではすずしくなる。夏に銅の壺(つぼ)に水を入れ壺の外側を水でぬらしたきれで固くつつんで置くならばきっとそれは冷えるのだ。なんべんもきれをとりかえるとしまいにはまるで氷のようにさえなる。このように水は物をつめたくする。又(また)水はものをしめらすのだ。それから水はいつでも低い処(ところ)へ下ろうとする。鉢(はち)の中に水を入れるならまもなくそれはしずかになる。阿耨達池(あのくだっち)やすべて葱嶺(パミール)から南東の山の上の湖(みずうみ)は多くは鏡のように青く平らだ。なぜそう平らだかとならば水はみんな下に下ろうとしてお互(たが)い下れるとこまで落ち着くからだ。波ができたら必ずそれがなおろうとする。それは波のあがったとこが下ろうとするからだ。このように水のつめたいこと、しめすこと下に行こうとすることは水の性質なのだ。どうしてそうかと云うならばそれはそう云う性質のものを水と呼ぶのだから仕方ない。

それからまたみんなは小鳥を知っている。鶯(うぐいす)やみそさざい、ひわやまたかけすなどからだが小さく大へん軽い。その飛ぶときはほんとうによく飛ぶ。枝(えだ)から枝へうつるときはその羽をひらいたのさえわからないくらい早く、青ぞらを向こうへ飛んで行くときは一つのふるえる点のようだ。それほどこれらの鶯やひわなどは身軽でよく飛ぶ。また一生けん命に啼(な)く。うぐいすならば春にはっきり啼く。みそさざいならばからだをうごかすたびにもうきっと啼いているのだ。

これらの鳥のたくさん啼いている林の中へ行けばまるで雨が降っているようだ。おまえたちはみんな知っている。このように小さな鳥はよく飛びまたよく啼くものだ。それはたべ物をとってしまっても啼くのをやめない。またやすまない。どうして疲れないかと思うほどよく飛びまたよく啼くものだ。

そんならなぜ鳥は啼くのかまた飛ぶのか。おまえたちにはわかるだろう。鳥はみな飛ばずにいられないで飛び啼かずに居られないで啼く。それは生れつきなのだ。

さて斯う云うふうに火はあつく、乾かし、照らし騰る、水はつめたく、しめらせ、下る、鳥は飛び、またなく。魚について獣についておまえたちはもうみんなその性質を考えることができる。けれども一体どうだろう、小鳥が啼かないでいられず魚が泳がないでいられないように人はどういうことがしないでいられないだろう。人が何としてもそうしないでいられないことは一体どういう事だろう。考えてごらん。」

アラムハラドは斯う言って堅く口を結び十一人の子供らを見まわしました。子供らはみな一生けん命考えたのです。大人のように指をまげて唇にあてたりまっすぐに床を見たりしました。その中で大臣の子のタルラが少し顔を赤くして口をまげてわらいました。

アラムハラドはすばやくそれを見て言いました。

「タルラ、答えてごらん。」

タルラは礼をしてそれから少し工合わるそうに横の方を見ながら答えました。

「人は歩いたり物を言ったりいたします。」

アラムハラドがわらいました。

「よろしい。よくお前は答えた。全く人はあるかないでいられない。病気で永く床の上に居る人はどんなに歩きたいだろう。ああ、ただも一度二本の足でぴんぴん歩いてあの楽地の中の泉まで行きあの冷たい水を両手で掬って呑むことができたらそのまま死んでもかまわないと斯う思うだろう。またお前の答えたように人は物を言わないでいられない。

考えたことをみんな言わないでいることは大へんにつらいことなのだ。そのため病気にさえもなるのだ。人がともだちをほしいのは自分の考えたどんなことでもかくさず話しまたかくさずに聴きたいからだ。だまっているということは本当につらいことなのだ。

たしかに人は歩かないでいられない、また物を言わないでいられない。けれども人にはそれよりもっと大切なものがないだろうか。足や舌とも取りかえるほどもっと大切なものがないだろうか。むずかしいけれども考えてごらん。」

アラムハラドが斯う言う間タルラは顔をまっ赤にしていましたがおしまいは少し青ざめました。

アラムハラドがすぐ言いました。

「タルラ、も一度答えてごらん。お前はどんなものとでもお前の足をとりかえないか。お前はどんなものとでもお前の足をとりかえるのはいやなのか。」

タルラがまるで小さな獅子のように答えました。

「私は饑饉でみんなが死ぬとき若し私の足が無くなることで饑饉がやむなら足を切っても口惜し

くありません。」

アラムハラドはあぶなく泪をながしそうになりました。

「そうだ。おまえには歩くことよりも物を言うことよりももっとしないでいられないことがあった。よくそれがわかった。それでこそ私の弟子なのだ。お前のお父さんは七年前の不作のとき祭壇に上って九日禱りつづけられた。お前のお父さんはみんなのためには命も惜しくなかったのだ。ほかの人たちはどうだ。ブランダ。言ってごらん。」

ブランダと呼ばれた子はすばやくきちんとなって答えました。

「人が歩くことよりも言うことよりももっとしないでいられないのはいいことです。」

アラムハラドが云いました。

「そうだ。私がそう言おうと思っていた。すべて人は善いこと、正しいことをこのむ。善と正義とのためならば命を棄てる人も多い。おまえたちはいままでにそう云う人たちの話を沢山きいて来た。決してこれを忘れてはいけない。人の正義を愛することは丁度鳥のうたわないでいられないと同じだ。セララバアド。お前は何か言いたいように見える。云ってごらん。」

小さなセララバアドは少しびっくりしたようでしたがすぐ落ちついて答えました。

「人はほんとうのいいことが何だかを考えないでいられないと思います。」

アラムハラドはちょっと眼をつぶりました。眼をつぶったくらやみの中ではそこら中ぼおっと燐の火のように青く見え、ずうっと遠くが大へん青くて明るくてそこに黄金の葉をもった立派な樹がぞろっとならんで、さんさんさんと梢を鳴らしているように思ったのです。アラムハラドは眼をひらきました。子供らがじっとアラムハラドを見上げていました。アラムハラドは言いました。

「うん。そうだ。人はまことを求める。真理を求める。ほんとうの道を求めるのだ。人が道を求めないでいられないことはちょうど鳥の飛ばないでいられないとおんなじだ。おまえたちはよくおぼえなければいけない。人は善を愛し道を求めないでいられない。それが人の性質だ。これをおまえたちは堅くおぼえてあとでも決して忘れてはいけない。おまえたちはみなこれから人生という非常なけわしいみちをあるかなければならない。たとえばそれは葱嶺の氷や辛度の流れや流沙の火やでいっぱいなようなものだ。そのどこを通るときも決して今の二つを忘れてはいけない。それはおまえたちをまもる。それはいつもおまえたちを教える。決して忘れてはいけない。

それではもう日中だからみんなは立ってやすみ、食事をしてよろしい。」

アラムハラドは礼をうけ自分もしずかに立ちあがりました。そして自分の室に帰る途中ふと又眼をつぶりました。さっきの美しい青い景色が又はっきりと見えました。そしてその中にはねのような軽い黄金いろの着物を着た人が四人まっすぐに立っているのを見ました。

アラムハラドは急いで眼をひらいて少し首をかたむけながら自分の室に入りました。

## (二)

アラムハラドは子供らにかこまれながらしずかに林へはいって行きました。

つめたいしめった空気がしんとみんなのからだにせまったとき子供らは歓呼の声をあげました。そんなに樹は高く深くしげっていたのです。それにいろいろの太さの蔓がくしゃくしゃにその木をまといみちも大へんに暗かったのです。

ただその梢のところどころ物凄いほど碧いそらが一きれ二きれやっとのぞいて見えるきり、そんなに林がしげっていればそれほどみんなはよろこびました。

大臣の子のタルラはいちばんさきに立って鳥を見てはばあと両手をあげて追い栗鼠を見つけては高く叫んでおどしました。走ったり又停ったりまるで夢中で進みました。

みんなはかわるがわるいろいろなことをアラムハラドにたずねました。アラムハラドは時々はまだ一つの答をしないうちにも一つの返事をしなければなりませんでした。

セララバアドは小さな革の水入れを肩からつるして首を垂れてみんなの問いやアラムハラドの答えをききながらいちばんあとから少し笑ってついて来ました。

林はだんだん深くなりかしの木やくすの木や空も見えないようでした。

そのときサマシャードという小さな子が一本の高いなつめの木を見つけて叫びました。

「なつめの木だぞ。なつめの木だ。とれないかなあ。」

みんなもアラムハラドも一度にその高い梢を見上げました。アラムハラドは云いました。

「あの木は高くてとどかない。私どもはその実をとることができないのだ。けれどもおまえたちは名高いヴェーッサンタラ大王のはなしを知っているだろう。ヴェーッサンタラ大王は檀波羅蜜の行と云ってほしいと云われるものは何でもやった。宝石でも着物でも喰べ物でもそのほか家でもけらいでも何でもみんな乞われるままに施された。そしておしまいとうとう国の宝の白い象をもお与えなされたのだ。けらいや人民ははじめは堪えていたけれどもついには国も亡びそうになったので大王を山へ追い申したのだ。大王はお妃と王子王女とただ四人で山へ行かれた。大きな林にはいったとき王子たちは林の中の高い樹の実を見てああほしいなあと云われたのだ。そのとき大王の徳には林の樹も又感じていた。樹の枝はみな生物のように垂れてその美しい果物を王子たちに奉った。

　これを見たものみな身の毛もよだち大地も感じて三べんふるえたと云うのだ。いま私らはこの実をとることができない。けれどももしヴェーッサンタラ大王のように大へんに徳のある人ならばそしてその人がひどく飢えているならば木の枝はやっぱりひとりでに垂れて来るにちがいない。それどころでない、その人は樹をちょっと見あげてよろこんだだけでもう食べたとおんなじことにもなるのだ。」

　アラムハラドは斯う云ってもう一度林の高い木を見あげました。まっ黒な木の梢から一きれのそらがのぞいて居りましたがアラムハラドは思わず眼をこすりました。さっきまでまっ青で光っていたその空がいつかまるで鼠いろに濁って大へん暗く見えたのです。樹はゆさゆさとゆすれ大へんにむしあつくどうやら雨が降って来そうなのでした。

「ああこれは降って来る。もうどんなに急いでもぬれないという訳にはいかない。からだの加減の悪いものは誰々だ。ひとりもないか。畑のものや木には大へんいいけれどもまさか今日こんなに急に降るとは思わなかった。私たちはもう帰らないといけない。」

けれどもアラムハラドはまだ降るまではよほど間があると思っていました。ところがアラムハラドの斷う云ってしまうかしまわないうちにもう林がぱちぱち鳴りはじめました。それも手をひろげ顔をそらに向けてほんとうにそれが雨かどうか見ようとしても雨のつぶは見えませんでした。ただ林の潤い木の葉がぱちぱち鳴っている〔以下原稿数枚?なし〕

入れを右手でつかんで立っていました。〔以下原稿空白〕

# ガドルフの百合

がどるふのゆり

ハックニー馬のしっぽのような、巫山戯た楊の並木と陶製の白い空との下を、みじめな旅のガドルフは、力いっぱい、朝からつづけて歩いて居りました。

それにただ十六哩だという次の町が、まだ一向見えても来なければ、けはいもしませんでした。

（楊がまっ青に光ったり、ブリキの葉に変ったり、どこまで人をばかにするのだ。殊にその青いときは、まるで砒素をつかった下等の顔料のおもちゃじゃないか。）

ガドルフはこんなことを考えながら、ぶりぶり憤って歩きました。

それに俄かに雲が重くなったのです。

（卑しいニッケルの粉だ。淫らな光だ。）

その雲のどこからか、雷の一切れらしいものが、がたっと引きちぎったような音をたてました。

（街道のはずれが変に白くなる。あそこを人がやって来る。いややって来ない。あすこを犬がよこぎった。いやよこぎらない。畜生。）

ガドルフは、力いっぱい足を延ばしながら思いました。

そして間もなく、雨と黄昏とがいっしょに襲いかかったのです。

実にはげしい雷雨になりました。いなびかりは、まるでこんな憐れな旅のものなどを漂白してしまいそう、並木の青い葉がむしゃくしゃにむしられて、雨のつぶと一緒に堅いみちを叩き、枝までがガリガリ引き裂かれて降りかかりました。

（もうすっかり法則がこわれた。何もかもめちゃくちゃだ。これで、も一度きちんと空がみがかれて、星座がめぐることなどはまあ夢だ。夢でなけぁ霧だ。みずけむりさ。）

ガドルフはあらんかぎりすねを延ばしてあるきながら、並木のずうっと向こうの方のぼんやり白い水明かりを見ました。

（あすこはさっき曖昧な犬の居たとこだ。あすこが少ぅしおれのたよりになるだけだ。）

けれども間もなく全くの夜になりました。空のあっちでもこっちでも、雷が素敵に大きな咆哮をやり、電光のせわしいことはまるで夜の大空の意識の明滅のようでした。

道はまるっきりコンクリート製の小川のようになってしまって、もう二十分と続けて歩けそうにもありませんでした。

その稲光りのそらぞらしい明かりの中で、ガドルフは巨きなまっ黒な家が、道の左側に建っているのを見ました。

（この屋根は稜が五角で大きな黒電気石の頭のようだ。その黒いことは寒天だ。その寒天の中へ俺ははいる。）

ガドルフは大股に跳ねて、その玄関にかけ込みました。

「今晩は。どなたかお出でですか。今晩は。」

　家の中はまっ暗で、しんとして返事をするものもなく、そこらには厚い敷物や着物などが、くしゃくしゃ散らばっているようでした。

（みんなどこかへ遁げたかな。噴火があるのか。噴火じゃない。ペストか。ペストじゃない。またおれはひとりで問答をやっている。あの曖昧な犬だ。とにかく廊下のはじでも、ぬれた着物をぬぎたいもんだ。）

　ガドルフは斯う頭の中でつぶやき又唇で考えるようにしました。そのガドルフの頭と来たら、旧教会の朝の鐘のようにガンガン鳴って居りました。

　長靴を抱くようにして急いで脱って、少しびっこを引きながら、そのまっ暗なちらばった家にはね上がって行きました。すぐ突きあたりの大きな室は、たしか階段室らしく、射し込む稲光りが見せたのでした。

　その室の闇の中で、ガドルフは眼をつぶりながら、まず重い外套を脱ぎました。そのぬれた外套の袖を引っぱるとき、ガドルフは白い貝殻でこしらえあげた、昼の楊の木をありありと見ました。ガドルフは眼をあきました。

（うるさい。ブリキになったり貝殻になったり。しかしまたこんな桔梗いろの背景に、楊の舎利がりんと立つのは悪くない。）

　それは眼をあいてもしばらく消えてしまいませんでした。

　ガドルフはそれからぬれた頭や、顔をさっぱりと拭って、はじめてほっと息をつきました。

電光がすばやく射し込んで、床におろされて蟹のかたちになっている自分の背嚢をくっきり照らしまっ黒な影さえ落として行きました。

ガドルフはしゃがんでくらやみの背嚢をつかみ、手探りで開いて、小さな器械の類にさわって見ました。

それから少ししずかな心持ちになって、足音をたてないように、そっと次の室にはいって見ました。交る交るさまざまの色の電光が射し込んで、床に置かれた石膏像や、黒い寝台や引っくり返った卓子やらを照らしました。

（ここは何かの寄宿舎か。そうでなければ避病院か。とにかく二階にどうもまだ誰か残っているようだ。一ぺん見て来ないと安心ができない。）

ガドルフはしきいをまたいで、もとの階段室に帰り、それから一ぺん自分の背嚢につまずいてから、二階に行こうと段に一つ足をかけた時、紫いろの電光が、ぐるぐるする程明るくさし込んで来ましたので、ガドルフはぎくっと立ちどまり、階段に落ちたまっ黒な自分の影とそれから窓の方を一緒に見ました。

その稲光りの硝子窓から、たしかに何か白いものが五つか六つ、だまってこっちをのぞいていました。

（丈がよほど低かったようだ。どこかの子供が俺のように、俄かの雷雨で遁げ込んだのかも知れない。それともやっぱりこの家の人たちが帰って来たのだろうか。どうだかさっぱりわからないのが本当だ。とにかく窓を開いて挨拶しよう。）

ガドルフはそっちへ進んで行ってガタピシの壊れかかった窓を開きました。たちまち冷たい雨と風とが、ぱっとガドルフの顔をうちました。その風に半分声をとられながら、ガドルフは叮寧に云いました。

「どなたですか。今晩は。どなたですか。今晩は。」

向こうのぼんやり白いものは、かすかにうごいて返事もしませんでした。却って注文通りの電光が、そこら一面ひる間のようにして呉れたのです。

「ははは、百合の花だ。なるほど。ご返事のないのも尤もだ。」

ガドルフの笑い声は、風といっしょに陰気に階段をころげて昇って行きました。

けれども窓の外では、いっぱいに咲いた白百合が十本ばかり、息もつけない嵐の中に、その稲妻の八分一秒を、まるでかがやいてじっと立っていたのです。

それからたちまち闇が戻されて眩しい花の姿は消えましたので、ガドルフはせっかく一枚ぬれずに残ったフランのシャツも、つめたい雨にあらわせながら、窓からそとにからだを出して、ほのかに揺らぐ花の影を、じっとみつめて次の電光を待っていました。

間もなく次の電光は、明るくサッサッと閃めいて、庭は幻燈のように青く浮かび、雨の粒は美しい楕円形の粒になって宙に停まり、そしてガドルフのいとしい花は、まっ白にかっと瞋って立ちました。

(おれの恋は、いまあの百合の花なのだ。いまあの百合の花なのだ。砕けるなよ。)

それもほんの一瞬のこと、すぐに闇は青びかりを押し戻し、花の像はぼんやりと白く大きくなり、みだれてゆらいで、時々は地面までも屈んでいました。

そしてガドルフは自分の熱って痛む頭の奥の、青黝い斜面の上に、すこしも動かずかがやいて立つ、もう一むれの貝細工の百合を、もっとはっきり見て居りました。たしかにガドルフはこの二むれの百合を、一緒に息をこらして見つめて居ました。

それも又、ただしばらくのひまでした。

たちまち次の電光は、マグネシアの焔よりももっと明るく、菫外線の誘惑を、力いっぱい含みながら、まっすぐに地面に落ちて来ました。

美しい百合の憤りは頂点に達し、灼熱の花弁は雪よりも厳めしく、ガドルフはその凛と張る音さえ聴いたと思いました。

暗が来たと思う間もなく、又稲妻が向こうのぎざぎざの雲から、北斎の山下白雨のように赤く這って来て、触れない光の手をもって、百合を擦めて過ぎました。

雨はますます烈しくなり、かみなりはまるで空の爆破を企て出したよう、空がよくこんな暴れものを、じっと構わないで置くものだと、不思議なようにさえガドルフは思いました。

その次の電光は、実に微かにあるかないかに閃めきました。けれどもガドルフは、その風の微光の中で、一本の百合が、多分とうとう華奢なその幹を折られて、花が鋭く地面に曲ってとどいてしまったことを察しました。

そして全くその通り稲光りがまた新らしく落ちて来たときその気の毒ないちばん丈の高い花が、あまりの白い興奮に、とうとう自分を傷つけて、きらきら顫うしのぶぐさの上に、だまって横たわるのを見たのです。

ガドルフはまなこを庭から室の闇にそむけ、丁寧にがたがたの窓をしめて、背嚢のところに戻って来ました。

そして背嚢から小さな敷布をとり出してからだにまとい、寒さにぶるぶるしながら階段にこしかけ、手を膝に組み眼をつむりました。

それからたまらず又たちあがって、手さぐりで床をさがし、一枚の敷物を見つけて敷布の上にそれを着ました。

そして睡ろうと思ったのです。けれども電光があんまりせわしくガドルフのまぶたをかすめて過ぎ、飢えとつかれとが一しょにがたがた湧きあがり、さっきからの熱った頭はまるで舞踏のようでした。

（おれはいま何をとりたてて考える力もない。ただあの百合は折れたのだ。おれの恋は砕けたのだ。）ガドルフは思いました。

それから遠い幾山河の人たちを、燈籠のように思い浮かべたり、又雷の声をいつかそのなつかしい人たちの語に聞いたり、又昼の楊がだんだん延びて白い空までとどいたり、いろいろなことをしているうちに、いつかとろとろ睡ろうとしました。そして又睡っていたのでしょう。

ガドルフは、俄かにどんどんどんという音をききました。ばたんばたんという足踏みの音、怒号や嘲罵が烈しく起りました。

そんな語はとても判りもしませんでした。ただその音は、たちまち格闘らしくなり、やがてずんずんガドルフの頭の上にやって来て、二人の大きな男が、組み合ったりほぐれたり、けり合ったり撲(なぐ)り合ったり、烈(はげ)しく烈しく叫(さけ)んで現われました。

それは丁度奇麗(ちょうどきれい)に光る青い坂の上のように見えました。一人は闇(やみ)の中に、ありありうかぶ豹(ひょう)の毛皮のだぶだぶの着物をつけ、一人は烏(からす)の王のように、まっ黒くなめらかによそおっていました。そしてガドルフはその青く光る坂の下に、小さくなってそれを見上げてる自分のかたちも見たのです。

見る間に黒い方は咽喉(のど)をしめつけられて倒(たお)されました。けれどもすぐに跳(は)ね返して立ちあがり、今度はしたたかに豹の男のあごをけあげました。

二人はも一度組みついて、やがてぐるぐる廻(まわ)って上になったり下になったり、どっちがどっちかわからず暴(あば)れてわめいて戦ううちに、とうとうすてきに大きな音を立てて、引っ組んだまま坂をころげて落ちて来ました。

ガドルフは急いでとび退(の)きました。それでもひどくつきあたられて倒れました。

そしてガドルフは眼を開いたのです。がたがた寒さにふるえながら立ちあがりました。

雷はちょうどいま落ちたらしく、ずうっと遠くで少しの音が思い出したように鳴っているだけ、雨もやみ電光ばかりが空を亘(わた)って、雲の濃淡、空の地形図をはっきりと示し、又只(ただ)一本を除いて、嵐に勝ちほこった百合の群(むれ)を、まっ白に照らしました。

ガドルフは手を強く延(の)ばしたり、又ちぢめたりしながら、いそがしく足ぶみをしました。

窓の外の一本の木から、一つの雫(しずく)が見えていました。それは不思議にかすかな薔薇(ばら)いろをうつしていたのです。

（これは暁方の薔薇色ではない。南の蝎の赤い光がうつったのだ。その証拠にはまだ夜中にもならないのだ。雨さえ晴れたら出て行こう。街道の星あかりの中だ。次の町だってじきだろう。けれどもぬれた着物を又引っかけて歩き出すのはずいぶんいやだ。いやだけれども仕方ない。おれの百合は勝ったのだ。）

ガドルフはしばらくの間、しんとして斯う考えました。

# 葡萄水

ぶどうすい

## (一)

耕平は髪も角刈りで、おとなのくせに、今日は朝から口笛などを吹いています。畑の方の手があいて、ここ二三日は、西の野原へ、葡萄をとりに出られるようになったからです。

そこで耕平は、うしろのまっ黒戸棚の中から、兵隊の上着を引っぱり出します。一等卒の上着です。

いつでも野原へ出るときは、きっとこいつを着るのです。

空が光って青いとき、黄いろなすじの入った兵隊服を着て、大手をふって野原を行くのは、誰だっていい気持ちです。

耕平だって、もちろんです。大きげんでのっしのっしと、野原を歩いて参ります。

野原の草もいまではよほど硬くなって、茶いろやけむりの穂を出したり、赤い実をむすんだり、中にはいそがしそうに今年のおしまいの小さな花を開いているのもあります。

耕平は二へんも三べんも、大きく息をつきました。

野原の上の空などは、あんまり青くて、光ってうるんで、却って気の毒なくらいです。

その気の毒なそらか、すきとおる風か、それともうしろの畑のへりに立って、玉蜀黍のような赤髪を、ぱちゃぱちゃした小さなはだしの子どもか誰か、とにかく斯う歌っています。

「馬こは、みんな、居なぐなた。

仔っこ馬もみんな随いで行た。

いまでぁ野原もさぁみしんじゃ、

草ぱどひでりあめばがり。」

実は耕平もこの歌をききました。ききましたから却って手を大きく振って、

「ふん、一向さっぱりさみしぐないんじゃ。」と云ったのです。

野原はさびしくてもさびしくなくても、とにかく日光は明るくて、野葡萄はよく熟しています。

そのさまざまな草の中を這って、まっ黒に光って熟しています。

そこで耕平は、葡萄をとりはじめました。そして誰でも、野原で一ぺん何かをとりはじめたら、仲々やめはしないものです。ですから耕平もかまわないで置いて、もう大丈夫です。今に晩方また来て見ましょう。みなさんもなかなか忙がしいでしょうから。

## （二）

夕方です。向こうの山は群青いろのごくおとなしい海鼠のようによこになり、耕平はせなかいっぱい荷物をしょって、遠くの遠くのあくびのあたりの野原から、だんだん帰って参ります。しょっているのはみな野葡萄の実にちがいありません。参ります、参ります。日暮れの草をどしゃどしゃふんで、もうすぐそこに来ています。やって来ました、お早う、お早う。そら、

耕平は、一等卒の服を着て、

野原に行って、

葡萄をいっぱいとって来た、いいだろう。

「ふん。あだりまぃさ。あだりまぃのごとだんじゃ。」耕平が云っています。

そうですとも、けだしあたりまえのことです。一日いっぱい葡萄ばかり見て、葡萄ばかりとって、葡萄ばかり袋へつめこみながら、それで葡萄がめずらしいと云うのなら、却って耕平がいけないのです。

## （三）

すっかり夜になりました。耕平のうちには黄いろのランプがぼんやりついて、馬屋では馬もふ

んふん云っています。

耕平は、さっき頬っぺたの光るくらいご飯を沢山喰べましたので、まったく嬉しがって赤くなって、ふうふう息をつきながら、大きな木鉢へ葡萄のつぶをパチャパチャむしっています。

耕平のおかみさんは、ポツンポツンとむしっています。

耕平の子は、葡萄の房を振りまわしたり、パチャンと投げたりするだけです。何べん叱られてもまたやります。

「おお、青い青い、見る見る。」なんて云っています。その黒光りの房の中に、ほんの一つか二つ、小さな青いつぶがまじっているのです。

それが半分すきとおり、青くて堅くて、藍晶石より奇麗です。あっと、これは失礼、青ぶどうさん、ごめんなさい。コンネテクカット大学校を、最優等で卒業しながら、まだこんなこと私は云っているのですよ。みなさん、私がいけなかったのです。宝石は宝石です。青い葡萄は青い葡萄です。それをくらべたりなんかして全く私がいけないのです。実際コンネテクカット大学校で、私の習ってきたことは、「お前はきょろきょろ、自分と人とをばかりくらべてばかりいてはならん。」ということだけです。それで私は卒業したのです。全くどうも私がいけなかったのです。

いや、耕平さん。早く葡萄の粒を、みんな桶に入れて、軽く蓋をしておやすみなさい。さよなら。

## （四）

あれから丁度(ちょうど)、今夜で三日になるのです。

おとなしい耕平のおかみさんが、葡萄(ぶどう)のはいったあの桶を、てかてかの板の間のまん中にひっぱり出しました。

子供はまわりをぴょんぴょんとびます。

耕平は今夜も赤く光って、熱(ほて)ってフウフウ息をつきながら、だまって立って見ています。

おかみさんは赤漆塗(あかうるしぬ)りの鉢(はち)の上に笊(ざる)を置いて、桶の中から半分潰(つぶ)れた葡萄の粒を、両手に掬(すく)って、お握(にぎ)りを作るような工合(ぐあい)にしぼりはじめました。

まっ黒な果汁(かじゅう)は、見る見る鉢にたまります。

耕平はじっとしばらく見ていましたが、いきなり高く叫(さけ)びました。

「じゃ、今年ぁ、こいつさ砂糖入れるべな。」

「罰金(ばっきん)取らえらんすじゃ。」

「うんにゃ。税務署に見(め)っけらえれば、罰金取らえる。見(め)っけらえないば、すっこすっこど葡(ぶ)ん萄(ど)酒呑(しゅの)む。」

「なじょして蔵(かぐ)して置ぐあんす。」

「うん。砂糖入れで、すぐに今夜(こんにゃ)、瓶(びん)さ詰(つ)めでしむべじゃ。そして落しの中さ置ぐべすさ。瓶、去年なのな、あったたじゃな。」

「瓶はあらんす。」

「そだら砂糖持ってこ、喜助ぁ先どな持って来たけぁじゃ。」

「あん、あらんす。」

砂糖が来ました。袋はぴんとはり切ってまっ赤なので、あけました。耕平はそれを鉢の汁の中に投げ込んで掻きまわし、その汁を今度は布の袋に
「ほう、こいづはまるで牛の胆のよだな。」と耕平が云いました。そのうちにおかみさんは流しでこちこち瓶を洗って持って来ました。

それから二人はせっせと汁を瓶につめて栓をしました。麦酒瓶二十本ばかり出来あがりました。

「特製御葡萄水」という、去年のはり紙のあるのもあります。このはり紙はこの辺で共同でこしらえたのです。

これをはって売るのです。さよう、去年はみんなで四十本ばかりこしらえました。もちろん砂糖は入れませんでした。砂糖を入れると酒になるので、罰金です。その四十本のうち、十本ばかりはほかのうちのように、一本三十銭ずつで町の者に売ってやりましたが、残りは毎晩耕平が、

「うう、渋、うう、酸っかい。湧ぃでるじゃい。」なんて云いながら、一本ずつだんだんのんでしまったのでした。

さて瓶がずらりと板の間にならんで、まるでキラキラします。おかみさんは足もとの板をはずして床下の落しに入って、そこからこっちに顔を出しました。

耕平は、

「さあ、いいが。落すな。瓶の脚揃えでげ。」なんて云いながら、それを一本ずつ渡します。

耕平は、潰し葡萄を絞りあげ、
砂糖を加え、
瓶にたくさんつめこんだ。

と斯う云うわけです。

## （五）

あれから六日たちました。

向こうの山は雪でまっ白です。

草は黄いろに、おとといなどはみぞれさえちょっと降りました。耕平とおかみさんとは家の前で豆を叩いて居りました。

そのひるすぎの三時頃、西の方には縮れた白い雲がひどく光って、どうも何かしらあぶないことが起こりそうでした。そこで

「ボッ」という爆発のような音が、どこからとなく聞こえて来ました。耕平は豆を叩く手をやめました。

「じゃ、今の音聴だが。」

「何だべぁんす。」

「きっとどの山が噴火ンしたな。秋田の鳥海山だべが。よっぽど遠ぐの方だよだじゃい。」

「ボッ。」音がまた聞えます。

「はぁでな、又やった。きたいだな。」

「ボッ。」

「おぉがしな。」

「どごだべぁんす。」

「どごでもいがべ。此処まで来なぃがべ。」

それからずうっとしばらくたって、又音がします。

それからしばらくしばらくたってから、又聞こえます。

その西の空の眼の痛いほど光る雲か、すきとおる風か、それとも向こうの柏林の中にはいった小さな黒い影法師か、とにかく誰かが斯う歌いました。

「一昨日、みぃぞれ降ったれば
　すずらんの実ぃ、みんな赤ぐなて、
　雪の支度のしろうさぎぁ、
　きいらりきいらど歯ぁみがぐ。」

ところが
「ボッ。」

音はまだやみません。

耕平はしばらく馬のように耳を立てて、じっとその方角を聴いていましたが、俄かに飛びあがりました。

「あっ葡萄酒だ、葡萄酒だ。葡ん萄酒はじけでるじゃ。」

家の中へ飛び込んで落しの蓋をとって見ますと、たしかに二十本の葡萄の瓶は、大抵はじけて黒い立派な葡萄酒は、落しの底にながれています。

耕平はすっかり怒って、かるわざの股引のように、半分赤く染まった大根を引っぱり出して、いきなり板の間に投げつけます。

さあ、そこでこんどこそは、

　　耕平が、そっとしまった葡萄酒は
　　順序ただしく
　　みんなはじけてなくなった。

と斯う云うわけです。

どうです、今度も耕平はこの前のときのように

「ふん、一向さっぱり当り前ぁだんじゃ。」と云いますか。云いはしません。参ったのです。

# 凡例

本コレクションは、『新校本　宮沢賢治全集』（筑摩書房）を底本とし、『新修宮沢賢治全集』、新潮文庫『新編　風の又三郎』『新編　銀河鉄道の夜』『注文の多い料理店』『ポラーノの広場』等を参考にして校訂し、本文を決定しました。

本文は、短歌・文語詩以外は、現代仮名づかいに改めました。また、本文中に使用されている旧字・正字について、常用漢字字体のあるものはそれに改めました。

また、読みやすさを考え、句読点を補い、改行を施した箇所があります。

さらに、常用漢字以外の漢字、宛字、作者独自の用法をしている漢字を中心として、読みにくいと思われる漢字には振り仮名をつけ、送りがなを補いました。「一諸」「大牴」などのように作者が常用しており、当時の用法として必ずしも誤りとは言えない用字や表記についても、現代通行の標準的字・表記に改めたものがあります。

今日の人権意識に照らして不当・不適切と思われる、人種・身分・職業・身体障害・精神障害に関する語句や表現については、時代的背景と作品の価値にかんがみ、そのままとしました。

# 本文について

栗原　敦

本巻には、本コレクション第1巻に収録された〈少年小説〉「風の又三郎」の先駆形（初期形）である「風野又三郎」を巻頭に配し、それに続けて、おおむね「「1020」原稿用紙」と名付けられた原稿用紙を用いて記された童話「雁の童子」他十八篇を収録した。いずれも生前未発表の草稿のままに残された作品である。「「1020」原稿用紙」の使用時期は厳密には決めがたいが、ほぼ、花巻農学校教諭時代の大正十二年ころを中心としていると推定される。

## 風野又三郎

本篇は、のちに全面的に改作されて「風の又三郎」へと発展する以前の先駆形、〈風の精〉・風野又三郎を中心とした作品である。

後期形である転校生の高田三郎を巡る村の子供たちの物語、いわば〈転校生ヴァージョン〉「風の又三郎」に対する、〈風の精ヴァージョン〉としての本篇は、三種類の草稿によって成立している。最も古い段階を伝えるのは「1020（印）イーグル印原稿紙」（藍色罫）十二枚と「「1020」原稿用紙」（藍色罫）四十九枚の計六十一枚で、「九月二日」の章以降の著者自筆草稿である（ただし、これらは昭和二十年の戦災による焼損後に残されていたもので、「九月三日」、「九月四日」の章は焼失した。他に「九月一日」の章を欠く)。次いで、おそらくは、この段階での著者自筆草稿を元に、大正十三年二月十二日に当時花巻農学校生徒だった松田浩一が依頼されて筆写したもの。用紙は「B形　10 20　イーグル印原稿用紙」(セピア罫)五十一枚(「九月一日」の章を欠く)。そして、最後に「九月一日」のみを記した自筆稿である。用紙は「B形　10 20　イーグル印原稿用紙」(セピア罫)、現存六枚(第四葉と第五葉、第五葉と第六葉の間に、各数枚を欠く)。

本文は『新校本宮澤賢治全集』に従った。「九月一日」の章は、第一形態成立時、および直後の手入れに拠り、「九月二日」以降は著者自筆草稿の最終形態、および、焼損以前の草稿に拠った十字屋書店版全集本文を底本に松田筆写稿を参照して調えている。

大正十三年二月以降のある時に調えられた段階の本文には、「九月一日」の章の中に二箇所の欠落が生じているが、〈風の精ヴァージョン〉としての、フェアリーと子どもとの異類間交流、風の気象学や大気圏や地球規模の眼差しや空間像など、「風の又三郎」とは異なった世界像の展開があって、別種の魅力ある作品世界が創り出されているといえよう。

## 谷

清書後手入稿。「「10 20」原稿用紙」(藍色罫)十三枚にブルーブラックインクで清書され、書きながらあるいは直後の手入れの後、黒っぽいブルーブラックインクによる手入れが行われている。本文は草稿の最終形態に拠った。草稿は洋紙表紙付き。表紙中央にブルーブラックインクで題名(読点付き)が記され、右方やや上寄りにに、赤インクで「村童スケッチ」と書かれている。

**二人の役人**

清書後手入稿。「「10 20」原稿用紙」(藍色罫)十四枚にブルーブラックインクで清書され、書きながらあるいは直後の手入れの後、筆記具を変えた手入れが行われている。本文は墨による手入れの第二段階に拠った。草稿は洋紙表紙付き。表紙中央やや左寄りにブルーブラックインクで題名が記され、その上方に、同じインクで「イーハトーブ民譚集」と書かれている。

**鳥をとるやなぎ**

清書後手入稿。「「10 20」原稿用紙」(藍色罫)十三枚にブルーブラックインクで清書され、書きながらあるいは直後の手入れの後、筆記具を変えた手入れが行われている。本文は草稿の最終形態に拠った。草稿は洋紙表紙付き。表紙中央にやや薄いブルーブラックインクで題名「煙山の楊の木」と書かれ、濃いブルーブラックインクで「エレキやなぎ。」、「エレキ楊。」、薄いブルーブラックインクで「鳥をとるやなぎ」と書き改められている。

**化物丁場**

清書後手入稿。「「10 20」原稿用紙」(藍色罫)十四枚にブルーブラックインクで清書され、書きながらあるいは直後の手入れの後、筆記具を変えた手入れが行われている。本文は草稿の最終形態に拠った。

**茨海小学校**

清書後手入稿。「「10 20」原稿用紙」(藍色罫)三十一枚にブルーブラックインクで清書され、書きながらあるいはその後まもなくの、同じインクによる手入れが行われている。本文は草稿の最終形態に拠った。草稿は洋紙表紙付き。表紙中央にブルーブラックインクで題名が記され、その右側に、赤インクで「寓話集中」と書かれ、題名左に赤インクで「よく酒を呑む県視学のはなし」と書かれている。

## 二十六夜

清書後手入稿。「「1020」原稿用紙」(藍色罫)四十五枚に青っぽいブルーブラックインクで清書され、書きながらあるいは直後の手入れの後、筆記具を変えた手入れが行われている。本文は草稿の最終形態に拠った。草稿は洋紙表紙付き。表紙中央にブルーブラックインクで題名が記され、右上方に、赤インクで「どうもくすぐったし」と書かれている。

## 革トランク

清書後手入稿。冒頭一枚は現存しない。「「1020」原稿用紙」(藍色罫)十枚に青っぽいブルーブラックインクで清書され、書きながらあるいはその直後の、同じインクよる手入れが行われている。本文は、現存しない冒頭一枚は昭和四十二年筑摩書房版全集に拠り、他は草稿の最終形態に拠った。草稿は洋紙表紙付き。表紙は中央にブルーブラックインクによる題名のみが書かれている。

## おきなぐさ

清書後手入稿。「「1020」原稿用紙」(藍色罫)十枚にブルーブラックインクで清書され、書きながらあるいは直後の手入れの後、同じインクによる手入れが行われている。本文は草稿の最終形態に拠った。

草稿は洋紙表紙付き。表紙中央やや左寄りにブルーブラックインクで題名「うずのしゅげ」が記され、その左に鉛筆で「おきなぐさ」と書き改められている。表紙の右半、下寄りに鉛筆で「おきなぐさ云はず／蟻は第二景中に入る／ひばり空におきなぐさの冠毛飛べりと云ふ／牧童、蟻、ひばりの対話」、「おきなぐさ間の対話は牧童と蟻との対話とす」と書かれている。

## 黄いろのトマト

清書後手入稿（ただし、冒頭十枚は筆写後手入稿。なおまた、第二葉と第三葉の間に何枚かの欠落がある）。第一葉から第十葉までが「B形　1020　イーグル印原稿用紙」（セピア罫）十枚、第十一葉から第二十五葉までが「「1020」原稿用紙」（藍色罫）十五枚、計二十五枚。第一葉から第十葉までは、川村俊雄筆写稿に赤インクで手入れが行われ、第十一葉から第二十五葉まではブルーブラックインクで清書され、書きながらあるいは直後の手入れの後、筆記具を変えた手入れが行われている。本文は草稿の最終形態に拠った。草稿は洋紙表紙付き。表紙中央にブルーブラックインクで題名が書かれ、左端上方に赤インクで「第一集」、その下方に鉛筆で「博物局十六等官／キュステ誌」、題名右肩に紫がかった桃色インクで「博物局」、題名左肩に同じインクで「博物局十六等官」とある。

## チュウリップの幻術

清書後手入稿。「「1020」原稿用紙」（藍色罫）十八枚にブルーブラックインクで清書され、書きながらあるいは直後の手入れが行われている。本文は草稿の最終形態に拠った。草稿は洋紙表紙付き。表紙中央にブルーブラックインクで題名「チュウリップの幻燈」（「燈」は誤記か）とのみ書かれている。

## ビジテリアン大祭

清書後手入稿。「「10 20」原稿用紙」（藍色罫）八十三枚（一枚は裏面）に各種のインクで記された第一形態の成立時またはその直後の同じインクによる手入れと、黒っぽいブルーブラックインクによる手入れが行われている。本文はこの段階での草稿の最終形態に拠った。なお、第六葉は末尾八行分がちぎり取られており、第七葉と接続せず、また、第四葉と第五葉、第七葉と第八葉の間にもそれぞれ数枚の欠落があるが、諧謔表現とともに、論議を組み立てていく趣向の妙が存分に示されている。

## 土神ときつね

清書後手入稿。「「10 20」原稿用紙」（藍色罫）二十六枚にブルーブラックインクで清書され、書きながらあるいは直後の手入れの後、筆記具を変えた手入れが行われている。本文は草稿のやや青く太いインクの手入れ段階の最終形態に拠った。草稿は洋紙表紙付き。表紙中央にブルーブラックインクで題名「土神ときつね。」、右方、上寄りに赤インクで「土神……退職教授／きつね……貧なる詩人／樺の木、……村娘」と書かれ、題名左側にも赤インクで「寓話よりも／蓋ろ（寧ろ、または蓋しの誤記か）シナリオ風の／物語――」と書かれている。

## 林の底

清書後手入稿。「「10 20」原稿用紙」（藍色罫）十五枚にブルーブラックインクで清書され、書きながらあるいは直後の手入れの後、鉛筆による手入れが行われている。本文は草稿の最終形態に拠った。草稿は洋紙表紙付き。表紙中央やや左上寄りにブルーブラックインクで題名が書かれ、その右下に赤インクで「不可」と書かれている。

**マグノリアの木**

清書後手入稿。「「1020」原稿用紙」（藍色罫）九枚にやや濃い青インクで清書され、書きながらあるいは直後の手入れの後、筆記具を変えた手入れが行われている。本文は草稿の最終形態に拠った。

**インドラの網**

清書後手入稿。「「1020」原稿用紙」（藍色罫）十一枚にブルーブラックインクで清書され、書きながらあるいは直後の手入れの後、筆記具を変えた手入れが行われている。本文は赤鉛筆による手入れ段階の最終形態に拠った。草稿は洋紙表紙付き。表紙中央にブルーブラックインクで題名が書かれている。

**雁の童子**

清書後手入稿。「「1020」原稿用紙」（藍色罫）二十一枚にブルーブラックインクで清書され、書きながらあるいは直後の手入れの後、赤インクによる手入れが行われている。本文は草稿の最終形態に拠った。草稿は洋紙表紙付き。表紙中央にブルーブラックインクで題名が書かれ、その左下わきに紫鉛筆で「未定稿」、また題名右方に赤インクで「西域異聞／三部作中に／属せしむべきか」、と書いて抹消し、また題名上方に赤インクの横書きで「Episode 間を一の美しい女性によって連結せしめよ、！」、また題名左に赤インクで「近代的の淡彩を施せ」と書かれている。

## 学者アラムハラドの見た着物

清書後手入稿。「「1020」原稿用紙」（藍色罫）十六枚にブルーブラックインクで清書され、書きながらあるいは直後の手入れが行われている。本文は草稿の最終形態に拠った。第十五葉と第十六葉の間に何枚かの欠落があり、末尾も未完のままだが、存在と行為の関わりを問うエピソードを含んで刺激的な作品となっている。

## ガドルフの百合

清書後手入稿。「「1020」原稿用紙」（藍色罫）十三枚にブルーブラックインクで清書され、書きながらあるいは直後の手入れの後、鉛筆による手入れが行われている。本文は草稿の最終形態に拠った。草稿は洋紙表紙付き。表紙中央にブルーブラックインクによる題名のみが書かれている。

## 葡萄水

清書後手入稿九枚、および再清書稿十一枚（洋紙表紙付き）の二種がある。前者は「1020（広）イーグル印原稿用紙」、後者は「「1020」原稿用紙」（藍色罫）に、いずれもブルーブラックインクで清書されている。再清書稿は第一形態成立時およびその直後の手入れがなされており、本文はこの草稿の最終形に拠った。洋紙表紙中央にブルーブラックインクで題名を書き、赤インクで紙の右上から左下に斜線を引き、題名の左方に「不要！」と書かれている。

エッセイ・賢治を愉しむために

# 「風野又三郎」の不思議と（あるいは）ふしぎな魅力

天沢退二郎

宮沢賢治さんは、〝かぜのまたさぶろう〟を中心人物あるいは主人公とする物語の原稿を、大ざっぱに言うと三通り残しているが、それらは大きく分けると、二通りのお話で、しかし、自筆の題名はつねに「風野又三郎」というのが不変である。これではまぎらわしいので、全集や、賢治論・賢治研究などでは、初期形を「風野又三郎」、後期形を「風の又三郎」と書きわけることになっている次第を、まずはっきりさせておきたい。

両者の基本的ちがいは、「風の又三郎」の中心人物が、村の小学校へ転校してきた少年「高田三郎」君で、それを村童たちが、風の神の子っ子〝風の又三郎〟かと思いこむのに対して、「風野又三郎」は、その村へ九月一日にやってきた本物の風の神の子っ子、〝かぜのまたさぶろう〟が、村童たちに自分の見聞きしたことや自分の体験を、直かに、話してきかせる物語になっているということに尽きる――かに見えるが、賢治作品「風野又三郎」なるものの不思議と不可思議の魅力は、もっと微妙、霊妙な成立の仕方をしているので、みなさんも注意ぶかくお読み下さるようおすすめする。

（転校生高田三郎君の物語は、本コレクションの第一巻に収めてあるので、必要に応じて参照されるのがいい。ただし、序でながら今のうちに申し上げておくと、「風の又三郎」は最晩年に至るも完成稿にはなっておらず、また、「風野又三郎」以外にも、「種山ヶ原」や「さいかち淵」など、重要な初期作品も組み込まれて、輻輳した成立過程を経ていることが、この物語全体の魅力と不思議に力を添えている）

（さて、本稿を書き出す前に、私がとにかく宮沢賢治の童話を読み出したのは、小学二年生のとき、羽田書店版の童話集『風の又三郎』によってであって、その羽田書店版の戦後復刊書および復刻版とを、念のため参照せんものと、夜の書庫へ下りてその実物を手にしたところで、ここ、千葉県北西部は震度4の地震に襲われた。大した震度ではなかったがしばらくは立って居れず、とにかくエレベータは危険なので、階段を昇ってTVのスヰッチを入れ、地震情報を見たわけだが、これも決して偶然ではないようにも思われた……）

つい話が外れたが（申し訳けない）、「風野又三郎」本文の冒頭は、「風の又三郎」と一見ほぼ同じく、「九月一日」という日付と、

「どっどどどどうど　どどうど　どどう

ああまいざくろも吹きとばせ

すっぱいざくろもふきとばせ

　どっどどどうど　どどうど　どどう」

という主題歌の第一節、そして一行あいて、

　谷川の岸に小さな四角な学校がありました。

と、後期形「風の又三郎」と殆ど同じ第一行が現われる。
殆ど同じ――しかし歴然とした違いは、ただ三文字の「四角な」の出現だ。この語は、以後、「風の又三郎」の最終稿にいたるまで二度と現われないが、このいかにも単純で、文字通り〈四角な〉感じのする形容詞は、そのくせ、この学校が具体的にどのような〈四角〉なのかは、全然明らかでないという、驚くべき特徴――というか、特徴のなさでもある――しかもそのことによって私たち読者にも、この「風野又三郎」というテクストの、忘れ難い特質をもたらしていることは、驚くべきではないだろうか!?

　それはさておき、〈九月一日〉といえば、夏休みという長い長いお休みの後の、さわやかな朝、まったく久しぶりに、二十人ばかりの子どもたちが、次々に登校して来る――その先頭に立ってやってきた二人の一年生が、他にまだ誰も来ていないらしいと見て取ると、大悦びで
「ほう、おら一等だぞ一等だぞ」

と、かわるがわる叫びながら門を入って来たところが、一寸教室の中を見ると棒立ちになり、ぶるぶるふるえて、泣き出す。それは教室の中にひとり、

《まるで誰も知らないおかしな赤い髪の子供がひとり》

いるのに気付いたからで、次々に登校してきた他の子どもたちも、しんとなって誰も何とも物が言えない。最上級生の一郎が声をかけても、その子供はきょろきょろするだけで、腰かけているだけ。

この登場ぶりは、のちの「風の又三郎」本篇でも殆ど同じだ。

やがて先生が出て来て、子どもたちを整列させるが、その変な子は教室の中のまま。ここで原稿数枚がなくなっていて、空白のあと、子どもらが先生に「さっきたの人あ何だったべす?」と聞くと、先生の目にはあの変な子が全く見えていなかったことがわかる。あの子が風の神の子っ子「風野又三郎」という正体を明かすのは、次の、九月二日になってからのことで、のちの後期作では先生の後から高田三郎が随いてきて、先生に転校生として紹介されるわけだが、嘉助を筆頭として、「あいつは風の又三郎だぞ」と主張し、子どもたちも「そうだッ!」ということになるのが対照的な展開になるわけだ。

さて、最初期成立の「風野又三郎」という作品の〈不思議〉と〈魅力〉は何か?

「九月一日」の章の終り近く、先生と一郎たちとが、あの〝変な子〟の正体をめぐって交(かわ)す会話の途中で《以下原稿数枚なし》と割注のある空白がもう一箇所ある——

「先生さっきたの人あ何だったべす」
（中略）
「先生髪のまっ赤なおかしなやづだったんす」
「マント着てたで。」
「笛鳴らないに教室さはいってたぞ。」
先生は困って
「一人づつ云うのです。髪の赤い人がここに居たのですか。」
「そうです、先生。」〔以下原稿数枚なし〕
〔一行アキ〕
の山にのぼってよくそこらを見ておいでなさい（…）と先生は云いました。

右の、〔原稿数枚なし〕の内容はうかがうべくもないが、先生の目にはその変な子は全く見えていなかったとしても、子どもたちの体験のリアリティだけは感じていてのアドバイスだったと言えるだろう。そのことが、翌九月二日に子どもたちが放課後、誘い合わせて《もう一度、あの青山の栗の木まで》行ってみることにして、そこで《あの赤髪の鼠色のマントを着た変な子》と再会し、それから九日間、その子つまり風野又三郎くんのおもしろい体験談をバッチリ聴くという物語が成立することになるわけだ。
それは、宮沢賢治の想像力のつばさに乗った《語り》によって、まさに、その父も兄もみんな

《風野又三郎》という名前の、風の精たちの身になって、地球上の、北極や支那や、大海原をめぐりあるく〝サイクルホール〟のいわば実況放送、あるいはLIVEの展開ないし記録であり、それが私たちにとって時に息を呑むようなリアリティをかたちづくる――それはとりもなおさず、花巻農学校の教え子たちが実際に受けた宮沢賢治先生の授業の再現であり、「風野又三郎」というテクストが、一方ではじつにリアルな、ファンタジーであると同時に、別の見方をすれば、れっきとした一篇の科学読物という性格を持っているということができよう。（逆に言えば、宮沢賢治というライターの特技は、このように、一篇の科学読物を、純然たる魅力的ファンタジーへと昇華させることに尽きると言えるかもしれない。）

そして、「風野又三郎」から「風〔の〕又三郎」への改編改作の成功と価値もまた、かれのこのような特技によって、裏打ちされているとも言えようか。

かつて――もう二十何年か前に――私は『謎解き・風の又三郎』という題の、二百ページほどの新書判の小著（丸善ライブラリイ）を出した。それはある大学の〈文学〉という課目で宮沢賢治『風の又三郎』を扱った講義を元にまとめたもので、「一章　題名の謎」「二章　ウタの謎」「三章　九月一日の謎」……というふうに進行し、十一章まで論じた後の「結論――高田三郎は風の又三郎か」で終っています。そしてこの結論をめぐって、学生諸君にレポートを書いてもらいました。

この結論がどうなっていたかは、ここでは申し上げないが。（「風の又三郎」の物語のラストは一郎と嘉助と、二人の少年の相異なる二説で切上げられています。)

読者のみなさんにも、できれば、本コレクションの第一巻と本巻とを読みくらべて、一度、この結論について、考えてみていただければ嬉しいと思います。

(こういう問題には、唯一の正解というものはありませんが、或る外国人の研究者が「高田三郎は風の又三郎である。これがこの物語の意味である」と言っているのも、当り前のようでいて印象的な主張でした。)

宮沢賢治(みやざわけんじ)コレクション4
雁(かり)の童子(どうじ)――童話(どうわ)Ⅳ

二〇一七年五月二十五日　初版第一刷発行

著　者　宮沢賢治(みやざわけんじ)
発行者　山野浩一
発行所　株式会社　筑摩書房
東京都台東区蔵前二―五―三　郵便番号一一一―八七五五
振替〇〇一六〇―八―四一二三

印　刷　明和印刷　株式会社
製　本　牧製本印刷　株式会社


乱丁・落丁本の場合は左記宛にご送付ください。送料小社負担でお取り替えいたします。ご注文、お問い合わせも左記へお願いいたします。
筑摩書房サービスセンター
〒三三一―八五〇七　埼玉県さいたま市北区櫛引町二―六〇四
電話　〇四八―六五一―〇〇五三

ISBN978-4-480-70624-9 C0393